BIBLIOTECA MONUMENTA : 7

GEÓRGICAS

BIBLIOTECA MONUMENTA

Direção
Alexandre Hasegawa

Conselho Editorial
Adriane da Silva Duarte
Eleonora Tola
Jacyntho Lins Brandão
José Marcos Macedo
Maria Celeste Consolin Dezotti
Paulo Sérgio de Vasconcellos
Teodoro Rennó Assunção

VIRGÍLIO

Geórgicas

Introdução, tradução e notas de
Matheus Trevizam

MNĒMA

© Copyright 2025.
Todos os direitos reservados à Editora Mnēma.

Título original: *Georgica*

Editor	Marcelo Azevedo
Direção da coleção	Alexandre Hasegawa
Edição e produção	Felipe Campos
Direção de arte	Jonas de Azevedo
Projeto gráfico e capa	Marcelo Girard
Leitura crítica	Paulo Sérgio de Vasconcellos
Revisão técnica	Alexandre Hasegawa
Revisão final	Felipe Campos
Diagramação	Johnny Dotta

Dados Internacionais de Catalogação na Publicação (CIP)
(Câmara Brasileira do Livro, SP, Brasil)

Virgílio
    Geórgicas / VIrgílio ; introdução, tradução
e notas de Matheus Trevizam. -- 1. ed. --
Araçoiaba da Serra, SP : Editora Mnēma,
2025. -- (Biblioteca monumenta ; 7)

    Título original: Georgica.
    ISBN 978-65-85066-20-4

    1. Poesia épica 2. Poesia latina I. Trevizam,
Matheus. II. Título. III. Série.

25-265018   CDD-873

Índices para catálogo sistemático:
1. Poesia épica : Literatura latina   873
Aline Graziele Benitez - Bibliotecária - CRB-1/3129

Editora Mnēma
Alameda Antares, 45
Condomínio Lago Azul – Bairro Barreiro
CEP 18190-000 – Araçoiaba da Serra – São Paulo
www.editoramnema.com.br

Sumário

Introdução ... 9
  1. Delineamento biográfico do poeta ... 9
  2. Fundo cultural e contexto ... 12
  3. Inserção no panorama da obra virgiliana ... 14
  4. A macro-organização dos livros ... 18
  5. Língua e estilo ... 21
  6. Afiliações genéricas e fontes da obra ... 29
  7. Ensinam mesmo as *Geórgicas* a agropecuária? ... 33
  8. Fortuna crítica ... 38
  9. Critério tradutório ... 46

GEORGICA | GEÓRGICAS ... 49
  Liber I | Livro 1 ... 50
  Liber II | Livro 2 ... 98
  Liber III | Livro 3 ... 146
  Liber IV | Livro 4 ... 198

Referências bibliográficas ... 249

Introdução

1. DELINEAMENTO BIOGRÁFICO DO POETA

Com vistas a realizar a inserção das *Geórgicas*, aqui traduzidas, no panorama criativo de Virgílio e de sua carreira estritamente poética, pode ser válido oferecer algumas coordenadas biográficas essenciais sobre ele. Não porque, julgamos, a obra de qualquer poeta deva ser compreendida como "espelho" direto do que foi ou fez em sua vida, mas sim porque, até certo ponto, personagens e situações da existência desse autor acabaram de alguma forma aludidas nos textos que escreveu.

Assim, o poeta nasceu em Andes – aldeia situada nas imediações de Mântua, na Itália do norte – em 70 AEC. Seu pai teria pertencido à modesta "burguesia" provincial, sendo responsável por olaria e, depois, pela exploração de pequenas terras, o que lhe permitiu a melhora de suas condições econômicas (Grimal 1985: 25); a mãe, de que muito pouco se sabe além do nome (*Magia Polla*), seria talvez de família romana, apesar da situação de Andes em território de raízes gaulesas:

> Na Itália Setentrional, encontramos a planície do Pó ocupada durante muito tempo pelos gauleses e dividida em duas partes: a Gália Transpadana com a capital em Milão e a Gália Cispadana com a capital em Ravena. A Gália Cispadana recebeu o nome de *Aemilia* graças à *Via Aemilia* que a cortava. (Giordani 1968: 12)

Com a idade aproximada de dezesseis anos, especula-se que Públio Virgílio Marão frequentasse uma escola de *grammaticus* na localidade de Cremona, onde lhe foram incutidas as bases das Letras gregas e romanas (Grimal 1985: 30-31). O passo seguinte do percurso formador do poeta ocorreu na cidade de Milão, onde havia mestres de retórica e filosofia que puderam afinar sua visão de mundo. Virgílio não se destinava, porém, aos embates políticos e judiciais do *forum* – o qual qualifica de *insanum* ("insano") em *Geórgicas* 2.502 –, mas antes ao recolhimento, estudo e refinada criação artística.

Grimal (1985: 36ss.) também alude à tradição que faz do poeta uma espécie de detentor de conhecimentos enciclopédicos – inclusive nos campos da medicina, da astronomia e das matemáticas –, os quais pôde aprofundar já transferido a Roma, por volta de 53 AEC. Em data, por outro lado, mais ou menos desconhecida (antes de 49 AEC?), Virgílio mudou-se para Nápoles, onde conviveu e teve como mestre o epicurista Sirão (Grimal 1985: 46).

Em contexto mais amplo da sociedade romana dos tempos juvenis de Virgílio, deve-se destacar a instabilidade da situação política e as disputas pelo poder entre partidos, resultando em guerras. Então, após o assassinato de Caio Júlio César[1] em 44 AEC e a formação do Segundo Triunvirato – composto por Marco Antônio, Lépido e Otaviano –, esses herdeiros políticos do ditador enfrentaram a facção dos conspiradores contra César, liderada por Cássio e Bruto, na Batalha de Filipos (42 AEC). Tendo sido vencedores os triúnviros, impuseram nova ordem a Roma e, necessitados de recompensar os veteranos de guerra que lhes tinham servido, desapossaram de terras indivíduos de várias partes da Itália.

A propriedade agrária da família de Virgílio foi tocada por essa ameaça (Grimal 1985: 54-55), o que se representa de forma pungente nas *Bucólicas* 1 e 9, textos nos quais o mundo "arcádico" dos pastores entra em confronto com a dura realidade da expulsão do campo e de sua "invasão" por rudes soldados. Já nos tempos de escrita desta sua primeira obra, ou seja, da coletânea de poemas pastoris chamada *Bucólicas* ou *Églogas*, Virgílio trava conhecimento com algumas personagens

---

1 Nascido em 100 AEC e morto em 44 AEC, César foi membro do Primeiro Triunvirato, conquistador das Gálias e ditador em Roma. Além disso, escreveu obras como os *Comentários da Guerra da Gália*, os *Comentários da Guerra civil* e outras.

dos altos círculos do poder – como Asínio Polião, governador da Gália Cisalpina entre 43 AEC – 40 AEC, e mesmo Otaviano, suposto restituidor das terras "confiscadas" (Grimal 1994: 267).

Por volta de 37 AEC, o poeta divide seu tempo entre Roma – onde começa a frequentar o Círculo literário de Mecenas – e Nápoles, onde passa longas temporadas, tendo a subsistência assegurada pelas rendas de suas terras na Cisalpina e na Campânia. Nestas circunstâncias, a redação da segunda grande obra virgiliana – as próprias *Geórgicas* – estendeu-se até 29 AEC, tendo, já, sido acompanhada com interesse por Otaviano, mais e mais aproximado do poder supremo[2] em Roma (Grimal 1994: 267).

Provavelmente influenciado pelos ideais do "cesarismo" e por seus desdobramentos políticos desde a juventude – sendo a quinta bucólica, ao que parece, uma espécie de alegoria sobre a morte e apoteose de César –, Virgílio teve na composição da *Eneida* a ocasião perfeita para glorificar a família dos *Iulii*, a mesma de Otaviano e da casa imperial nascente. Ocorre que, sendo Iulo, filho de Eneias e da troiana Creúsa, o ancestral mítico dessa *gens* romana, o alçamento de Otaviano à condição de príncipe, conforme refletido na *Eneida*, coroa a predestinação daquele herói e de seu sangue a serem perpétuos (re)fundadores de Roma (Grimal 2008: 73).

O poeta, porém, não teve tempo de dar a demão final à sua epopeia: depois de uma viagem marítima a localidades da Grécia, que ele desejara conhecer para aperfeiçoar as descrições geográficas da *Eneida*, Virgílio sentiu-se mal durante a viagem de volta e morreu na cidade portuária de Brundísio, em 21 de setembro de 19 AEC. Segundo testemunho de Donato (*Vita Vergiliana*, 39), o poeta teria pedido a um amigo, Vário, que

---

2 Otaviano, vencendo Marco Antônio na Batalha de Ácio, em 31 AEC, tornou-se o mais forte líder em Roma. Depois, essa autoridade militar obteve reforço com o recebimento, por ele, do título *Augustus* ("consagrado pelos áugures"), em 27 AEC. O último evento é marcado como fim da república e início da Era imperial entre os romanos (Grimal 2008: 7-8). Otaviano foi, ainda, filho adotivo e seguidor dos ideais políticos de César.

queimasse os manuscritos da epopeia caso algo lhe sucedesse – o que evidentemente não foi cumprido, para a felicidade dos pósteros.

2. FUNDO CULTURAL E CONTEXTO[3]

Os antigos romanos orgulharam-se por muito tempo das tradições dos *maiores*, rudes homens cujos ofícios, conjuntamente manifestos, correspondiam à guerra e à agricultura. O proêmio do *Da agricultura* de Marco Pórcio Catão (234 AEC – 149 AEC), a mais antiga "obra" em prosa da literatura latina, dá bem a medida desse senso de simbiose entre uma e outra esfera cultural e da honradez resultante para todos os que souberam sustentá-las com vigor:

> *Mercatorem autem strenuum studiosumque rei quaerendae existimo, uerum, ut supra dixi, periculosum et calamitosum. At ex agricolis et uiri fortissimi et milites strenuissimi gignuntur, maximeque pius quaestus stabilissimusque consequitur minimeque inuidiosus, minimeque male cogitantes sunt qui in eo studio occupati sunt.*

Considero o comerciante diligente e empenhado na busca da riqueza. Em verdade, porém, como eu disse acima, há risco e perigo nos negócios. Mas, dentre os que se dedicam à agricultura, saem homens do maior vigor e soldados da maior coragem; daí se obtém o ganho mais justo, seguro e o menos invejado, e minimamente insidiosos são os que se ocupam deste labor.[4] (proêmio)

Passando por Marco Terêncio Varrão (116 AEC – 27 AEC, autor dos diálogos intitulados *Três livros das coisas do campo*)[5] até chegar ao Virgílio

---

3 Esta seção e outras do estudo introdutório (6 e 7, a partir do segundo parágrafo) retomam, com adaptações, o texto "O poeta Virgílio e as *Geórgicas*", que publicamos pela Editora da UFMG em 2012 (Trevizam 2012: 9-29).
4 Todas as traduções, nesta "Introdução", são de nossa autoria.
5 Varrão, *Três livros das coisas do campo*, proêmio do livro 2: *Viri magni nostri maiores non sine causa praeponebant rusticos Romanos urbanis. Vt ruri enim qui*

INTRODUÇÃO

das *Geórgicas* (pois nas *Bucólicas*, vemos, antes de mais nada, um decalque da poesia helenística em sua variante pastoril, sem grandes esforços para a "pintura" de panoramas evocativos da verdadeira vida itálica), então, esse orgulho do romano de ter sua cidade espantosamente frutificado de bases muito humildes atravessou os séculos e pôde tornar-se um dos sustentáculos ideológicos da obra de que tratamos. No trecho do chamado "Elogio da Itália", por sinal, Virgílio mostra-se entusiasta da têmpera dos filhos dessa terra (2.136-176), pois, em conjunto (romanos, lígures, volscos, sabélicos...), teriam todos contribuído para exaltá-la com mãos potentes em obras de engenharia (vv. 155-164), fertilidade agrícola (v. 173) e pujança militar (vv. 167-172).

Por outro lado, é importante frisar que os anos finais de escrita das *Geórgicas* coincidem com o desfecho das Guerras civis em Roma, tendo ocorrido a vitória de Augusto e o gradativo apaziguamento interno de todos os ânimos a partir da ruína de Marco Antônio e Cleópatra na batalha naval de Ácio (31 AEC). Ora, como já notávamos a aproximação de Virgílio dos ideais do "cesarismo" – depois tornado "augustanismo" – desde a estreia literária do autor, com a juvenil escrita das *Bucólicas*, parece-nos evidente a continuidade desse sentimento de anuência aos novos senhores de uma Roma, enfim, em vias de pacificar-se, também nos versos das *Geórgicas* (Wilkinson 1969: 173-182).

Não devemos esquecer-nos de que a política augustana pautou-se pelo ganho da confiança de vários setores da sociedade com base em uma *persona* pública de comedimento (e, à maneira de César, até clemên-

---

in uilla uiuunt ignauiores, quam qui in agro uersantur in aliquo opere faciendo, sic qui in oppido sederent, quam qui rura colerent, desidiosiores putabant. Itaque annum ita diuiserunt, ut nonis modo diebus urbanas res usurparent, reliquis septem ut rura colerent ("Não por acaso grandes homens, nossos ancestrais, preferiam os romanos do campo aos da cidade. Com efeito, assim como, nas terras, os que vivem na casa de campo são mais fracos do que quem se ocupa da lavoura fazendo algum trabalho, julgavam mais ociosos os que se estabeleciam na cidade do que quem cultivava a terra. Assim, dividiram o ano de modo que apenas a cada oito dias eles se dessem aos assuntos urbanos, mas, nos outros sete, cultivassem os campos").

cia), respeito à memória de seu antecessor e pai adotivo, religiosidade, defesa dos valores tradicionais dos latinos. Então, ansiando pelo retorno aos eixos de seu "país", nada mais explicável que o poeta tenha tomado Augusto para deus na invocação geral do livro primeiro (1.24-42) e, nessa mesma das quatro partes da obra (1.498-501), verdadeiro socorro de um tempo iníquo. Em outras palavras, julgamos que os ideais romanos personificados em Augusto puderam favorecer facilmente sua aclimatação a um poema didático como as *Geórgicas*, que se pretendiam, até certo ponto, depositárias do *mos maiorum*.[6]

Mas, como tratamos aqui de uma obra muito complexa, não há que esperar demasiadas simplificações no direcionamento dado pelo poeta aos assuntos de que se ocupa. Isso se aplica também à possível problematização do modo de vida enérgico dos camponeses da Itália (em 2.493-540, o poeta *contrapusera* a paz dos campos à belicosidade dos ávidos por ouro!) e da própria figura de Augusto, pois, como combatente em Filipos contra Bruto e Cássio (1.489-492), é óbvio, também ele se enquadra na crítica virgiliana aos guerreiros em luta fratricida.

3. INSERÇÃO NO PANORAMA DA OBRA VIRGILIANA

Convém, antes de passarmos a descrever os traços compositivos mais marcantes da obra, expor sucintamente aqueles das duas outras a integrarem a tríade virgiliana (ou seja, as *Bucólicas* e a *Eneida*). Dessa maneira, poderemos divisar com mais clareza em que medida o poeta modulou as principais diferenças e/ou eventuais semelhanças entre as *Geórgicas* e este pano de fundo comum.

Previamente, porém, abrimos parênteses para lembrar que, além dos poemas referidos no parágrafo anterior, a tradição também agregou

---

[6] Trevizam 2016: 13: "Na verdade, correspondendo a velha sociedade de Roma antiga a um grupo humano em geral refratário a excessivas inovações em todos os âmbitos do pensamento e das atitudes, seus integrantes permaneceram, por séculos, bastante aferrados a um conjunto de preceitos e 'normas' de conduta caracteristicamente associáveis aos costumes (*mores*) dos antigos, ou ancestrais (*maiorum populi Romani*)".

INTRODUÇÃO

em torno do impulso criativo do poeta outros textos ditos "menores". Referimo-nos, aqui, aos poemas da *Appendix Vergiliana*, os quais se atribuíram desde a Antiguidade à suposta autoria de Virgílio, como esclarecemos em outra ocasião,

> Quer 1) pelas notícias dos gramáticos ou dos autores antigos; quer (2) pelo testemunho dos manuscritos medievais, como o conhecido "catálogo de Murbach"; quer (3) pelas edições, já modernas e referentes ao suposto "legado" do poeta de Mântua tendo especial destaque nesse quesito, por seu ineditismo, a publicação da *Appendix* realizada em 1572 (1573?) pelo humanista francês José Justo Escalígero (1540-1609), na cidade de Lião (Trevizam 2020: 17).

Trata-se de obras como *Dirae, Culex, Aetna, Copa, Maecenas* (ou *Elegiae in Maecenatem), Ciris, Priapea et Catalepton, "Quid hoc noui est?", Moretum, De institutione uiri boni, De est et non* e *De rosis nascentibus*, que foram escritas com métrica variada (hexâmetros datílicos, dísticos elegíacos ou trímetros iâmbicos) e apresentam temática flexível, indo do jocoso ao mítico, reflexivo e encomiástico. Enquanto alguns textos da *Appendix*, como *Copa* e *Culex*, não deixaram de ser atribuídos à fase juvenil da carreira de Virgílio mesmo em tempos modernos, outros despertaram a desconfiança dos eruditos nesse sentido, desde a Antiguidade: assim, Donato (*Vita Vergiliana*, 18-19) já considerava duvidoso que o poeta em pauta pudesse tê-los escrito.

No tocante à tessitura das *Bucólicas*, primeiramente, destacamos o cuidado do poeta com a disposição significativa e simétrica do conjunto (Mendes 1997: 59ss.). Então, sendo o quinto poema da coletânea como que o centro da estrutura da obra, os poemas 1 e 9 abordam a questão da desapropriação de terras na Cisalpina, durante o Segundo Triunvirato; os poemas 2 e 8 focalizam o amor humano; os de número 3 e 7 apresentam concursos de canto entre pastores; aqueles referentes aos poemas 4 e 6 focalizam o futuro e origem do mundo; a décima bucólica, enfim, teria sido acrescentada posteriormente ao todo por Virgílio e estabelece contraste, por suas colorações elegíacas e "terrenas", diante da placidez e elevação da quinta, sobretudo.

Ainda, segundo os parâmetros da *Rota Vergilii*, esquema classificatório codificado na Idade Média,[7] mas que remonta às lições sobre a *elocutio* da retórica clássica, seu estilo seria o *humilis* ("simples", ou o mais próximo da expressão cotidiana, sem incorrer em erros ou vulgarismos); a atividade humana que se mostra nesta obra é a do pastoreio, o animal típico é a ovelha, a ferramenta é o báculo, a paisagem são os prados e a árvore é a faia.

Na *Eneida*, a questão da simetria – já notada por Mauro Sérvio Honorato (séc. IV EC), em seu comentário a esta epopeia –[8] tem sido discutida em estudos detalhados, como os de Duckworth (1962: 51-52), para o qual haveria uma espécie de regular reiteração temática no conjunto de seus doze Cantos. Desse modo, no início do Canto 1 temos a deusa Juno desencadeando uma tempestade marítima contra a frota de Eneias, enquanto a mesma deusa desencadeia a "tempestade" da guerra no Canto 7; no Canto 2, Eneias narra a "morte" de Troia, o que se reatualiza, no Canto 8, quando esse herói lança as bases do "nascimento" de Roma na Itália; nos Cantos 3 e 9, por sua vez, ocorrem interlúdios em meio à trama principal.

---

[7] De acordo com este esquema, um círculo é repartido em três "fatias", cada qual representativa de um nível estilístico no âmbito da retórica; além disso, as *Bucólicas*, *Geórgicas* e *Eneida* de Virgílio foram encaixadas em suas respectivas porções da roda, com acréscimo de outros fatores diferenciadores entre elas (atividade humana típica de cada obra, instrumento, espaço etc.). Segundo Fonseca Jr. (2023: 113-114), ela está presente "nos comentários ou tratados literários de autores medievais, como Bernardo de Utreque (séc. XI EC), João de Garlândia (c. 1195-c. 1272) e Godofredo de Vinsauf (fl. c. 1200)".

[8] O comentador considerava que a *Eneida* era formada por duas partes de seis Cantos cada, sendo a primeira uma *Odisseia* (Canto 1-6, viagens de Eneias) e a segunda uma *Ilíada* (Canto 7-12, guerras na Itália); ver Vasconcellos (2014: 65).

INTRODUÇÃO

Continuando este desenvolvimento, o mesmo Duckworth (*apud* Vasconcellos 2014: 86) divisa elementos trágicos nos Cantos 4 – sofrimento e morte de Dido – e 10 – sofrimento e morte, na guerra, de Palante, Lauso e Mezêncio. Os Cantos 5 e 11 formariam par devido à partilha do significado de "diminuição da tensão" (em meio aos jogos fúnebres em honra de Anquises, o pai de Eneias, e à trégua entre os exércitos de Eneias e Turno, seu rival bélico). A questão do futuro, enfim, assume a modalidade da revelação no Canto 6 e a de algo assegurado no Canto 12 (uma vez que, ao fim da *Eneida*, a morte de Turno às mãos de Eneias garante o enraizamento de seu povo no país).

No que diz respeito ao estilo, ele seria, no caso dessa epopeia, *grauis* ("elevado", ou o mais alto possível); a atividade humana que se mostra nesta obra é a do soldado ávido pelo comando, o animal típico é o cavalo, a ferramenta é a espada, a paisagem são as cidades e fortificações e a árvore é o loureiro (ou cedro). Nesse sentido, as *Geórgicas* se encaixam, segundo o esquema da *Rota Vergilii*, no meio, entre a "humildade" bucólica e a nobreza da épica, devido a terem estilo *mediocris* ("médio", ou destinado, segundo a retórica clássica,[9] não a ensinar – como o "simples" – nem a comover – como o "elevado" –, mas antes a deleitar). A atividade em foco, desta vez, é a do "agricultor" (*agricola*), o animal representativo é o boi, a ferramenta é o arado, a paisagem é o "campo de cultivo" (*ager*) e a árvore a de fruto.

Finalizamos esta seção dizendo que, apesar da utilidade propedêutica da *Rota Vergilii* e/ou de outros artefatos classificatórios da produção literária antiga, não deixa de haver razoável esquematismo nesses tipos de visão. Entre outras críticas possíveis, diga-se de passagem que um poema didático "mediano" como as *Geórgicas*, segundo a hierarquia estilística da retórica e suas correspondentes funções, seria estranhamente destinado não ao ensinamento, segundo vimos, mas ao deleite. Ainda, não há o tempo todo manutenção do mesmo nível expressivo nessa obra, por vezes, aproximável no quesito em jogo das alturas da épica heroica – como no proêmio do livro 3 – ou da "humildade" bucólica (3.322ss.).

---

9 Ver Reboul (2004: 62).

4. A MACRO-ORGANIZAÇÃO DOS LIVROS

Assim como se dá com as *Bucólicas* e *Eneida*, a organização das partes – neste caso, livros – das *Geórgicas* não se identifica, em absoluto, com a displicência. Em vez disso, de mais de uma maneira, Virgílio mobilizou efeitos que fazem da progressão conjunta dos livros do poema um aspecto expressivo e, até, significativo da obra. Então se confirma, inclusive por meio desta obra situada ao centro da carreira do poeta, que a busca da harmonia entre forma e sentidos foi uma constante em seu trabalho de escrita.

Começando pelo mais óbvio, os livros botânicos 1 e 2 formam unidade temática dupla que se contrapõe àquela dos livros zoológicos 3 e 4. Lembramos, assim, que o tema do livro inicial é a cerealicultura, sendo aquele do livro seguinte a arboricultura, mas com notável destaque para o cultivo das vinhas. Por sua vez, o livro 3 inicia o par em nexo com a abordagem da criação de animais no poema, ao focalizar a pecuária de grande (bovinos e equinos) e pequeno porte (ovinos e caprinos); no livro 4, que encerra a obra, o poeta concentrou-se em abordar o trato e natureza das abelhas.

Além de semelhante possibilidade de divisão simétrica dos livros aos pares,[10] conforme os assuntos de que tratam, também o olhar para a "escala" de complexidade na distribuição dos temas favorece, neste texto, divisar algum significado. Nesse sentido, o livro 1 inicia as *Geórgicas* com a referência a meras plantas rasteiras – trigo, cevada, lentilha

---

10 Os livros da obra *Sobre a natureza das coisas*, de Tito Lucrécio Caro (94 AEC – 50 AEC), também se dividem aos pares por razões temáticas, sendo o assunto do primeiro as características dos átomos, e do segundo seu comportamento. No terceiro livro, Lucrécio abordou a questão do espírito e da alma humanas, havendo, no livro 4, tratamento do aspecto das sensações físicas no homem. Nos livros 5 e 6 temos, respectivamente, uma espécie de esboço da trajetória natural da Terra e da Civilização humana, bem como a abordagem de fenômenos naturais em larga escala (terremotos, inundações, erupções vulcânicas etc.).

etc. –; no livro 2, o grau de "humildade" do assunto é menor, sobretudo devido às associações possíveis entre a parreira e o deus Baco.

No livro 3, passa-se do reino vegetal para o animal, mais próximo do universo humano devido a razões biológicas e experienciais (por exemplo, sendo bichos e homens sujeitos aos excessos do *Amor* – "desejo" – e da *Pestis* – "Peste"); o livro 4, por fim, aumenta a escala de complexidade dos seres na medida em que as abelhas não são somente insetos agrupados em bando desordenado, mas constituem verdadeira sociedade, com hierarquia e divisão de papéis.[11]

Outro aspecto envolvido na forma segundo a qual os livros da obra, como estão construídos, seguem significativamente uns depois dos outros diz respeito a que, conforme notado pelos críticos, parece haver certa alternância tonal entre os ímpares/"pessimistas" (1 e 3) e os pares/"otimistas" (2 e 4). Então, encontramos ênfase, no livro 1, na questão dos duros trabalhos envolvidos na lida do cerealicultor; além disso, este mesmo livro é encerrado com a evocação de eventos da Guerra civil romana, como o próprio assassinato de Júlio César (v. 466), e certa ideia de descontrole. Em contrapartida, aquele que se lhe segue apresenta pontos como a espontaneidade do nascimento de muitas árvores, a suposta facilidade de cultivar a oliveira (v. 420ss.) e o aspecto festivo das parreiras, associadas inclusive a festejos rústicos e ao vinho.

Em *Geórgicas* 3, o tom volta a assumir intensidades mais sombrias, pois neste livro estão contidas a violência do *Amor* e o caráter destrutivo da *Pestis*, especialmente aquela localizada na província transalpi-

---

11 Na mesma obra *Sobre a natureza das coisas*, citada na nota anterior, a sequência dos livros revela "andamento" temático que também é significativo, pois se passa gradualmente do muito pequeno (o nível atômico – livros 1-2) ao nível mediano (a escala do homem – livros 3-4) e ao cósmico (livros 5-6). Contudo, diferentemente do notado em Virgílio, o fio condutor ininterrupto desta sequência diz respeito ao tamanho dos fenômenos focalizados, não propriamente a uma gradação da menor para a maior complexidade dos seres ou "comunidades" de plantas e animais.

na do *Noricum*.[12] Deve-se referir, a respeito disso, que o mesmo livro se encerra com a completa desolação sobre aquela área, com a extensão de um contágio mortal sobre animais silvestres, domésticos e o próprio ser humano (v. 563ss.). Em *Geórgicas* 4, por sua vez, de novo se tem certo relaxamento de tensões, já que a "perfeição" do mundo das abelhas provoca maravilhamento, e o fecho deste livro concentra a bem-sucedida recuperação dos insetos pelo apicultor mítico identificado com Aristeu (v. 554ss.).

Wilkinson (1969: 72), a propósito desse efeito, evocou a ideia pictórica do "chiaroscuro", como se as pinceladas de Virgílio contribuíssem para a intensificação contrastiva dos livros "pessimistas" pelos "otimistas" e vice-versa. Acrescentamos que a alternância entre os proêmios longos de *Geórgicas* 1 e 3 – com respectivos 42 e 48 versos – e aqueles breves dos livros 2 e 4 – com 8 e 7 versos ao todo – traz certa confirmação formal ao fato, como dissemos, de aqueles serem mais "pesados", contrapondo-se à leveza dos de número par.

Finalizamos essas considerações lembrando que, a partir do momento da entrada do assunto da criação dos animais nos livros "zoológicos", o poeta procedeu à delicada operação de diminuir gradativamente o tamanho físico dos seres que focaliza. Assim, entre vv. 49-285 do livro 3, temos nas *Geórgicas* tópicos em nexo com a criação de grandes animais – cavalos e bois –, dissemos; depois do segundo proêmio do mesmo livro (vv. 284-294), inicia-se a abordagem dos pequenos – ovelhas e cabras –, os quais, menores que os anteriores, são todavia maiores que as diminutas abelhas. Note-se, por outro lado, que, sendo as ervas de *Geórgicas* 1 menores que as árvores do livro 2, a simetria de arranjo também significa, neste poema, deixar plantas e animais maiores ao centro, os menores às bordas.

---

12 Esta era uma região ao norte do que hoje é a Itália, mais ou menos associável à moderna Áustria e a partes da Baviera, tendo sido originalmente um reino controlado por uma confederação celta.

5. LÍNGUA E ESTILO

Se tivéssemos de destacar alguns detalhes da língua empregada por Virgílio neste seu poema, bem como do estilo adotado na obra, destacaríamos certos componentes com Rinaldi (1985: 691ss). Tais componentes, em uma obra com o fundo temático agrário das *Geórgicas*, passam primeiramente pelo aspecto do vocabulário específico,[13] herdado de vários tratadistas romanos anteriores; pela parca recorrência aos coloquialismos e arcaísmos, elevando o poeta ao uso de uma forma verdadeiramente clássica do latim; pela recorrência a efeitos fônicos expressivos; pela antropomorfização de "objetos"; pelo emprego de figuras de elocução etc.

Quanto à presença dos "tecnicismos" em Virgílio – retomados de Marco Pórcio Catão, Marco Terêncio Varrão,[14] Tito Lucrécio Caro, mas também de Caio Júlio César (100 AEC – 44 AEC) e outros –, podem ser divididos em substantivos, adjetivos, verbos e advérbios. Entre os substantivos, exemplificamos com *aesculus* ("ésculo", 2.16; 2.291), *amurca* ("fezes de azeite", 1.194; 3.448), *blatta* ("barata", 4.243), *mulctrum* ("vaso de ordenha", 3.309) e *robigo* ("ferrugem" = fungo dos cereais, 1.151); entre os adjetivos, *bimus* ("de dois anos" – falando de um novilho –, 4.299), *camur* ("recurvado para dentro" – falando de chifres –, 3.55), *giluus* ("amarelo claro" – falando da pelagem dos cavalos –, 3.83), *petulcus* ("que marra" – falando dos bodes –, 4.10), *spadix* ("baio" – falando da pelagem dos cavalos –, 3.82).

O léxico específico de tipo verbal, por sua vez, abrange termos como *despumare* ("escumar" – falando do mosto –, 1.296), *proscindere* ("sul-

---

13 No sentido de serem palavras ausentes das *Bucólicas* e da *Eneida*, muitas vezes impregnadas de coloração própria do âmbito especificamente rural das *Geórgicas*, ou mesmo oriundas do universo da técnica agrária (Rinaldi 1985: 691).

14 Catão e Varrão foram autores de obras agrícolas chamadas, respectivamente, *Da agricultura* e *Três livros das coisas do campo*; a primeira é um manual rudimentarmente escrito, enquanto Varrão adotou a forma do diálogo para expor assuntos como o cultivo e o trato de grandes e pequenos animais.

car" – falando da terra –, 1.97), *solidare* ("compactar" – falando da terra –, 1.179), *supinare* ("lavrar" ou "revirar", 2.261) e *uirescere* ("verdejar", 1.55). Dentre os advérbios referidos por Rinaldi (1985: 692) nas mesmas circunstâncias, citamos *cateruatim* ("aos bandos" – falando de animais atingidos por doença –, 3.556), *minutatim* ("aos poucos", 3.485) e *tractim* ("incessantemente", 4.260).

Um aspecto da língua coloquial latina diz respeito ao emprego de diminutivos, em geral marcados por tom de forte afetividade.[15] Assim, nas *Geórgicas*, poderíamos seguramente referir *lapillus* ("pedrinha", 4.194), *capella* ("cabra" ou, mais propriamente, "cabrinha", 2.196; 3.287), *bubula* ("novilha", 1.375; 4.11), *asellus* ("burrinho", 1.273). Em comparação com o emprego das mesmas palavras desse grau em uma obra de estilo menos elevado, como são as *Bucólicas*, algumas delas de fato se encontram mais vezes ali – caso de *capella*, treze vezes (Rinaldi 1985: 692).

Os poucos arcaísmos encontráveis nas *Geórgicas* podem ser evocados, a título de exemplificação, por formas como os imperativos *contemplator* ("olha", 1.187) e *nutritor* ("nutre", 2.425); numa dicção mais afim à dos tempos de Virgílio, tais formas seriam *contemplato* e *nutrito*, correspondendo à segunda pessoa do singular do imperativo futuro. Rinaldi (1985: 693) também cita o infinitivo presente passivo *immiscerier* ("misturar-se", 1.454), que apresenta a forma não arcaica *immisceri*.

Como amostra mínima da arte de Virgílio, conciliando som e sentidos, apontamos os trechos abaixo:

*ingemere et sulco **adtritus splendescere** uomer.*

o arado, e a relha a brilhar, friccionada no sulco. (1.46)

---

15 No poema 3 de Caio Valério Catulo (54? AEC – 84? AEC), em que o assunto é a morte do pardal de estimação da amada, surgem diminutivos como *miselle* ("pobrezinho", v. 16), *turgidoli* ("inchadinhos", v. 18) e *ocelli* ("olhinhos", v. 18). No penúltimo e último caso, a referência é aos olhos da moça, que se deseja consolar carinhosamente; falando da lírica catuliana, em geral, a recorrência afetiva aos diminutivos não falta.

INTRODUÇÃO

heu! male tum mitis defendet pampinus uuas:
tam multa in tectis crepitans salit horrida grando!

ai! mal então o pâmpano defenderá as uvas suaves:
tanto granizo salta terrível crepitando nos telhados! (1.448-449)

Na primeira citação, considerando o original latino, "a repetição do /r/, combinada com os encontros consonantais *pl* e *tr*, parece sugerir o som do atrito da relha no chão [...]. Note, além dos encontros consonantais *-TTR* e *-SPL*, a aliteração em -R" (Silva 2019: 71). Naquela posta abaixo, a cena de uma súbita tempestade de granizo que, entre outros efeitos destrutivos, atinge os telhados com violência – produzindo barulho – é representada pelo poeta latino por meio do hábil uso das aliterações, sobretudo aquelas na dental /t/. Então, a repetição da "batida" fônica dessa consoante específica sugere algo do golpear das pedras de gelo sobre os objetos apresentados.

Similarmente, Wilkinson (1963: 74ss.), em análise aos efeitos de expressividade poética contidos em *Geórgicas* 1.43-392, apontou que tais efeitos se dão pela recorrência a elementos de tipo variado. Assim, no verso 45 do livro 1 – especificamente, no trecho identificado com *tum mihi taurus* ("então [...] me [...] o touro") –, a ideia do esforço do animal que lavra o solo seria fortalecida pela aliteração em /t/, coincidindo as sílabas de ocorrência com o *ictus* métrico do hexâmetro.

Na passagem abaixo, por sua vez, além da imitação de um trecho homérico referente à *Ilíada* 21.260-262,[16] o poeta latino mobiliza recursos fônicos próprios, com vistas a evocar o som da água em movimento:

ecce supercilio cliuosi tramitis undam
elicit? Illa cadens raucum per leuia murmur
saxa ciet scatebrisque arentia temperat arua.

---

16 Nesta passagem, Homero descreve o ruído do rio Xanto de Troia, em perseguição a Aquiles em suas margens depois de destratado verbalmente pelo herói.

eis que do alto de escarpada via a água
faz *cair*? Ela, descendo, *rouco murmúrio* por lisas
pedras emite, mitigando áridos campos com cascatas. (1.108-110)

Entre os expedientes a que recorre Virgílio, no contexto, Wilkinson (1963: 76) cita o emprego de "sons gotejantes" (*trickling sounds*), a exemplo dos de /i/, /c/ e /l/, justamente em palavras que *não têm nexo com qualquer noção* de umidade (*ecce* – "eis" –, *supercilio* – "do alto" –, *cliuosi* – "de escarpada" –, *elicit* – "faz cair" –, *illa* – "ela" –, *cadens* – "descendo" –, *saxa* – "pedras" –, *ciet* – "emite"). Além disso, o aspecto "balbuciante" da água, em si, estaria reposto na passagem por meio da expressão *raucum [...] murmur* ("rouco murmúrio"), na qual a forte repetição de *r*, *u* e *m* dá essa ideia, acrescida da nasalidade que se triplica.

Exemplos adicionais da maestria estilística do poeta das *Geórgicas* abundam, também, em outros livros do poema – como no último –, em que Wilkinson destacou inclusive o excerto seguinte:

*At mater sonitum **thalamo** sub fluminis alti*
*sensit. Eam circum Milesia uellera **Nymphae***
*carpebant **hyali** saturo fucata colore,*
Drymoque Xanthoque Ligeaque Phyllodoceque,
caesariem effusae nitidam per candida colla,
[Nesaee Spioque Thaliaque Cymodoceque]
*Cydippeque et flaua Lycorias, **altera** uirgo,*
***altera** tum primos Lucinae experta labores,*
***Clioque** et **Beroe** soror, **Oceanitides ambae**,*
***ambae** auro, pictis incinctae pellibus ambae,*
atque Ephyre atque Opis et Asia Deiopeia,
*et tandem positis uelox **Arethusa** sagittis.*

Mas a mãe, sob *aposento* do rio profundo, a voz
ouviu. Em volta dela, velos de Mileto as *Ninfas*
fiavam, tingidos em tom escuro *de verde*,
Drimo, Xanto, Ligeia e Filódoce,

INTRODUÇÃO

com a cabeleira brilhante se espalhando pelos alvos colos,
Neseia, Espio, Talia e Cimódoce,
Cidipe e a loura Licórias, uma donzela,
a outra, então, que tivera o primeiro parto de Lucina,
Clio e a irmã Béroe, sendo ambas Oceânides,
ambas de dourado, de peles pintadas ambas cingidas,
e Éfira e Ópis e Deiopeia a asiática,
e, enfim, Aretusa veloz, que deixara suas setas. (4.333-344)

Neste ponto, o que mobiliza os esforços interpretativos do crítico anglófono diz respeito, além do caráter "primoroso" da disposição sonora dos nomes de tantas divindades (auxiliando no destaque da beleza do mundo subaquático onde se entra), à variação ou mistura de termos gregos em meio aos latinos – notar *thalamo* ("aposento"), *Nymphae* ("Ninfas"), *hyali* ("de verde") etc. –, à ocorrência de hiatos (ou não elisão de vogais) entre versos, à "cooperação" vocálica dentro de nomes como *Clio*, *Beroe*, *Oceanitides* etc., às aliterações, às anáforas e assonâncias, à destinação de um verso exclusivo para Aretusa etc. (Wilkinson 1963: 38). Ou seja, o claro requinte da tessitura poética, no trecho envolvido, evoca em *Geórgicas* 4 o refinamento da corte fluvial de Cirene, mãe do herói Aristeu.

Por fim, comparando as *Geórgicas* 4.463-469 com Ovídio (*Metamorfoses* 10.11-16), pois as duas passagens abordam a triste sina de Orfeu após a perda da amada Eurídice, durante a subida de ambos dos Infernos, Wilkinson (1963: 131-132) destaca diferenças na métrica. Evidentemente, os dois poetas se serviram nelas dos "mesmos" hexâmetros datílicos para contar a "mesma" história, mas a ideia da plena similitude entre um e outro contexto não resiste a um exame mais acurado. Com efeito, enquanto este trecho referido das *Geórgicas* contém, em sete versos, quinze dáctilos e cinco elisões, o das *Metamorfoses*, em cinco versos e meio, apresenta dezenove dáctilos e uma única elisão, como se Virgílio desejasse, aqui, criar efeito (de certa tardança narrativa?) pelo ritmo; Ovídio, apenas prosseguir com o relato.

Quanto ao aspecto de Virgílio atribuir contornos ou comportamentos humanos a animais, ou mesmo a plantas e seres inanimados, evidentemente se trata de uma estratégia para diminuir a aridez dos assuntos em pauta. Dessa maneira, o leitor da obra pode ver-se aproximado dos elementos do mundo rural de mais de uma maneira:

*atque **indignatum** magnis stridoribus aequor*

do mar *que se exaspera* com barulho alto (2.162)

*halitus, atque **animos tollent** sata. Iamque reperti*

sopro e as culturas *tomarão impulso*. E já se viu (2.350)

*et circa regem atque ipsa ad **praetoria** densae*
miscentur magnisque uocant clamoribus hostem.

e, em torno do rei e dos próprios *pretórios*,[17] adensadas
se misturam e chamam o inimigo com grandes clamores. (4.75-76)

No quesito das figuras de elocução abundam anáforas, metáforas, símiles, metonímias etc.:

***Tum** pingues agni et **tum** mollissima uina;*
***tum** somni dulces densaeque in montibus umbrae.*

Então, os cordeiros são gordos e *então* bem suaves os vinhos,
então os sonos são doces e densas as sombras nos montes. (1.341-342)

Vt saepe ingenti bello cum longa cohortis
explicuit legio et campo stetit agmen aperto

---

17   Referência antropomorfizada, tratando de abelhas, às tendas dos generais do exército romano, nos acampamentos militares desse povo.

INTRODUÇÃO

derectaeque acies ac late fluctuat omnis
aere renidenti tellus necdum horrida miscent
proelia, sed dubius mediis Mars errat in armis.

Como vemos amiúde, quando na enorme guerra as coortes longa
legião desdobrou e parou em campo aberto um batalhão:
as linhas de batalha se arranjaram e largamente oscila
toda a terra com o brilho do bronze, ainda sem misturar horrendas
lutas, mas erra hesitante Marte entre as armas. (2.279-283)

arguto coniunx percurrit pectine telas
*aut dulcis musti **Volcano** decoquit umorem*

a esposa percorre telas com pente sonante,
ou coze em *Vulcano* o líquido do mosto doce (1.294-295)

Na segunda citação posta acima, ocorre comparação estendida – ou "símile" – a propósito de aproximar-se o rígido alinhamento das vinhas no campo agrícola das fileiras de soldados no campo de batalha. Na última, por sua vez, preferindo elevar a dicção com o emprego do nome do deus do fogo, não desse termo banal em si, Virgílio insere o sagrado até em meio às práticas mais comuns da vida cotidiana, como o preparo do *defrutum* ("mosto reduzido").

Atualizamos a questão estilística deste poema didático referindo um capítulo recente de Nelis (2024: 131ss.), o qual atenta para o aspecto da constituição de vários grupos de palavras com significado geográfico (nomes de lugares, basicamente) ao longo das *Geórgicas*. Um primeiro aspecto a ser considerado é que, além de atestar a erudição geográfica do poeta, esse traço evoca um pouco da genealogia épico-didática da obra: no primeiro caso porque, sabemos, remonta às epopeias homéricas a prática de compilar catálogos de naus, forças militares e outros elementos (Nelis 2024: 131); no segundo, devido ao fato de os processos de ensinamento presentes nos poemas didáticos antigos não poderem prescindir, jamais, de catalogações instrutivas (Nelis 2024: 133).

Além desse efeito de ancoragem das *Geórgicas* nas tradições expressivas da(s) tipologia(s) literária(s) a que pertence, o crítico aponta outras consequências significativas do mesmo emprego. Uma delas seria a clara tentativa, por Virgílio, de realizar certa "cosmografia", ou descrição abrangente do mundo, nesta obra agrícola. Ou seja, longe de apenas corroborar a antiga ideia sobre o suposto foco representativo do poema sobre a Península itálica somente, menções a lugares longínquos como o Tmolo (na Ásia Menor), a Índia, o Ponto, o Epiro etc. (Virgílio, *Geórgicas* 1.56-59) permitem importante alargamento de horizontes no texto em pauta.

Nesse sentido, sem que se faça propriamente a preterição da "central" Itália na obra – afinal, as culturas de vegetais e os rebanhos citados no poema de fato tinham bastante espaço e tradição para desenvolvimento econômico ali –, Virgílio, entretanto, opera de modo a situá-la dentro de um mundo romano mais vasto, ou até além (Nelis 2024: 137-138). Na verdade, duas digressões contidas no livro 3 e centradas sobre a escaldante e desértica Líbia (v. 339ss.), bem como sobre a fria Cítia (v. 349ss.), "sempre" recoberta pelo gelo e brumas, levam o olhar do poeta para zonas onde o Império encontrava seus limites extremos (Nelis 2024: 142).

Enfim, as colocações de Nelis (2024: 145-146) sinalizam uma espécie de gesto de emulação de Virgílio ao compor as *Geórgicas* inclusive recorrendo à significativa erudição geográfica a que temos aludido. Ocorre, conforme lembra o crítico, que Calímaco de Cirene (séc. IV-III AEC), na composição da obra *Aetia*, já tinha se servido de expediente semelhante, ao citar centenas de nomes de lugares nesse poema (muitos deles, em conexão com o território sob o domínio da dinastia dos Ptolomeus). Quando, então, as *Geórgicas* o fazem em latim e evocando a grandeza espacial do mundo (e de Roma), instaura-se provavelmente a postura confiante de Virgílio, diante de sua obra e do Império.

6. AFILIAÇÕES GENÉRICAS E FONTES DA OBRA

Caso se levem em conta alguns sinais dados pelos próprios autores antigos em suas obras (pois não dispomos de exaustivas proposições dos teóricos greco-latinos a definirem algo como um gênero específico da "poesia didática"),[18] teremos chances de divisar ao longo de séculos da prática letrada antiga o desabrochar e o prosseguimento da tipologia em pauta (Dalzell 1996: 21-22). Assim, costuma-se trazer à discussão o Hesíodo d'*Os trabalhos e os dias* (séc. VIII AEC) caso se deseje remontar às raízes desse tipo compositivo, acreditamos, suficientemente distinto de seu correlato mais próximo (a épica heroica) para que se lhe atribua alguma autonomia como zona criativa.[19]

Naquela obra, por sinal, o poeta helênico dirigira-se em segunda pessoa a Perses, seu irmão corrupto no assunto da partilha dos bens paternos, e aconselhara-lhe a religiosidade e o trabalho como verdadeiras formas de alcançar segurança e alguma estima diante de deuses e homens (Jaeger 2003: 87). Correspondendo o mundo do autor ao dos modestos camponeses da região da Beócia, o conteúdo agrário de plantio e trato animal adentra os versos d'*Os trabalhos e os dias* como sustentáculo da parte prática do texto, ao lado, segundo aludimos de leve, daqueles mais propriamente vinculados à moral.

---

18 Entretanto, o já mencionado Mário Sérvio Honorato (séc. IV EC) define as *Geórgicas* não simplesmente como épos, mas antes como *libri didascalici* no início de seu comentário à obra. O dito *Tractatus Coislinianus*, depois de separar as formas da poesia entre as variedades "mimética" e "não mimética", faz derivar o gênero *paideutiké* ("didático") da segunda; na *Arte gramatical* de Diomedes (séc. IV EC) também se fala da poesia "didascálica" como algo nitidamente diferenciado, inclusive, da épica (Volk 2002: 32ss.).

19 Nesse sentido, uma posição alternativa à plena separação da poesia didática, genericamente, da épica, é considerá-la como espécie desse gênero de base hexamétrica, ao lado da epopeia heroica, da "pequena épica" mítica de modelo alexandrino, do bucolismo, da epopeia burlesca – por exemplo exemplificada pela *Batracomiomaquia*, por vezes datada dos tempos de Alexandre, o Grande (356 AEC – 326 AEC); ver Toohey (1996: 5-6).

Interpondo-se significativo lapso de tempo entre a época arcaica de Hesíodo e a nova voga dos textos que o tiveram como referencial artístico, chega-se à era helenística da literatura greco-latina com memoráveis autores como Nicandro de Cólofon (séc. II AEC), Arato de Solos (315 AEC – 240 AEC) e, em Roma, Quinto Ênio (239 AEC – 169 AEC). Durante esse período da história literária antiga, com frequência, por causa de poéticas que valorizaram antes de mais nada o esmero construtivo em menor escala (Oliva Neto 1996: 31), ocorreu a promoção e o resgate de Hesíodo em detrimento do também hexamétrico Homero. Daí, por sinal, o "renascimento" da poesia didática como alternativa à épica heroica.

Ao mesmo tempo, a reatualização da prática de compor obras ao menos superficialmente preceituadoras e endereçadas a uma segunda pessoa de "aluno" (Toohey 1996: 4) acabou por ramificar-se em várias direções possíveis: assim, apenas para exemplificar de passagem a potencial riqueza dessa classe compositiva, fez-se, de um lado, a "linhagem" dos textos dedicados a veicularem temas filosófico-científicos (caso das obras de Nicandro, Arato[20] e, exemplarmente, de um Lucrécio);[21] de outro, práticos (como, sob o aspecto ostensivo, predomina nas *Geórgicas* virgilianas).

Como característica fundamental aos poemas didáticos, ainda, conta-se a indefectível "intromissão" de trechos supostamente digressivos, vale dizer, "afastados" da prática "pedagógica" do ensinamento. São partes do entrelaçar de mitos, relatos imagéticos ou episódicos quaisquer e que, não obstante afastadas da postura de veiculação de conteú-

---

20 A Nicandro são atribuídos os poemas *Theriaca* e *Alexipharmaca*, sendo o assunto do primeiro os animais peçonhentos; do segundo, venenos e seus antídotos. Arato foi o autor de *Phaenomena*, poema didático de vinculações estoicas, cujos principais temas, ao longo de seus 1154 versos, são o mapa do firmamento, o calendário astrológico, os sinais de tempo, ou clima, bom ou ruim etc. (Toohey 1996: 52-53).

21 A importância de Lucrécio é a de constituir a principal fonte antiga para o conhecimento do atomismo epicurista; lembramos, a propósito, que a obra Περὶ φύσεως, do próprio fundador dessa escola filosófica (Epicuro de Samos – 341 AEC – 271 AEC), foi-nos legada apenas de maneira fragmentária.

INTRODUÇÃO

dos com sistematicidade, acabam sempre por inserir-se harmônicas na trama das obras.[22] Afinal, ilustrar com histórias da mitologia ou de outras matrizes possíveis significa, além de apenas "adornar", fazer ecoarem os tons morais ou filosóficos predominantes das demais partes dos textos.

Do ponto de vista da incorporação dos saberes agrários encontrados nas *Geórgicas* (e não majoritariamente, segundo esboçamos até agora na presente seção, das bases estruturadoras do essencial da tipologia poética discutida), merecem destaque, além do próprio Hesíodo d'*Os trabalhos e os dias*, o "astrônomo" Arato, Teofrasto (372 AEC – 287 AEC), o "naturalista" e discípulo de Aristóteles, Lucrécio e Varrão, com seu *Três livros das coisas do campo* em latim (Wilkinson 1969: 56-68).

Dessa forma, embora a influência hesiódica se restrinja a uma parte do livro primeiro deste poema virgiliano, sua imitação é claramente perceptível em tópicos como a espontânea prodigalidade da terra durante a Idade Áurea (1.127-128), os tempos de arar e semear (1.204-230) e as "alegrias da primavera" (1.341-342). Arato, por sua vez, "cientista" da era helenística e autor de língua grega dos mais admirados e traduzidos em Roma, foi o referencial do poeta no trecho dos "sinais do tempo" (1.351-423), em que notamos o esforço de associar as disposições celestes a determinados fenômenos meteorológicos de importância para os agricultores. Referimo-nos, evidentemente, às tempestades, ventos, chuvas, granizos, secas, grandes frios e calores...

Diante do legado teofrástico e varroniano, por outro lado, divisamos o diálogo de Virgílio com os dois autores que, segundo se crê, constituíram a base mesma da incorporação de saberes especializados (agrícolas) nesta obra. Do primeiro autor, poderíamos dizer, sobretudo citado com implícitas remissões à *Historia* e ao *De causis plantarum* (Thomas 1988:

---

22 Nas *Geórgicas*, o mais significativo exemplo, entre outros possíveis, é o do ἐπύλλιον de Aristeu e Orfeu (4.315-452), o qual por vezes se interpretou como espécie de endosso da postura do primeiro – um "camponês" piedoso – e desaprovação daquela do segundo, um obstinado amante (Conte 1984: 43-53).

10-11) o poeta didático incorporou, entre outros pontos dispersos, a abordagem dos diferentes métodos de propagar os vegetais (2.9-34) e a variedade dos tipos arbóreos existentes no mundo (2.109-135).

Varrão, por sua vez, que também se dedicara a compor uma obra abrangente no domínio da economia agrária poucos anos antes do surgimento das *Geórgicas*, serviu de fonte técnica para Virgílio ao longo de praticamente todo o poema (Thomas 1988: 11). Importa aqui lembrar que, nos *Três livros das coisas do campo*, ele se pronunciara, segundo os ditames do gênero dialógico da literatura antiga, em três livros respectivamente dedicados ao plantio (de searas ou árvores), à pecuária e à *uillatica pastio*, ou criação de pequenos animais (aves, peixes, lebres...) nas *uillae* romanas, com fins pecuniários ou de ornato.

Tem-se, portanto, a nítida impressão de que os temas do erudito e antecessor latino foram desdobrados pelo poeta com a parcial conservação de sua ordem de surgimento ali: assim, o livro "botânico" varroniano resultou nas duas primeiras partes das *Geórgicas*; o "pecuário", na terceira subdivisão do poema didático de Virgílio; por fim, o da *uillatica pastio* sofreu sensível compressão e, como é comum em Virgílio diante de seus referenciais técnicos, seletividade para incorporar apenas, dentre todos os tipos de criação elencados no derradeiro livro dos *Três livros das coisas do campo*, a apicultura.

A título de balanço final dessas questões na obra de nosso interesse, então, poderíamos dizer que, enquanto Hesíodo, compreendido como estabelecedor das estruturas-mestras perenizadas na poesia didática subsequente, foi a mais marcante influência poético-formal para o Virgílio geórgico (sem, contudo, descartarmos a decisiva participação da poética alexandrina em pontos como a ποικιλία ou *uariatio*, o próprio resgate da arte do πρῶτος εὑρετής ("primeiro descobridor") do gênero, a escrita do delicado ἐπύλλιον[23] de Orfeu e Aristeu ao término mesmo da obra...), Varrão, por ter construído seus *Três livros das coisas do campo*

---

23 Esta forma literária, iniciada por Calímaco de Cirene com a composição da obra *Hécale*, caracteriza-se pelo emprego de versos hexamétricos para compor narrativas míticas curtas, com ênfase em aventuras amorosas de heróis

de maneira organizada e, até certo ponto, capaz de cobrir os mais distintos domínios da economia agrária antiga, tornou-se sua maior referência no que diz respeito aos conteúdos técnicos.

Por outro lado, se nos lembrarmos do provável enraizamento em Varrão da divisão temática em quatro livros das *Geórgicas*, com a importância estrutural que merece, aquele autor também se enquadrará, ao lado de Hesíodo, no plano das bases estruturadoras para a forma das *Geórgicas* segundo a temos. Retoricamente, a saber, estaria no plano da *dispositio* a pouco notada (mas fundamental!) contribuição varroniana para a refinada tessitura do poema didático de Virgílio.

7. ENSINAM MESMO AS *GEÓRGICAS* A AGROPECUÁRIA?

A denominação "poema didático", aplicada a este texto virgiliano e a outras obras da literatura latina, poderia levar a crer, de imediato, que sempre se trata como que de "manuais metrificados", prontos a ensinar sistematicamente assuntos como a filosofia, a astronomia, a agricultura etc. ao público leitor. A observação mais detida de vários "espécimes" antigos vinculados a essa tipologia, no entanto, permite notar que, na realidade, trata-se de textos bem menos lineares, no aspecto de sua relação "educativa" com o público, do que imaginamos em primeira abordagem.

Essas palavras nos remetem às teorias de Effe (1977: 32ss.), o qual diferenciava, nos poemas didáticos antigos, duas camadas de conteúdos. Assim, ao lado de *der Stoff* ("assunto"), ou os conteúdos explícitos e de superfície de tais obras, o estudioso alemão também divisava, nessas circunstâncias, *das Thema* ("tema"), ou os conteúdos que estariam sendo verdadeiramente abordados pelos autores do didatismo. Ainda, de acordo com a maior ou menor confluência entre tais camadas significativas, o crítico delimitou três categorias possíveis para os poemas do tipo em pauta: quando, assim, "assunto" e "tema" coincidem, temos a categoria

e heroínas e presença da écfrase ("descrição"); ver Rodrigues Jr. (2001: 215-236).

"ideal" (como é notável na obra *Sobre a natureza das coisas* lucreciana, cujo foco seria apenas e exclusivamente ensinar a física epicurista).

Quando, por outro lado, as mesmas camadas de significado confluem, mas o virtuosismo expressivo assume vantagem diante de qualquer propósito de instruir, presentifica-se o tipo "formal". Um exemplo de poemas didáticos que podem ser encaixados nesta rubrica são *Theriaca* e *Alexipharmaca* do supracitado Nicandro (séc. III AEC), obras nas quais o curioso "sensacionalismo" dos tópicos em abordagem contribui para a elaboração imagética em linguagem rebuscada (Toohey 1996: 67).

Por último, não coincidindo o superficial "assunto" e a profundidade do "tema", seria possível divisar, segundo Effe, o tipo "transparente" da poesia didática.

As *Geórgicas* são desta categoria, pois apresentam como assunto óbvio a agropecuária, embora pareçam ocultar algum(s) sentido(s) mais ao fundo. Determinar unanimemente, contudo, qual(quais) seria(m) este(s) não é tarefa simples para os críticos: que os temas religiosos, políticos, morais e filosóficos se agregam densamente às *Geórgicas* é inegável (Wilkinson 1969: 121ss.).[24] Porém, esta obra está longe de favorecer a

---

24 Entre os temas religiosos, destaca-se a própria ligação dos camponeses antigos com o culto a divindades protetoras dos campos e dos animais: esse aspecto está evidenciado, no poema, já por meio do trecho da invocação aos doze deuses rústicos (1.5-23); além disso, a ideia de que Júpiter, outros entes sagrados ou uma espécie de Providência atuam no mundo está presente ao longo de todos os livros das *Geórgicas*. Tendo o aspecto político, já, sido tangenciado no item 2 desta "Introdução", quando referimos o gradual "cesarismo" e, depois, "augustanismo" de Virgílio, a moralidade diz respeito a que, conforme se entende inclusive da passagem do "elogio do campo" em 2.513ss., os romanos atribuíam à vida idealizada dos cultivadores da terra toda uma aura de virtudes, como a coragem, a frugalidade, a obediência aos ciclos naturais e divinos etc. A filosofia, estoica, epicurista, pitagórica etc. – sem nítida preferência por nenhuma delas – perpassa o poema: por exemplo, no primeiro caso, ao mostrar-se um Júpiter providencial diante dos homens e da Natureza; no segundo caso, alguns pontos de "racionalismo científico" da obra estão em relativo alinhamento com a escola do Jardim (1.415ss.; 2.490); por fim, no comentário breve sobre a suposta "inteligência

harmonização ideológica de tudo, deixando-nos hesitantes sobre o que, enfim, seria a mensagem sublimada "definitiva" a retirar dos modestos preceitos rurais do *magister* agrário virgiliano (Gale 2000: 11ss.; Trevizam 2005: 191-196).

Além da visada de Effe, permitindo ao menos relativizar a ideia de que a instrução agrícola estaria no centro absoluto das atenções de Virgílio, quando compôs as *Geórgicas*, a observação direta de aspectos do poema favorece prosseguir na mesma linha de pensamento. Assim, na contramão do normalmente esperado de um efetivo "manual" de agricultura, notam-se neste texto procedimentos que contradizem o privilégio dos propósitos de instrução prática como meta da obra. Em primeiro lugar, chamamos a atenção, com outros autores (Dalzell 1996: 107), para a inusitada *seletividade* dos assuntos numa obra de suposta preceituação rural: nos campos itálicos, por exemplo, os cavalos eram animais de importância secundária, dada sua comum substituição pelos bois ou burros, para o transporte de cargas mais ou menos pesadas (Robert 1985: 264-269).

No entanto, tem-se a curiosa omissão desses últimos animais no livro da obra destinado a descrever a pecuária (o terceiro), em favorecimento dos corcéis. Apagamento semelhante também ocorre com os porcos, apontados pelos estudiosos da alimentação e da vida rural romana (Robert 1985: 264) como um dos mais úteis animais para os camponeses da Itália antiga. Claro está, nos dois casos apontados para exemplificação, que os motivos de ter o poeta procedido como o fez são a submissão do gesto de informar para a vida agrária ao de fazer poesia minimamente comprometida com um nível expressivo que fuja à plena banalidade. Na verdade, enquanto porcos e burros, em sua áspera concretude, arriscariam Virgílio a resvalar no ridículo expressivo, os equinos, por sua natureza de animais enobrecidos pelos nexos com a guerra, o poder humano e as várias fábulas mitológicas que os têm como coadjuvantes,

divina" das abelhas, seres capazes de tantas maravilhas, alguns já viram alusões às ideias reencarnacionistas dos pitagóricos (Wilkinson 1969: 123).

tornaram-se melhores candidatos ao ingresso num texto que não deixa de ter parentescos com o próprio gênero épico.

Embora tais formas de raciocinar para justificarmos as escolhas de Virgílio pudessem encontrar refutações, por exemplo, na própria entrada dos carneiros e caprinos nos horizontes representativos do autor (também são seres igualmente "baixos", mais "prosaicos", por assim dizer, do que os bois de arado, que acima apontamos como o animal-tipo da poesia antiga de caráter didático), não se trata do mesmo tipo de "humildade". Afinal, cabendo no uso da cultura antiga inclusive conotações morais pouco desejáveis para os dois tipos de criação omitidos nas *Geórgicas*,[25] enquanto ovinos e caprinos, por singelos que fossem, já tinham sido incorporados sem problemas pela tradição bucólica, não haveria grandes empecilhos para esses últimos continuarem a surgir na nova obra agrária de Virgílio.

Semelhantes funcionamentos deste poema, então, apontam claramente que a camada constitutiva da obra que se vincula aos assuntos agrários tem muito de ficção, pois a figura do "rústico" moldada como receptor textual dos conselhos de um *magister* ("professor") tão receoso de tocar em "banalidades" não poderia, na verdade, corresponder a agricultores na "vida real". Em outras palavras, se o fingido "professor" de agricultura não se aprofunda em todas as cruezas da lida campesina, decerto é para poupar o público urbano da sensação de inadaptabilidade dos dizeres no tácito pacto firmado entre os dois lados do jogo literário em pauta.

Um outro procedimento virgiliano de desmascaramento da posição central da instrução agrária nas *Geórgicas* é o que chamaríamos de "resumo". Ele diz respeito, como o nome aleatoriamente adotado aqui já poderia levar a ver, ao gesto poético de comprimir vários tópicos das

---

25 Ver, sobre a glutoneria dos porcos (ou humanos assim chamados por ofensa), *Epístola* 1.4 (vv. 15-16) de Horácio; sobre a associação dos burros com a falta de inteligência, ver mito do nascimento das orelhas do animal em Midas, por ter preferido Mársias ao deus Apolo num concurso musical (Ovídio, *Metamorfoses* 11, 85-193).

práticas agrárias que se abordam uns após os outros (Dalzell 1996: 106-107). Então, seria o caso de nos perguntarmos com Dalzell (1996: 107) se o tratamento da cultura da oliveira em apenas seis versos do livro 2 da obra bastaria para orientar quaisquer *agricolae* interessados em obter o máximo dessa árvore fundamental na vida mediterrânea antiga.

Ainda, muitos temas que se descrevem de passagem na obra são também prejudicados em sua clareza expositiva pelo fato mesmo de o autor concentrar-se, na verdade, bem mais nas faces rendosas para a trama poética do que em explicá-los com vistas a garantir a reprodução de fazeres. Um exemplo possível é a alusão virgiliana ao processo de seleção de "cada uma" das sementes pelos agricultores no livro primeiro das *Geórgicas* (1.197-199), claramente visando a obter a boa produtividade em suas culturas: quais os métodos empregados para isso? Que sinais diferenciariam uma cepa de boas de outra de más sementes? Que tipo vegetal necessita, tão fragilizado caso não passe por um processo tão penoso para os *agricolae*, receber esse minucioso tratamento?

São respostas que Virgílio não nos oferece, decerto mais preocupado em enfatizar nesse livro "pessimista" da obra, segundo já o apresentamos, a dificuldade de todos os cultivos na mítica Idade Férrea[26] do que pontos particulares da condução de quaisquer plantios. Independentemente de tais questões, as *Geórgicas* não deixaram de ser citadas como fonte por alguns dos tratados agrícolas posteriores aos tempos de Virgílio, caso da obra *Das coisas do campo*, de Lúcio Júnio Moderato Columela (4 EC – entre 60-70 EC), e do *Tratado de agricultura*, de Rutílio Tauro Emiliano Paládio (séc. IV-V EC). Entretanto, na obra columeliana, onde isso ocorre muito mais, não devemos desconsiderar que a motiva-

---

26 A questão do mito das Idades do mundo, tal como contada pela primeira vez, na literatura Ocidental, em *Os trabalhos e os dias* de Hesíodo (vv. 106-201), é tematizada por Virgílio em *Geórgicas* 1.121ss., segundo explicaremos em nota *ad locum*. De toda forma, a questão de a "virtuosa" Idade Áurea ter cessado não se restringe a este ponto do poema virgiliano, pois em 2.473-474 de novo o poeta explica que a justiça, ao abandonar o mundo, deixou pegadas por último entre os agricultores da Itália.

ção poderia dizer respeito inclusive ao "embelezamento" dos capítulos do tratado com a poesia de Virgílio.

8. FORTUNA CRÍTICA

Decerto não podemos, falando desta parte da produção de Virgílio, equiparar-lhe a repercussão à das duas outras obras (mais) conhecidas do mesmo poeta,[27] sobretudo àquela da *Eneida*. Esclarece nesse sentido Grimal (1985: 72) que, devido ao sucesso imediato desta epopeia clássica, Virgílio logo se tornou um clássico, já na cultura latina. Isso implicou em que fosse transformado em autor obrigatório do *curriculum* escolar de várias épocas, abundantemente repercutido em epopeias antigas e de outras Eras,[28] além de conhecido ao longo do Império romano inteiro,

---

27 As *Bucólicas* ou *Éclogas* sobreviveram após Virgílio, na Antiguidade latina, por meio dos poemas pastoris de Calpúrnio Sículo (séc. I Ec) e Nemesiano de Cartago (séc. IV Ec). Em tempos posteriores, foram um referencial para autores como os italianos Giovanni Boccaccio (1313-1375) e Jacopo Sannazaro (1458-1530), o inglês Alexander Pope (1688-1744), os árcades "mineiros" do séc. XVIII (Cláudio Manuel da Costa e Tomás Antônio Gonzaga).

28 Se tivéssemos de apontar alguns exemplos de poemas épicos que tiveram a *Eneida* virgiliana como modelo, seria possível evocar, de forma reduzida, *Alexandreis*, de Gualtiero de Châtillon (séc. XII); *Africa*, de Francesco Petrarca (séc. XIV); *Gerusalemme Liberata*, de Torquato Tasso (séc. XVI); *Os Lusíadas*, de Luís Vaz de Camões (séc. XVI); *Paradise Lost*, de John Milton (séc. XVII). Sobre a contribuição de Camões, especificamente, esclarece Montagner (2014: 6): "Em Portugal, Luís Vaz de Camões publica *Os Lusíadas* (1556-1572), julgado por Benedetto Croce como o maior poema épico moderno e também o mais próximo da *Eneida*. É um poema longo, com 1102 estrofes, que são oitavas decassílabas. Trata do mito do mar desconhecido inserido numa ação central, a viagem empreendida pelo herói Vasco da Gama e a descoberta do caminho marítimo para a Índia, em torno da qual são descritos inúmeros episódios da história de Portugal, exaltando os feitos do povo lusitano. Nesta obra, os elementos mitológicos pagãos persistem, mas ganham motivação alegórica e retórica".

como comprova a existência de muitas citações a seus versos em monumentos e achados arqueológicos de distintos lugares.[29]

Dalzell (1996), em contrapartida, recorre a dados de natureza numérica para comentar a relativa exiguidade do interesse despertado pelas *Geórgicas* também sobre os críticos de nosso tempo:

> A mistura do terreiro e do fantasioso, do pedestre e do perifrástico, do poético e do político, do banal e do ornamental torna o poema uma presa fácil. E a mesma mistura de traços torna-o um poema notoriamente difícil de entender. Os críticos se esquivaram disso. Fiz um cálculo aproximado do número de livros e artigos dedicados a Virgílio que foram listados nos últimos anos em *L'année philologique*. Mais de 70% tratam da *Eneida*, cerca de 20% das *Éclogas* e menos de 10% têm a ver com as *Geórgicas*. Esta é uma impressionante desigualdade de importância. E a preferência acadêmica parece ser apoiada pela recepção popular na Antiguidade. Foi apontado que, embora existam muitas citações da *Eneida* nas paredes de Pompeia e um número considerável dos poemas pastoris, as *Geórgicas* são quase ignoradas.[30]

---

29 Grimal 2008: 72: "Há, sobretudo, uma obra que domina o século de Augusto e o exprime, uma obra que, mal foi publicada, era já um clássico, que os estudantes aprendiam de cor e da qual mãos inábeis rabiscaram versos em todos os muros, mesmo nas cidades mais remotas do Império: a *Eneida* de Virgílio".

30 Dalzell 1996: 105: "The mixture of the farmyard and the fanciful, the pedestrian and the periphrastic, the poetic and the political, the ordinary and the ornamental makes the poem an easy mark. And the same mixture of qualities makes it a notoriously difficult poem to understand. Critics have shied away from it. I made a rough computation of the number of books and articles devoted to Virgil which have been listed over the past few years in *L'année philologique*. Over 70 per cent deal with the *Aeneid*, around 20 per cent with the *Eclogues*, and less than 10 per cent have to do with the *Georgics*. This is a striking disparity in emphasis. And scholarly preference seems to be supported by popular reception in antiquity. It has been pointed out that while there are many quotations from the *Aeneid* on the walls of Pompeii and a considerable number from the pastoral poems, the *Georgics* are almost ignored".

Isso não significa, admitido comparativamente o menor impacto das *Geórgicas* na cultura e nas artes de várias épocas, que o poeta não tenha conhecido entusiastas e/ou imitadores deste seu trabalho. Sobre o primeiro ponto, evocamos a partir de Dalzell (1996: 105) os juízos de Michel de Montaigne[31] (1533-1592) e de John Dryden[32] (1631-1700), para os quais as *Geórgicas* seriam, respectivamente, "le plus accomply ouvrage de la poesie" ("a mais consumada obra da poesia") e "the best Poem of the best Poet" ("o melhor poema do melhor poeta").

Entre os mais conhecidos imitadores de Virgílio, começamos arrolando, no séc. I EC, o agrônomo romano Lúcio Júnio Moderato Columela, autor já referido do tratado *Das coisas do campo*, em doze alentados livros. Justamente, partindo de um eixo temático deixado aos pósteros pelo poeta de Mântua, esse escritor dedicou-se no livro 10, em meio à sua obra em prosa, à composição de um pequeno poema didático a conter 436 hexâmetros datílicos. Como assinalado pelo próprio autor, a escrita de tal livro em versos a permear seu tratado obedeceu a uma "sugestão" pontual de Virgílio em *Geórgicas* 4.147-148: *uerum haec ipse equidem spatiis exclusus iniquis/ praetereo atque aliis post me memoranda relinquo.*[33]

---

31   Sobretudo conhecido pela escrita dos *Essaies* (primeiramente publicados em 1580), o autor era de origens nobres, tendo nascido e morrido no Castelo de Montaigne, próximo à região de Bordéus (França). Tradicionalmente alinhada à filosofia, esta obra – perpassada por muitos assuntos de conhecimento do autor, como os escritos literários desde o mundo antigo, os afetos e costumes humanos, a política etc. – assume colorações céticas e de certo relativismo moral.

32   Advindo de uma família britânica de donos de terras, com conexões no Parlamento e no meio eclesiástico, Dryden realizou estudos na Westminster School de Londres e no Trinity College de Cambridge (retórica, autores Clássicos e matemática). Após o período da Restauração inglesa, teve destaque como crítico literário, autor teatral, satirista e tradutor (inclusive de Virgílio, entre 1697-1700).

33   "Mas decerto eu mesmo, retido pela estreiteza do espaço,/ omito tais temas e deixo a serem lembrados depois de mim".

INTRODUÇÃO

O tema plenamente desenvolvido em *Das coisas do campo* 10, a saber, é a horticultura, ou cultivo de flores e ervas no *fundus rusticus* ("propriedade rural") conforme planejado por Columela. Ocorre, com efeito, que o livro 4 do poema didático de Virgílio apenas tangenciara o mesmo assunto técnico entre vv. 125-146, pois naquele contexto se encontrava a digressão do Velho corício, espécie de cultivador autossuficiente (e feliz) de um pequeno horto. Depois de aludir aos "produtos" obtidos pelo Velho a partir do trabalho de suas mãos, a letra das *Geórgicas* registra, segundo dissemos, uma espécie de necessidade urgente de prosseguir a temas mais condizentes com esse livro do poema, ou seja, a estrita apicultura.

Durante o período medieval, no entendimento de Wilkinson (1969: 274), o conjunto dos três poemas essenciais de Virgílio – incluindo evidentemente as *Geórgicas* – foi assimilado ao paradigma de perfeição da supracitada *Rota Vergilii*.[34] Além disso, certos exercícios compositivos particulares tiveram como "base" parcial, nesta longa época da cultura do Ocidente, o poema da terra em pauta:

> Na primeira metade do século IX, Walafrid Estrabão, um monge que se tornaria Abade de Reichenau, no Lago Constança, compôs seu *De Cultu Hortorum*, comumente conhecido como *Hortulus*. É um poema de 444 versos escrito em latim, quase o do século I AEC, e em hexâmetros, quase os de Virgílio. Apresenta ecos do fraseado virgiliano; e o mais notável, mostra uma apreciação de recursos bastante rebuscados da arte virgiliana. [...] E ainda assim, tirando os detalhes artísticos, é bem diferente. Para começar, Virgílio decidiu notoriamente que deveria deixar de lado os hortos, então o assunto não é virgiliano. Novamente, o *Hortulus* está longe de ser uma construção orgânica e sinfônica, nem apresenta muita variedade, nem é estritamente descritivo. É composto, além do proêmio, por vinte e sete poemas curtos sobre os usos de diversas plantas, principalmente legumes.[35]

---

34 Ver *supra* item 3 desta "Introdução".
35 Wilkinson 1969: 278: "In the first half of the ninth century Walafrid Strabo, a monk who was to become Abbot of Reichenau on Lake Constance, com-

O crítico procede observando que o fim da Idade Média parece demonstrar diminuição do conhecimento das *Geórgicas* mesmo entre os letrados: assim, Geoffrey Chaucer indica ter ciência apenas de passagens da *Eneida*; Dante Alighieri, que cita mais de cem vezes a *Eneida*, é parco nas referências às *Bucólicas* e, ainda mais, naquelas às *Geórgicas* (Wilkinson 1969: 288). Semelhante conjuntura não impediu, porém, que houvesse aumento do interesse por este poema didático já no Renascimento, o que se exemplifica pela escrita de uma obra, em latim, chamada *De hortis Hesperidum* ("Sobre os jardins das Hespérides", 1502).

Nessa espécie de poema didático em dois livros, o erudito napolitano de nome Giovanni Pontano (1426 – 1503) desenvolveu

> dois cantos de 607 e 581 hexâmetros. Os hortos de lazer são o tema principal e, em particular, os hortos de citrinos, que gozaram de um favor inegável em Nápoles no final do Quattrocento, por instigação da dinastia dos soberanos aragoneses. É, portanto, um poema agronômico, que ensina técnicas de cultivo, recuperação de terras, irrigação, alporquia e enxertia. Mas apresenta também as utilizações dos citrinos ligadas aos costumes da época e à vida da corte, sejam elas cosméticas, decorativas, culinárias ou médicas.[36]

> posed his *De Cultu Hortorum*, commonly known as *Hortulus*. It is a poem of 444 lines, written in Latin which is nearly that of the first century B.c., and in hexameters which are nearly those of Virgil. It has echoes of Virgilian phrasing; and more remarkable, it shows an appreciation of quite recherché devices of Virgilian artistry. [...] And yet, apart from artistic details, it is quite different. To begin with, Virgil notoriously decided that he must give gardens a miss, so the subject-matter is non-Virgilian. Again, the *Hortulus* is far from being an organic, symphonic construction, nor has it much variety, nor is it closely descriptive. It consists, apart from the proem, of twenty-seven short poems on the uses of various plants, mainly vegetables".

36 Tilly 2021: 12: "[...] deux chants de 607 et 581 hexamètres. Les jardins d'agrément en sont le sujet principal et, en particulier, les jardins d'agrumes, qui ont connu une indéniable faveur à Naples à la fin du Quattrocento à l'incitation de la dynastie des souverains aragonais. C'est donc un poème agronomique, qui enseigne des techniques de culture, de bonification des terrains, d'irrigation, de marcottage et de greffe. Mais il présente aussi les

Alguns pontos de contato com as *Geórgicas* nesta obra de Pontano são, além da evidência do metro e do assunto da arboricultura, que retoma o tema do livro 2 do poema de Virgílio, o emprego de imagética e várias expressões oriundas do vate romano (Tilly 2021: 38); certa composição digressiva da segunda metade do livro 2 do *De hortis Hesperidum* – em imitação da referente ao mito das Idades em *Geórgicas* 1.118-159; uma σφραγίς ("selo") situada em livro 2.577-581 do texto renascentista, com alusão àquela que fora feita em livro 4.563-566 do predecessor latino etc. (Tilly 2021: 218).

Uma contribuição de Haskell (2003), por sua vez, esmiúça a poesia novilatina e didática, tal como produzida por vários autores jesuítas, do séc. XVII em diante. Entre esses autores, de nacionalidade variada – franceses, italianos, brasileiros, guatemaltecos[37] etc. –, alguns produziram, especificamente, poemas didáticos em nexo temático e compositivo mais próximo com as *Geórgicas* virgilianas. Outros, a exemplo dos napolitanos Nicollò Giannetasio – *Halieutica* (1689) – e Tommaso Strozzi – *De mentis potu, siue de cocolatis opifício* (1689) –,[38] aderiram ao desenvolvimento de obras a contemplarem outros assuntos, como a pesca e o exotismo do cacau, introduzido na Europa a partir da conquista espanhola das Américas.

Tornando, porém, ao caso dos jesuítas escritores de poemas didáticos em semelhança aproximada com os horizontes temáticos da obra referida de Virgílio, tem-se na obra *Horti* ("Hortos"), atribuída a René Rapin (1621-1687), uma espécie de eco do gesto supracitado de Columela, ou seja, de sua continuidade das *Geórgicas* no sentido do cultivo floral e/ou de ervas. Essa obra, com efeito, contém – assim como o poema

---

usages des agrumes liés aux coutumes de l'époque et à la vie de cour, qu'ils soient cosmétiques, décoratifs, culinaires ou médicaux".

37 Referimo-nos, aqui, a Rafael Landívar, autor do poema chamado *Rusticatio Mexicana* ("Vida rústica mexicana"), o qual contém quinze livros e descreve paisagens, a vida natural, peculiaridades culturais e a exploração da terra tal como feita no México e na Guatemala do séc. XVIII, em que foi escrito (publicação entre 1781-1782, na Itália).

38 "Sobre a bebida da mente, ou a manufatura do chocolate".

virgiliano em jogo – o total de quatro livros em cobertura a tópicos de horticultura, sendo destaques, no primeiro, a comparação dos refinados jardins parisienses com o ambiente rural; no terceiro, o emprego ornamental da água etc. (Haskell 2003: 24).

Um "seguidor" de Rapin na mesma França foi Jacques Vanière (1663-1739), autor do poema, em dezesseis livros, dito *Praedium rusticum* ("Propriedade rural"). Mas, "revertendo" a escala de valores encontrada em *Horti*, Vanière chega a lamentar a vaidade do plantio de flores e árvores apenas ornamentais (Haskell 2003: 39), e por sua vez dá maior importância ao cultivo de plantas hortenses com emprego alimentar. Em seu diálogo com os temas e elementos das próprias *Geórgicas* de Virgílio, ainda, esse jesuíta evoca a digressão do Velho corício ao descrever a felicidade simples do hortelão em companhia da esposa (Haskell 2003: 40).

Interessam-nos mais de perto devido à maior proximidade cultural, porém, dois poemas a respeito da exploração da terra que se compuseram ao longo do séc. XVIII, por indivíduos oriundos do mundo de língua portuguesa. Referimo-nos, primeiro, a José Rodrigues de Melo (1723-1789), natural da cidade do Porto (Portugal), mas transferido ao Brasil, por conta da profissão religiosa, no ano de 1760. Depois de ter sido mestre de Letras em colégios jesuíticos da então colônia lusitana, Melo concluiu a obra chamada *De rusticis Brasiliae rebus* ("Sobre as coisas rústicas do Brasil"), a qual foi publicada em Roma no ano de 1781.

"Sobre as coisas rústicas do Brasil" contém ao todo quatro livros, versando os dois primeiros sobre o cultivo e usos da mandioca, enquanto o terceiro se ocupa de desenvolver o aspecto da criação de gado e o quarto o plantio do tabaco. Mesmo sem o exame mais detido dos hexâmetros latinos de Melo, já se patenteia ao conhecedor das *Geórgicas* algum parentesco entre a *dispositio* dos assuntos rústicos na obra antiga e aquela moderna.[39] Com efeito, no poema didático de Virgílio primeiro havia os dois livros preenchidos com conteúdos vegetais; além disso,

---

39 Para uma análise mais detalhada da questão dos "ecos" das *Geórgicas* nesta obra novilatina, ver Silva; Leite (2023: 9ss.).

INTRODUÇÃO

o terceiro já incorporava, no mesmo texto, desenvolvimentos em nexo instrutivo com a criação de animais domésticos.

Prudêncio do Amaral (1675-1715), natural do Rio de Janeiro, também foi vinculado à Companhia de Jesus, tendo-se ocupado do magistério e da poesia através da composição da obra *De sacchari opificio* ("Da manufatura do açúcar"). Esse poema, publicado em 1780 na cidade de Pésaro, na Itália, contém apenas um livro com o total de 582 versos. Como seria esperado, descreve a escolha das melhores terras de plantio, o cultivo e cuidados do canavial, além dos processos de moagem das canas, cozimento da garapa, cristalização e conservação do próprio açúcar, basicamente.

Sobre o significado da escrita de tais poemas para a cultura brasileira, assim se pronunciaram Sozim e Zan (1997: 22):

> A poesia didática de Rodrigues de Melo e Prudêncio do Amaral, ampla e neoclassicamente espelhada em Virgílio quanto ao tema, quanto à língua e ao estilo, representa, juntamente com outras obras do mesmo cunho escritas em português por Souza Caldas, Gonzaga ou Silva Alvarenga, a derradeira floração bem-sucedida do gênero, antes do advento do novo século e, com ele, das novas e revolucionárias posturas científicas. Assim, de qualquer forma, será forçoso sob o prisma da modernidade considerarmos antipoéticos certos rasgos de erudição e de artificialismo literário de que os poemas *Temas rurais do Brasil* constituiriam apuradíssimos exemplos. Mas, poética ou não, a tarefa sutil de acomodar à rigorosa estrutura do hexâmetro latino esses temas rurais, de promover um curioso sincretismo entre as realidades da América recente e as imperecíveis heranças culturais cristianizadas do Classicismo europeu, ganha em interesse documental o que perde em originalidade.

Se tivéssemos, no quesito tradutório, de destacar apenas duas iniciativas vinculadas a este poema de Virgílio no mundo lusófono, seria o caso de aludir às obras de António Feliciano de Castilho (1800-1875) e do brasileiro Manuel Odorico Mendes (1799-1864). No primeiro caso, trata-se de um autor português do séc. XIX conhecido pela composição de textos de cunho próprio e pelo esforço de traduzir, além de Virgílio, Ovídio, Molière, Cervantes etc. Sua tradução das *Geórgicas*, especificamente, foi realizada em versos alexandrinos rimados, configurando curioso exercício de "domesticação" da poesia antiga no âmbito da moderna (Trevizam 2024: 309ss.).

Em contrapartida, as *Geórgicas* de Odorico Mendes, incluídas no volume *Virgílio brasileiro* juntamente com as *Bucólicas* e a *Eneida*, foram publicadas em 1858 na cidade de Paris (França), configurando exercício de recriação literária de incomum ousadia. Entre as marcas da poética tradutória odoricana, destacamos o gosto pela concisão (sendo ele, por vezes, mais sucinto que o próprio Virgílio), o não recuo diante do gesto da criação vocabular, a meta de recriar em português efeitos de ritmo, imagem e sonoridade do latim (Trevizam 2024: 314ss.). Além disso, Odorico se serviu dos decassílabos não rimados para elaborar as traduções de autores greco-latinos de que se ocupou.

9. CRITÉRIO TRADUTÓRIO

Durante o processo de passagem do latim de Virgílio[40] ao português brasileiro de nossa época, nas *Geórgicas* que agora se publicam, tivemos alguns parâmetros consistentemente seguidos para a realização da tarefa. Assim, nossa opção foi pelo afastamento da metrificação do texto, por entendermos que semelhante procedimento, implicando em algumas (ou muitas) liberdades diante da letra do original, poderia tornar ainda mais difícil a leitura de uma obra, de resto, já erudita e "dificultada" pela razoável tecnicidade do assunto.

Em vez disso, como têm optado outros tradutores de Virgílio ou de vários clássicos,[41] comprometidos sobretudo com a acuidade acadêmica das versões que produzem no vernáculo, apenas fizemos a partição dos

---

40 Tomou-se como base para a tradução o texto latino da edição Les Belles Lettres (Saint-Denis 1998).
41 Veja-se tradução das *Geórgicas* publicada, recentemente, pela editora Cotovia em Lisboa (Portugal), sob a responsabilidade de Gabriel Silva (Silva 2019).

dizeres das *Geórgicas* verso a verso. Assim, facilita-se a criação de certo ritmo de forma mais solta, além disso favorecendo que os leitores sabedores do latim possam comparar nossa tradução com o idioma do poeta antigo, ou seja: que se mantenha o diálogo próximo entre o original e o texto moderno obtido.

Nesse percurso, procuramos evitar a alteração da ordem de elementos nas frases de Virgílio, a não ser quando isso se tornou indispensável para a compreensão do texto; traços como as repetições e figuras expressivas (metáforas, metonímias, símiles etc.) foram mantidos, a fim de preservar em parte a tessitura literária da obra. As notas ao texto, enfim, auxiliam no entendimento de particularidades culturais, históricas, técnicas ou de outra natureza, sendo que sua presença foi pensada para permitir, mais uma vez, acesso seguro à obra antiga em pauta. Devemos especiais agradecimentos ao prof. Paulo Sérgio de Vasconcellos (IEL-Unicamp), exímio mestre e amigo, pela leitura generosa e atenta dos originais da tradução, depurando-a de falhas e favorecendo a legibilidade do texto.

Georgica | Geórgicas

Liber I

Livro 1

O livro 1 tem seu início com o longo proêmio de vv. 1-42, no qual achamos a proposição do assunto rústico da obra, a dedicatória (a Mecenas), a invocação aos doze deuses do campo e a prece a Augusto. Seguidamente, Virgílio adentra o assunto da lavoura, referindo a arada do solo no começo da primavera e a melhor disponibilidade de alguns terrenos para certas culturas etc. (vv. 43-70); logo, passa a tópicos de cuidado com o solo, com recurso ao repouso rotativo de glebas e às queimadas (vv. 71-99). Em vv. 100-117, tópicos como a rega ou drenagem dos campos – em complementação à limpeza de terrenos – tipificam os cuidados coadjuvantes da lavoura.

Em vv. 118-146, Virgílio menciona certas "pragas" que dificultam o plantio, como animais capazes de danificar as plantas e a própria sombra: trata-se de males introduzidos no mundo por Júpiter, apesar de tudo, embora a deusa Ceres tenha vindo em socorro dos homens (apresentando a agricultura às terras – vv. 147-159). As três "seções" seguintes tematizam os instrumentos agrícolas, ou "armas" do agricultor (vv. 160-175), a invasão das eiras por insetos etc. (vv. 176-203) e as estações do ano que melhor se adequam às tarefas da arada e da semeadura (vv. 204-230).

Seguem-se uma espécie de digressão científico-geográfica a respeito das zonas climáticas do mundo (vv. 231-258), conselhos para trabalhos realizados em feriados, durante tempo ruim etc. (vv. 259-275), mais conselhos sobre dias propícios ou desfavoráveis ao longo do mês – questão lunar etc. (vv. 276-286) –, as tarefas noturnas, de verão ou de inverno (vv. 287-310). As três passagens seguintes enumeram as tempestades causadas por Júpiter (vv. 311-337), os ritos que há de cumprir em honra desse deus e, sobretudo, de Ceres (vv. 338-350), os sinais do tempo dispersos no mundo pela divindade (vv. 351-423).

A lua (vv. 424-437) e o sol (vv. 438-463), pelo aspecto com que se apresentam, também permitem ao agricultor não ser surpreendido por eventos ruins em suas terras. Junto ao fecho deste livro inicial do poema (vv. 464-497), mais sinais obtidos do mundo natural – céu, sol, canídeos, vulcões, entre outros – são apontados como meios de previsão de calamidades, como o próprio assassinato de Júlio César (44 AEC). A conclusão, porém, vem com a referência às Guerras civis romanas e a súplica aos deuses para que Roma ainda encontre uma saída para tantos males (vv. 498-514).

Quid faciat laetas segetes, quo sidere terram
uertere, Maecenas, ulmisque adiungere uitis
conueniat, quae cura boum, qui cultus habendo
sit pecori, apibus quanta experientia parcis,
hinc canere incipiam. Vos, o clarissima mundi   5
lumina, labentem caelo quae ducitis annum,
Liber et alma Ceres, uestro si munere tellus
Chaoniam pingui glandem mutauit arista
poculaque inuentis Acheloia miscuit uuis;
et uos, agrestum praesentia numina, Fauni,   10
ferte simul Faunique pedem Dryadesque puellae:
munera uestra cano. Tuque o, cui prima frementem
fudit equum magno tellus percussa tridenti,

1   **Mecenas:** trata-se de Caio Cílnio Mecenas (70 AEC – 8 AEC), nobre de origem etrusca que se notabilizou, em Roma Antiga, como homem de Estado e protetor das artes sob o principado de Otaviano Augusto (a partir de 27 AEC).

2   **Lumes do mundo:** o sol e a lua; Virgílio inicia nesta passagem a invocação a doze deuses protetores dos campos e de suas atividades, em imitação de algo feito previamente por Marco Terêncio Varrão (116 AEC – 27 AEC) no prólogo inicial dos *Três livros das coisas do campo*; contudo, introduz certa variação nas divindades que evoca (sendo elas, naquele caso, Júpiter, Terra, Sol, Lua, Ceres, Líber, Robigo, Flora, Minerva, Vênus, Linfa e Bom Evento).

3   **Líber e Ceres:** a primeira divindade, na origem em vínculos com a germinação dos vegetais, acabou depois por se confundir com a figura de Dioniso/Baco na cultura antiga (Brandão 1993: 206). Ceres era a equivalente romana de Deméter, ou seja: uma deusa da vegetação e, sobretudo, do cultivo.

O que torna férteis as searas, sob qual astro a terra
lavrar, Mecenas,[1] e unir a videira aos olmeiros
convém, que cuidado para os bois, que trato ao ter
rebanhos, quanta destreza nas abelhas frugais
daqui começarei a cantar. Vós, ó claríssimos lumes   5
do mundo,[2] que levais o ano a deslizar no firmamento;
Líber e Ceres[3] benfeitora, se por vosso dom a terra
trocou a glande Caônia[4] pela rica espiga
e misturou a bebida do Aqueloo[5] às uvas descobertas;
e vós Faunos,[6] Numes propícios aos camponeses   10
(vinde juntos vós, Faunos, e vós, moças Dríades:[7]
vossos dons eu canto); e tu, para quem primeiro
a terra, ferida com grande tridente, gerou fremente

---

4   **Caônia:** trata-se da porção a noroeste do Epiro, na Grécia Antiga, onde havia um bosque de carvalhos dedicado a Zeus (na localidade de Dodona).
5   **Aqueloo:** trata-se de um rio da Grécia, o qual se situava entre as regiões da Acarnânia e da Etólia; várias lendas antigas o tinham como personagem, por exemplo aquela segundo a qual Hércules teve de disputar com ele a mão da noiva, Dejanira (Grimal 1963: 4).
6   **Faunos:** eram divindades do imaginário itálico, dotadas de corpo misto entre as formas do bode e do homem. Aos Faunos se atribuía a proteção de pastores e rebanhos (Grimal 1963: 158).
7   **Dríades:** trata-se, especificamente, das Ninfas associadas à proteção das árvores, por oposição a outras vinculadas ao cuidado dos montes (Oréades), das fontes e cursos d'água-doce (Náiades), do mar calmo (Nereidas) etc.

Neptune, et cultor nemorum, cui pinguia Ceae
ter centum niuei tondent dumeta iuuenci; 15
ipse, nemus linquens patrium saltusque Lycaei,
Pan, ouium custos, tua si tibi Maenala curae,
adsis, o Tegeaee, fauens; oleaeque Minerua
inuentrix, uncique puer monstrator aratri;
et teneram ab radice ferens, Siluane, cupressum; 20
dique deaeque omnes, studium quibus arua tueri,
quique nouas alitis non ullo semine fruges
quique satis largum caelo demittitis imbrem.
   Tuque adeo, quem mox quae sint habitura deorum
concilia incertum est, urbisne inuisere, Caesar, 25
terrarumque uelis curam, et te maximus orbis
auctorem frugum tempestatumque potentem
accipiat, cingens materna tempora myrto,
an deus immensi uenias maris ac tua nautae

---

8   **Gerou fremente cavalo:** alusão à lenda segundo a qual o deus Posídon, o Netuno da mitologia romana, disputando com Palas Atena a soberania divina sobre a Ática, golpeou o solo com seu tridente e fez brotar dali, pela primeira vez, um corcel (ou um lago salgado). Contudo, o presente da deusa aos atenienses, a própria oliveira, acabou por conceder-lhe a vitória na disputa (Grimal 1963: 58).

9   **Cultivador dos bosques:** alusão implícita a Aristeu, filho de Apolo e da Ninfa Cirene, o qual se apresenta como divindade associável à apicultura em *Geórgicas* 4; Cea era uma ilha do arquipélago das Cíclades, onde eventualmente pastoreava.

10 **Liceu:** trata-se do monte mais elevado da região da Arcádia.

11 **Pã:** divindade cujo culto tinha raízes na região montanhosa da Arcádia, na Grécia Antiga; dotado de corpo misto entre as formas do bode e do homem, era tido como protetor de pastores e seus rebanhos no mundo grego; os Mênalos eram uma serra árcade e Tégea uma cidade da mesma região.

12 **Oliveira:** ver *supra* nota a v. 14 do livro 1.

13 **Menino indicador do curvo arado:** referência velada a Triptólemo, figura lendária que se identificava com um rei de Elêusis, na Grécia. Depois da re-

cavalo,[8] ó Netuno; e tu, cultivador dos bosques,[9] para quem
trezentos novilhos brancos pastam ricos sarçais, em Cea;   15
tu mesmo, deixando o bosque paterno e os prados do Liceu,[10]
ó Pã[11] guardião de ovelhas, se de teus Mênalos cuidas,
sê presente, ó Tegeu, ajudando; e Minerva descobridora
da oliveira,[12] e menino indicador do curvo arado,[13]
e tu, Silvano,[14] trazendo tenro cipreste desenraizado:[15]   20
deuses e deusas todos, cujo amor é guardar os campos,
que alimentais novas searas sem semente alguma
e que mandais chuva bastante copiosa do céu.

E tu sobretudo, sendo incerto quais concílios divinos
logo hão de ter-te: se queres visitar as cidades, César,[16]   25
e ter o cuidado das terras; e te acolhe o círculo imenso[17]
como instigador das colheitas e senhor das estações,
cingindo tuas têmporas com materno mirto;
se vens como deus do mar enorme e só teus Numes

cepção hospitaleira da deusa Deméter junto a seus pais, ela lhe concedeu o dom de percorrer o mundo em um carro, semeando o trigo, e de associar-se a seus objetos sagrados, como o próprio arado (Grimal 1963: 463).

14 **Silvano:** trata-se de divindade especificamente itálica, à qual se atribuía a guarda dos bosques (*siluae*) na Roma Antiga; possuía templos dedicados a si na cidade de Roma, sobre as colinas do Aventino e do Viminal (Commelin 1983: 141).

15 **Cipreste desenraizado:** alusão à lenda de Ciparisso (um jovem amado por Silvano ou Apolo), que, inconsolável, fora metamorfoseado em cipreste após ter matado seu cervo de estimação. Públio Ovídio Nasão (43 AEC – 17 AEC) desenvolveu esse mito no poema épico chamado *Metamorfoses* (10.106-142).

16 **César:** menção a Otaviano Augusto (63 AEC – 14 EC), o qual foi triúnviro com Marco Antônio e Lépido e, depois, primeiro imperador de Roma. Foi também sobrinho-neto e filho adotivo de Caio Júlio César, cuja memória se encarregou de conservar depois do assassinato do ditador em 44 AEC.

17 **Círculo imenso:** o próprio mundo, chamado em latim de *orbis terrarum* ("círculo das terras").

numina sola colant, tibi seruiat ultima Thule   30
teque sibi generum Tethys emat omnibus undis,
anne nouom tardis sidus te mensibus addas,
qua locus Erigonen inter Chelasque sequentis
panditur (ipse tibi iam bracchia contrahit ardens
Scorpios et caeli iusta plus parte reliquit):   35
quidquid eris (nam te nec sperant Tartara regem,
nec tibi regnandi ueniat tam dira cupido,
quamuis Elysios miretur Graecia campos
nec repetita sequi curet Proserpina matrem),
da facilem cursum atque audacibus adnue coeptis,   40
ignarosque uiae mecum miseratus agrestis
ingredere et uotis iam nunc adsuesce uocari.
   Vere nouo, gelidus canis cum montibus umor
liquitur et Zephyro putris se glaeba resoluit,
depresso incipiat iam tum mihi taurus aratro   45
ingemere, et sulco adtritus splendescere uomer.
Illa seges demum uotis respondet auari
agricolae, bis quae solem, bis frigora sensit;
illius immensae ruperunt horrea messes.
   Ac prius ignotum ferro quam scindimus aequor,   50

---

18 **Tule extrema:** ilha mais ou menos lendária do norte longínquo da Europa, talvez identificável com a moderna Islândia.
19 **Tétis:** divindade marítima compreendida como a esposa de Oceano; seria, ainda, a mais célebre das Nereidas (Grimal 1963: 456).
20 **Erígone e as garras que a perseguem:** em termos astronômicos, Erígone corresponde à constelação de Virgem, a qual se avizinha daquela das "garras" do Escorpião (a constelação de Libra), dando a impressão de ser por elas perseguida no céu. Miticamente, Erígone fora uma jovem ateniense metamorfoseada em estrelas depois da morte do pai, Icário (Grimal 1963: 145-146).
21 **Tártaros:** região mais profunda dos Infernos, onde os inimigos dos deuses eram para sempre encerrados, em meio a padecimentos terríveis (Grimal 1963: 437).

marinheiros cultuam; e te serve Tule extrema[18]   30
e te compra Tétis[19] como seu genro, para todas as ondas;
ou se te juntas como astro novo a meses lentos,
onde se abre espaço entre Erígone e as garras
que a perseguem[20] (o próprio Escorpião ardente já contrai
para ti os braços e deixou mais que a parte justa do céu);   35
o que quer que fores (não te esperam, na verdade, os Tártaros[21]
para rei, nem tenhas tão terrível desejo de reinar,
embora a Grécia admire os campos Elíseos[22]
e Prosérpina[23] buscada não cuide de seguir a mãe),
facilita o percurso e dá anuência à audaciosa empresa;   40
e, apiedando-te comigo dos camponeses ignorantes da via,
aproxima-te e acostuma-te, desde já, a ser interpelado com votos.

No início da primavera, quando frio humor em brancos
montes derrete e a gleba solta se desfaz ao Zéfiro,[24]
então já me comece o touro a gemer, rebaixado   45
o arado, e a relha a brilhar, friccionada no sulco.
Responderá aos votos do avaro agricultor, enfim,
aquela seara que duas vezes o sol, duas o frio sentiu;
colheitas imensas têm rompido seus celeiros.

E, antes de rasgar plaino ignoto a ferro,   50

22 **Campos Elíseos:** trata-se da zona mais aprazível dos Infernos, a morada dos mortos virtuosos na mitologia e religião greco-latina; ali, descansavam serenamente as almas dos heróis, poetas e outros indivíduos virtuosos, em meio a uma Natureza luminosa e florida.
23 **Prosérpina:** no mito greco-latino, era filha de Júpiter e Ceres, tendo sido sequestrada pelo deus Plutão, rei dos Infernos, enquanto colhia flores nos plainos da Sicília. Desse momento em diante, tornou-se com ele a soberana do mundo dos mortos, representando o retorno anual do inverno a tristeza de sua mãe pela ausência da filha (Grimal 1963: 398).
24 **Zéfiro:** vento primaveril suave; segundo o mito, era associado à figura de um jovem dotado de "asas de borboleta e uma coroa composta de todas as espécies de flores" (Commelin 1983: 99).

uentos et uarium caeli praediscere morem
cura sit ac patrios cultusque habitusque locorum,
et quid quaeque ferat regio et quid quaeque recuset.
Hic segetes, illic ueniunt felicius uuae,
arborei fetus alibi atque iniussa uirescunt   55
gramina. Nonne uides croceos ut Tmolus odores,
India mittit ebur, molles sua tura Sabaei,
at Chalybes nudi ferrum uirosaque Pontus
castorea, Eliadum palmas Epiros equarum?
Continuo has leges aeternaque foedera certis   60
imposuit natura locis, quo tempore primum
Deucalion uacuom lapides iactauit in orbem,
unde homines nati, durum genus. Ergo age, terrae
pingue solum primis extemplo a mensibus anni
fortes inuertant tauri, glaebasque iacentis   65
puluerulenta coquat maturis solibus aestas;
at si non fuerit tellus fecunda, sub ipsum
Arcturum tenui sat erit suspendere sulco:
illic, officiant laetis ne frugibus herbae,
hic, sterilem exiguus ne deserat umor harenam.   70
   Alternis idem tonsas cessare noualis,

25 **Tmolo:** trata-se de uma montanha da antiga região da Lídia, na Ásia Menor.
26 **Sabeus:** referência a um povo do Oriente próximo que habitava a assim chamada "Arábia Feliz". Certa noção de serem afeminados os orientais ou habitantes do sul do planeta não era infrequente na mentalidade romana, como lembra Tomás de la Ascensión Recio em nota *ad locum* (Recio 2010: 44).
27 **Cálibes nus:** trata-se de habitantes de uma região a sudeste do Mar Negro.
28 **Ponto:** nome de um antigo país situado a leste da Ásia Menor.
29 **Castóreo pungente:** essa substância, fortemente odorífera, tinha usos medicinais e era obtida de bolsas situadas junto aos órgãos sexuais dos castores (Houaiss; Villar 2009: 420).

cuide-se primeiro de entender os ventos e o caráter
mutável do clima, os cultivos e hábitos ancestrais dos lugares,
e o que cada região produz e o que cada uma nega.
Aqui as searas, ali mais férteis crescem as uvas,
em outro lugar verdejam brotos arbóreos e relvas 55
espontâneas. Acaso não vês como o Tmolo[25] açafrão perfumado,
a Índia manda marfim, os delicados sabeus[26] seus incensos,
mas os Cálibes nus[27] o ferro e o Ponto[28] castóreo
pungente,[29] o Epiro as palmas das éguas da Élida?[30]
Sempre estas leis e eternos acordos a definidos 60
lugares a Natureza impôs, no tempo em que primeiro
Deucalião[31] a um mundo vazio lançou rochas,
das quais nasceram homens, raça dura. Então eia, o solo
rico da terra logo nos primeiros meses do ano
revirem fortes touros, e as glebas estendidas 65
recoza o verão poeirento com sóis ardentes;
mas, se não for fecunda a terra, sob Arcturo[32]
mesmo bastará erguê-la com sulco ligeiro:
ali, para que as ervas não prejudiquem searas férteis,
aqui, para que umidade exígua não abandone estéril areia. 70
   Tu mesmo deixarás, alternando os anos, ceifados alqueives

---

30   **Éguas da Élida:** a localidade referida se encontrava no Epiro e era célebre por suas corridas olímpicas de equinos.
31   **Deucalião:** no mito grego, esta personagem corresponde à imagem do homem justo e pio diante dos deuses, o qual se salvou do dilúvio com a esposa, Pirra, e teve a incumbência de repovoar o mundo arrasado lançando para trás dos ombros pedras logo transformadas em seres humanos (Grimal 1963: 123).
32   **Arcturo:** trata-se de um astro situado na constelação do Boieiro; segundo a lenda, fora o ateniense Icário, pai de Erígone, metamorfoseado em estrela depois de ser morto a pauladas por camponeses que embriagara com vinho (Grimal 1963: 225).

et segnem patiere situ durescere campum;
aut ibi flaua seres mutato sidere farra,
unde prius laetum siliqua quassante legumen
aut tenuis fetus uiciae tristisque lupini 75
sustuleris fragilis calamos siluamque sonantem.
Vrit enim lini campum seges, urit auenae,
urunt Lethaeo perfusa papauera somno.
Sed tamen alternis facilis labor; arida tantum
ne saturare fimo pingui pudeat sola, neue 80
effetos cinerem immundum iactare per agros.
Sic quoque mutatis requiescunt fetibus arua,
nec nulla interea est inaratae gratia terrae.
   Saepe etiam sterilis incendere profuit agros,
atque leuem stipulam crepitantibus urere flammis: 85
siue inde occultas uiris et pabula terrae
pinguia concipiunt, siue illis omne per ignem
excoquitur uitium atque exsudat inutilis umor,
seu pluris calor ille uias et caeca relaxat
spiramenta, nouas ueniat qua sucus in herbas, 90
seu durat magis uias et uenas adstringit hiantis,
ne tenues pluuiae rapidiue potentia solis
acrior aut Boreae penetrabile frigus adurat.
   Multum adeo, rastris glaebas qui frangit inertis
uimineasque trahit cratis, iuuat arua, neque illum 95
flaua Ceres alto nequiquam spectat Olympo;
et qui, proscisso quae suscitat aequore terga,
rursus in obliquom uerso perrumpit aratro
exercetque frequens tellurem atque imperat aruis.
   Vmida solstitia atque hiemes orate serenas, 100

---

33 **Letes:** referência mítica a um rio situado nas regiões infernais, de que as almas dos mortos bebiam a fim de esquecerem sua vida passada.

repousar e campo inerte ficar forte, em abandono.
Ou plantarás louras espeltas ao mudarem os astros, ali
donde antes colheres muita leguminosa de vagem
tremente, ou os pequenos grãos da ervilhaca 75
e as hastes frágeis do tremoço amargo, bosque ressoante.
Queima um campo, com efeito, plantação de linho, queima aveia,
queimam papoulas embebidas em sono do Letes.[33]
Mas, porém, é fácil a lavra com culturas alternadas;
não seja vergonha saturar os solos secos com esterco rico, 80
nem lançar cinza imunda por campos exauridos.
Assim também os campos repousam, mudada a produção,
e alguma beleza, nesse ínterim, tem a terra sem arar.

   Ainda, amiúde aproveitou queimar campos estéreis
e abrasar a leve palha com chamas crepitantes: 85
quer daí forças ocultas e nutrientes ricos
da terra eles reúnam, quer todo defeito seu
pelo fogo seja consumido e a umidade inútil saia,
quer aquele calor abra muitas vias e poros
obstruídos, por onde vem a seiva a novas ervas, 90
quer endureça mais as vias e feche veias abertas,
para que chuvas ligeiras ou a força mais dura do sol
impetuoso ou o frio penetrante de Bóreas[34] não dessequem.

   Muito, sobretudo, ajuda os campos quem rompe glebas
inertes com ancinhos e arrasta grades de vime, 95
e loura Ceres não o olha em vão do alto Olimpo;
e quem, as superfícies que eleva sulcando o plaino,
de novo as fere obliquamente virando o arado,
amiúde trabalha a terra e ordena aos campos.

   Pedi solstícios úmidos e invernos serenos, 100

---

34 **Bóreas:** nome do vento do norte, sendo-lhe imputada a "residência" na antiga região da Trácia; várias lendas se associavam a esta força da Natureza, como a do rapto de Orítia, princesa ateniense por quem se apaixonara, em meio a um turbilhão de poeira (Commelin 1983: 98).

agricolae; hiberno laetissima puluere farra,
laetus ager: nullo tantum se Mysia cultu
iactat et ipsa suas mirantur Gargara messis.
Quid dicam, iacto qui semine comminus arua
insequitur cumulosque ruit male pinguis harenae,   105
deinde satis fluuium inducit riuosque sequentis
et, cum exustus ager morientibus aestuat herbis,
ecce supercilio cliuosi tramitis undam
elicit? Illa cadens raucum per leuia murmur
saxa ciet scatebrisque arentia temperat arua.   110
Quid qui, ne grauidis procumbat culmus aristis,
luxuriem segetum tenera depascit in herba,
cum primum sulcos aequant sata, quique paludis
collectum umorem bibula deducit harena?
Praesertim incertis si mensibus amnis abundans   115
exit et obducto late tenet omnia limo,
unde cauae tepido sudant umore lacunae.
   Nec tamen, haec cum sint hominumque boumque labores
uersando terram experti, nihil improbus anser
Strymoniaeque grues et amaris intiba fibris   120
officiunt aut umbra nocet. Pater ipse colendi
haud facilem esse uiam uoluit primusque per artem
mouit agros, curis acuens mortalia corda,
nec torpere graui passus sua regna ueterno.
   Ante Iouem nulli subigebant arua coloni;   125

---

35 **Mísia:** trata-se de uma vasta faixa da Ásia Menor, especialmente conhecida no mundo Antigo pela fertilidade de suas terras.
36 **Gárgaros:** trata-se de um local situado aos pés do Monte Ida asiático (não o de Creta), a sudeste de Troia, sendo fértil e irrigado pelas águas que descem de suas encostas.
37 **Meses incertos:** R. A. B. Mynors entende, em nota *ad locum*, que se trata de menção aos meses da primavera e do outono, quando havia risco de transbordamentos e inundações na Itália (Mynors 2003: 25).

agricultores; na poeira do inverno o trigo é bem fértil,
fértil o campo; sem cultivo algum, a Mísia³⁵ se gaba
tanto e os próprios Gárgaros³⁶ admiram suas messes.
Que dizer de quem, lançando a semente, de perto os campos
persegue e derruba montes de areia pouco produtiva, 105
depois à zona semeada faz vir rios e regos secundários,
e, quando o campo seco tem sede com ervas moribundas,
eis que do alto de escarpada via a água
faz cair? Ela, descendo, rouco murmúrio por lisas
pedras emite, mitigando áridos campos com cascatas. 110
O que de quem, para a haste não ceder com pesadas espigas,
dá como pasto o excesso das searas na tenra relva,
logo que as mudas igualam os sulcos, e que drena
a umidade de um charco com absorvente areia?
Sobretudo, nos meses incertos,³⁷ se um rio copioso 115
transborda e tudo invade largamente com limo sobreposto,
daí manando fundas poças, em tépida umidade.

    Mas, embora homens e bois tenham assim penado
ao lavrar a terra, um pouco o ganso ruim,
os grous do Estrimão³⁸ e a endívia de fibras amargas 120
prejudicam, ou a sombra faz mal. O próprio Pai³⁹ não
quis ser fácil a via do cultivo, e primeiro moveu os campos
pela técnica, espicaçando peitos mortais com cuidados,
nem deixou seu reinos entorpecerem em pesada letargia.

    Antes de Júpiter, colono algum subjugava os campos: 125

---

38 **Estrimão:** trata-se de rio que nascia do Monte Hemo e desaguava em um golfo homônimo da antiga região da Calcídica, na Trácia.
39 **O próprio Pai:** Júpiter, aqui representado como uma espécie de deus providencial e responsável por fazer cessar a prodigalidade da Natureza em "favor" do amadurecimento dos homens. Semelhante versão do fim da Idade de Ouro contrasta com a que Hesíodo (séc. VII AEC) esboçara em *Os trabalhos e os dias* (106-201), já que, no poeta grego, a dureza das condições de vida durante a Idade de Ferro fora claramente um castigo de Zeus por causa da iniquidade humana.

ne signare quidem aut partiri limite campum
fas erat: in medium quaerebant, ipsaque tellus
omnia liberius, nullo poscente, ferebat.
Ille malum uirus serpentibus addidit atris
praedarique lupos iussit pontumque moueri   130
mellaque decussit foliis ignemque remouit
et passim riuis currentia uina repressit,
ut uarias usus meditando extunderet artis
paulatim et sulcis frumenti quaereret herbam
ut silicis uenis abstrusum excuderet ignem.   135
Tunc alnos primum fluuii sensere cauatas;
nauita tum stellis numeros et nomina fecit,
Pleiadas, Hyadas, claramque Lycaonis Arcton;
tum laqueis captare feras et fallere uisco
inuentum et magnos canibus circumdare saltus;   140
atque alius latum funda iam uerberat amnem
alta petens, pelagoque alius trahit umida lina;
tum ferri rigor, atque argutae lammina serrae
(nam primi cuneis scindebant fissile lignum),
tum uariae uenere artes: labor omnia uicit   145

40 **Plêiades:** trata-se de um grupo de sete estrelas da constelação de Touro; segundo o mito, teriam sido na origem sete irmãs, filhas do gigante Atlas, primeiro metamorfoseadas em pombas para que fugissem da perseguição de Órion, um caçador. Em seguida, Júpiter se apiedou delas e transformou--as em astros do firmamento (Grimal 1963: 379).
41 **Híades:** trata-se de outro grupo de estrelas – também sete – da constelação taurina. Apareciam entre maio e junho e se punham em novembro.
42 **Árcton de Licaão:** referência à constelação conhecida como Ursa Maior, a qual um dia vivera como uma jovem de nome Calisto. Depois de amada por Júpiter, Juno, sua ciumenta irmã e esposa, transformou-a em ursa. Júpiter colocou-a no céu, em formato de uma constelação (Grimal 1963: 76).
43 **Enganar com visgo:** o visgo (*Chamaecrista hispidula*), também chamado "erva-de-passarinho" ou "visco", é uma planta leguminosa que produz resina grudenta, utilizável em armadilhas para capturar aves.

sequer marcar ou repartir o campo com limites
era lícito; buscavam em comum, e a própria terra,
sem ninguém pedir, dava tudo mais livremente.
Ele deu veneno ruim às serpentes escuras,
mandou os lobos caçarem e o mar se agitar,   130
derrubou o mel das folhas e removeu o fogo,
e fez parar o vinho a correr em rios aqui e ali,
para a necessidade, exercitando-se, criar diferentes técnicas
aos poucos e buscar o broto do trigo em sulcos,
para que extraísse de veios de sílex o fogo escondido.   135
Então, primeiro os rios sentiram álamos escavados;
então o marinheiro contou e nomeou as estrelas,
Plêiades,[40] Híades,[41] brilhante Árcton de Licaão.[42]
Então se descobriu como capturar feras a laço
e enganar com visgo,[43] cercar grandes bosques com cães;   140
e um já golpeia um rio largo com funda,[44]
buscando o leito, outro arrasta úmidas linhas no mar.
Então vieram o rigor do ferro e as lâminas da serra afiada
(antes, na verdade, fendiam madeira frágil com cunhas),
então as várias técnicas. O esforço tudo dominou,[45]   145

44 **Funda:** inicialmente indicando, no latim (*funda, -ae*), uma arma com correias para arremesso de pedras, ou os projéteis que atirava, depois passou a significar também certo tipo de rede de pesca.

45 **O esforço tudo dominou:** retomada, com ajustes contextuais, dos dizeres de *Bucólicas* 10.69 (*omnia uincit Amor; et nos cedamus Amori* – "o Amor a tudo domina; também nós cedamos ao Amor", tradução nossa). Assim, se em sua obra anterior Virgílio apresentara o poeta Cornélio Galo como indivíduo irremediavelmente preso aos laços amorosos de uma pérfida Licóris, nas *Geórgicas* como um todo é o *labor improbus* ("esforço", "pena" ou "trabalho incessante") que impera no cotidiano dos agricultores, os quais lutam pela sobrevivência nos tempos difíceis de uma espécie de Idade de Ferro.

improbus, et duris urgens in rebus egestas.
   Prima Ceres ferro mortalis uertere terram
instituit, cum iam glandes atque arbuta sacrae
deficerent siluae et uictum Dodona negaret.
Mox et frumentis labor additus, ut mala culmos   150
esset robigo segnisque horreret in aruis
carduos: intereunt segetes, subit aspera silua
lappaeque tribolique, interque nitentia culta
infelix lolium et steriles dominantur auenae.
Quod nisi et assiduis herbam insectabere rastris   155
et sonitu terrebis auis et ruris opaci
falce premes umbras uotisque uocaueris imbrem,
heu! magnum alterius frustra spectabis aceruom
concussaque famem in siluis solabere quercu.
   Dicendum et quae sint duris agrestibus arma,   160
quis sine nec potuere seri nec surgere messes:
uomis et inflexi primum graue robur aratri
tardaque Eleusinae matris uoluentia plaustra
tribulaque traheaeque et iniquo pondere rastri;
uirgea praeterea Celei uilisque supellex,   165
arbuteae crates et mystica uannus Iacchi:
omnia quae multo ante memor prouisa repones,
si te digna manet diuini gloria ruris.
   Continuo in siluis magna ui flexa domatur
in burim et curui formam accipit ulmus aratri.   170

---

46 **Dodona:** ver *supra* nota a v. 8 do livro 1.
47 **Má ferrugem:** no latim, o termo empregado é *robigo*, nome de um fungo que infestava as colheitas. Mas além disso, como dissemos em nota ao v. 6 do livro 1, indicava uma divindade (malfazeja, referida por Varrão) que devia ser apaziguada com festas ditas *Robigalia* no mês de abril, para não destruir os trabalhos dos agricultores.
48 **Mãe de Elêusis:** referência à deusa Ceres; ver *supra* nota a v. 7 do livro 1.

incessante, com a necessidade, obrigando a duras coisas.
   Primeiro Ceres determinou que os mortais lavrassem
a terra, quando já as glandes e medronhos do bosque
sagrado faltavam e Dodona[46] negava o sustento.
Logo também aos grãos adveio o esforço, para a má ferrugem[47]   150
devorar as hastes e o cardo estéril se eriçar
nos campos; morrem searas, insinua-se áspero mato
da bardana e abrolho, e entre campos exuberantes
tomam conta o joio infeliz e estéreis aveias.
Quanto a isso, se não perseguires a erva com enxadas assíduas,   155
nem apavorares as aves com ruído, nem pressionares
com foice a sombra do campo escuro, nem chamares chuva
com votos, ai! Verás em vão a grande reserva alheia
e matarás tua fome nos bosques, batendo em carvalhos.
   Ainda há que dizer quais são as armas dos duros camponeses,   160
sem o que não puderam ser semeadas nem crescer as colheitas:
primeiro, a maciça madeira da relha e do arado curvo,
e os lentos carros rolantes da mãe de Elêusis,[48]
os trilhos, grades e enxadas de enorme peso;
além disso, os baratos utensílios de vime de Celeu,[49]   165
grades de medronheiro e a joeira mística de Iaco;[50]
tudo o que, lembrado, muito antes providenciarás calculando,
se te espera digna glória do campo divino.
   Sem tardar, nos bosques é dobrado com grande força,
como rabiça, o olmeiro, assumindo a forma do curvo arado.   170

49   **Celeu:** referência a um rei de Elêusis (pai de Triptólemo) que acolhera bem a deusa Deméter em sua passagem pela cidade grega de Elêusis, quando ela percorreu as terras em busca da filha, raptada pelo soberano dos Infernos (Mynors 2003: 35).
50   **Iaco:** menção a Baco ou Dioniso, deus da videira e do vinho, por outro nome possível.

Huic ab stirpe pedes temo protentus in octo,
binae aures, duplici aptantur dentalia dorso;
caeditur et tilia ante iugo leuis altaque fagus
stiuaque, quae currus a tergo torqueat imos,
et suspensa focis explorat robora fumus. 175
    Possum multa tibi ueterum praecepta referre,
ni refugis tenuisque piget cognoscere curas.
    Area cum primis ingenti aequanda cylindro
et uertenda manu et creta solidanda tenaci,
ne subeant herbae neu puluere uicta fatiscat, 180
tum uariae inludant pestes: saepe exiguus mus
sub terris posuitque domos atque horrea fecit,
aut oculis capti fodere cubilia talpae,
inuentusque cauis bufo et quae plurima terrae
monstra ferunt, populatque ingentem farris aceruom 185
curculio atque inopi metuens formica senectae.
    Contemplator item, cum se nux plurima siluis
induet in florem et ramos curuabit olentis:
si superant fetus, pariter frumenta sequentur,
magnaque cum magno ueniet tritura calore; 190
at si luxuria foliorum exuberat umbra,
nequiquam pinguis palea teret area culmos.
    Semina uidi equidem multos medicare serentis
et nitro prius et nigra perfundere amurca,

---

51 **Temão:** Virgílio inicia, neste trecho, a descrição da forma do arado para emprego na lavoura, justificando-se, assim, o emprego de vários termos associados, como "temão" (peça para atrelagem do boi); "aivecas" (peças do arado que alargam o sulco, afastando a terra lateralmente); "rabiça" (ou "varal" do arado, destinado a manejá-lo).

52 **Pequenas nugas:** em uma obra agrícola verdadeiramente instrucional, causaria estranhamento um comentário deste tipo, como se certas partes das técnicas de plantio e cultivo fossem menos nobres ou insignificantes. Desenha-se assim, nas *Geórgicas*, o perfil de um poema sobretudo voltado a

Nele, um temão[51] estendido por oito pés, desde a base,
duas aivecas e dentes se aplicam de duplo dorso.
Corta-se antes também a leve tília para o jugo e a alta faia
como rabiça, para virar atrás as rodas de baixo.
E a fumaça testa a madeira suspensa sobre o fogo.   175
   Posso passar-te muitos preceitos dos antigos,
se não te afastas nem te enfada conhecer pequenas nugas.[52]
   Primeiro a eira deve ser nivelada com enorme cilindro,
lavrada à mão e compactada com greda tenaz,
para que não se insinuem as ervas nem se rache vencida pelo pó,   180
e então lesem variadas pestes: amiúde pequeno rato
sob as terras fez moradas e estabeleceu celeiros,
ou toupeira de cegos olhos escavou covis
e se achou em tocas o sapo ou muitos monstros
que as terras geram, e devasta enorme reserva de cereal   185
o gorgulho, e a formiga a temer indigente velhice.
   Olha ainda, quando a nogueira abundantemente nos bosques
recobrir-se de flores e curvar perfumados ramos:
se os frutos sobejam, assim haverá grandes
messes ao vir a debulha com o grande calor;   190
mas, se com viço de folhas prospera a sombra,
em vão a eira debulhará hastes ricas em palha.
   Vi sementes, decerto, muitos tratarem ao plantar
e antes regar com nitrato e negra amurca,[53]

---

    um público erudito e pouco afeito, na verdade, a toda a variedade da lida no campo.

53 **Amurca:** trata-se de uma espécie de resíduo líquido da prensagem das azeitonas, diverso do bagaço e do óleo sobrenadante. Em muitos tratados agrícolas da Antiguidade latina, do *Da agricultura* de Marco Pórcio Catão (234 AEC – 149 AEC) até o *Tratado de agricultura* de Rutílio Tauro Emiliano Paládio (séc. IV – V EC), o mesmo subproduto é referido para longa série de usos, como adubo, repelente de pragas, protetor de utensílios etc.

grandior ut fetus siliquis fallacibus esset 195
et quamuis igni exiguo properata maderent.
Vidi lecta diu et multo spectata labore
degenerare tamen, ni uis humana quotannis
maxima quaeque manu legeret. Sic omnia fatis
in peius ruere ac retro sublapsa referri! 200
Non aliter quam qui aduerso uix flumine lembum
remigiis subigit, si bracchia forte remisit
atque illum in praeceps prono rapit alueus amni.

Praeterea tam sunt Arcturi sidera nobis
Haedorumque dies seruandi et lucidus Anguis, 205
quam quibus in patriam uentosa per aequora uectis
Pontus et ostriferi fauces temptantur Abydi.

Libra dies somnique pares ubi fecerit horas
et medium luci atque umbris iam diuidit orbem,
exercete, uiri, tauros, serite hordea campis 210
usque sub extremum brumae intractabilis imbrem.
Nec non et lini segetem et Cereale papauer
tempus humo tegere et iamdudum incumbere aratris,
dum sicca tellure licet, dum nubila pendent.

Vere fabis satio; tum te quoque, medica, putres 215
accipiunt sulci, et milio uenit annua cura,
candidus auratis aperit cum cornibus annum
Taurus et auerso cedens Canis occidit astro.

---

54 **Dias dos Bodes:** referência ao surgimento de duas estrelas da constelação do Auriga, associadas à vinda de chuvas (Mynors 2003: 47).
55 **Serpente:** refere-se a uma constelação setentrional que nunca se punha, servindo, assim, de indicadora do lado norte (Mynors 2003: 47).
56 **Abidos:** localidade situada no litoral asiático do Ponto Euxino (Mar Negro), junto à sua entrada a partir do Mediterrâneo.
57 **Libra:** ver *supra* nota a v. 34 do livro 1.
58 **Brilhante... Touro:** o sol adentra a constelação de Touro no mês de abril (e na primavera), em contexto europeu; não se trata, assim, de um verdadeiro

para que o fruto fosse maior com vagens enganosas 195
e mesmo em fogo baixo amolecessem depressa.
Vi sementes escolhidas longamente e olhadas com muito esforço
estragarem, se cada uma das maiores a labuta humana,
ano a ano, não selecionasse à mão: assim, tudo
fatalmente piora e, de forma sorrateira, é arrastado para trás. 200
Não diferente de quando alguém, na contracorrente, a custo
domina uma barca com remos; mas, se relaxou os braços,
também o leva abaixo o leito do rio, para o abismo.

    Além disso, tanto por nós devem ser observados os astros
de Arcturo, os dias dos Bodes[54] e a brilhante Serpente[55] 205
quanto pelos que, levados à pátria por mares tempestuosos,
espreitam o Ponto e os estreitos de Abidos[56] das ostras.

    Quando Libra[57] fizer iguais as horas do dia e do sono
e já divide o mundo ao meio, entre luz e sombras,
exercitai, homens, os touros, plantai a cevada nos campos 210
até sob a chuva derradeira do solstício invernal intratável.
E também é tempo de cobrir com terra a seara de linho
e a papoula de Ceres e de já aplicar-se aos arados,
enquanto é lícito na terra seca, enquanto as nuvens hesitam.

    Na primavera se plantam favas; então também, luzerna, 215
te acolhem sulcos desfeitos e vem o cuidado anual do milhete,
quando, brilhante,[58] abre o ano com chifres dourados
o Touro, e o Cão,[59] cedendo a astro contrário, se põe.

---

tempo de "abertura" do ano, mas etimologias a vincularem o nome latino do mês, *Aprilis*, e o verbo *aperire* ("abrir") não faltavam na Antiguidade (Recio 2010: 52).

59 **Cão:** referência à constelação do Cão Maior, cujo astro mais brilhante é a estrela chamada Sírius; segundo o mito grego, essa constelação resultara da transformação dos cães de Órion, um gigante caçador metamorfoseado ele mesmo em corpo celeste após tentativa malograda de violentar a deusa Ártemis (Grimal 1963: 331).

At si triticeam in messem robustaque farra
exercebis humum solisque instabis aristis, 220
ante tibi Eoae Atlantides abscondantur
Gnosiaque ardentis decedat stella Coronae,
debita quam sulcis committas semina quamque
inuitae properes anni spem credere terrae.
Multi ante occasum Maiae coepere; sed illos 225
exspectata seges uanis elusit auenis.
   Si uero uiciamque seres uilemque phaselum
nec Pelusiacae curam aspernabere lentis,
haud obscura cadens mittet tibi signa Bootes;
incipe et ad medias sementem extende pruinas. 230
   Idcirco certis dimensum partibus orbem
per duodena regit mundi sol aureus astra.
Quinque tenent caelum zonae: quarum una corusco
semper sole rubens et torrida semper ab igni;
quam circum extremae dextra laeuaque trahuntur 235
caeruleae glacie concretae atque imbribus atris;
has inter mediamque duae mortalibus aegris
munere concessae diuom, et uia secta per ambas,
obliquos qua se signorum uerteret ordo.
Mundus, ut ad Scythiam Riphaeasque arduus arcis 240
consurgit, premitur Libyae deuexus in Austros.

60 **Atlântides do Oriente:** o mesmo que "Plêiades"; ver *supra* nota a v. 138 do livro 1.
61 **Estrela de Cnossos, da Coroa brilhante:** segundo o mito grego, Ariadne, princesa de Creta e filha do rei Minos, foi desposada por Baco após ser abandonada por Teseu; o deus, então, deu-lhe uma coroa de diamantes que fez ascender ao céu, como garantia de sua fidelidade.
62 **Maia:** astro da constelação das Plêiades, associada à mãe do deus Hermes/Mercúrio no mito greco-romano (Grimal 1963: 274).
63 **Lentilha pelusiana:** a cidade de Pelúsio localizava-se no delta do Rio Nilo, no Egito.
64 **Bootes:** o mesmo que a constelação também dita "Boieiro"; ver *supra* nota a v. 67 do livro 1.

Mas, se para a messe do trigo e os farros vigorosos
lavrares o solo e só para as espigas trabalhares sem cessar, 220
que antes se ocultem para ti as Atlântides do Oriente[60]
e se baixe a estrela de Cnossos, da Coroa brilhante,[61]
antes de entregares as sementes devidas a sulcos
e de te apressares em confiar a esperança anual à terra
[indisposta.
Muitos começaram antes do ocaso de Maia;[62] mas os 225
frustrou com vãs aveias a seara aguardada.
   Mas, se plantares a ervilhaca e o trivial feijão,
nem desprezares o cuidado da lentilha pelusiana,[63]
Bootes,[64] ao baixar, há de dar-te sinais bem claros:
começa e prolonga a semeadura até o meio das geadas. 230
   Por isso o sol dourado rege, pelos doze astros
celestes, o firmamento dividido em partes determinadas.
Cinco zonas[65] dominam o céu: uma delas sempre a brilhar
pelo sol ardente e sempre tórrida pelo calor;
em torno dela, à direita e esquerda se estendem as extremas, 235
azuladas, duras de gelo e com negras chuvas;
entre elas e o meio, as duas concedidas aos tristes mortais
por um dom divino, e a via traçada através de ambas,
onde o cortejo das constelações circulasse de través.
O mundo, assim como se eleva altivo junto à Cítia 240
e às cidadelas rifeias,[66] rebaixa-se inclinado a líbicos Austros.[67]

---

65 **Cinco zonas:** como o próprio poeta explica na sequência, a porção central do mundo era tida como ardente e inabitável, mas ele arrefecia nas áreas temperadas e congelava junto aos polos.

66 **Cidadelas rifeias:** referência às alturas dos Montes Rifeus; estavam situados na Cítia, vasta região fria e tempestuosa a abranger partes da Europa e da Ásia (no sul da atual Rússia).

67 **Austros:** ventos do sul, tinham características de serem quentes e tempestuosos; foram, por vezes, personificados na literatura antiga, que os apresentam sob a forma de homem velho, com cabelos brancos e água a gotejar do corpo (Commelin 1983: 98).

Hic uertex nobis semper sublimis; at illum
sub pedibus Styx atra uidet Manesque profundi.
Maximus hic flexu sinuoso elabitur Anguis
circum perque duas in morem fluminis Arctos,   245
Arctos Oceani metuentis aequore tingi.
Illic, ut perhibent, aut intempesta silet nox
semper et obtenta densentur nocte tenebrae,
aut redit a nobis Aurora diemque reducit;
nosque ubi primus equis Oriens adflauit anhelis,   250
illic sera rubens accendit lumina Vesper.
  Hinc tempestates dubio praediscere caelo
possumus, hinc messisque diem tempusque serendi,
et quando infidum remis impellere marmor
conueniat, quando armatas deducere classis   255
aut tempestiuam siluis euertere pinum.
Nec frustra signorum obitus speculamur et ortus
temporibusque parem diuersis quattuor annum.
  Frigidus agricolam si quando continet imber,
multa, forent quae mox caelo properanda sereno,   260
maturare datur: durum procudit arator
uomeris obtusi dentem, cauat arbore lintris;
aut pecori signum aut numeros impressit aceruis.
Exacuont alii uallos furcasque bicornis
atque Amerina parant lentae retinacula uiti.   265
Nunc facilis rubea texatur fiscina uirga;
nunc torrete igni fruges, nunc frangite saxo.

---

68   **Estige escuro:** de acordo com a mitologia grega, a Ninfa Estige formava uma nascente que adentrava sob a terra e desaguava nas regiões infernais. Naquelas paragens, tornava-se rio barrento (Commelin 1983: 159).
69   **Ursas:** são duas constelações boreais (Ursa Maior e Ursa Menor), sendo que a Menor contém a chamada Estrela Polar; ver *supra* nota a v. 138 do livro 1.

Tal polo sempre está acima de nós; mas a nossos pés
veem o outro o Estige escuro[68] e os Manes profundos.
Aqui a Serpente enorme desliza em sinuosa curva
à maneira de um rio, em torno e pelas duas Ursas,[69]   245
Ursas que temem mergulhar na superfície oceânica.
Ali, dizem, ou a noite profunda sempre silencia
e sombras se adensam estendendo-se a noite;
ou a Aurora[70] volta de nós e reconduz o dia;
e quando o primeiro Oriente soprou sobre nós com cavalos   250
ofegantes, ali Vésper ardente[71] acende tardias chamas.

    Daí podemos predizer as estações do céu duvidoso
daí o dia da colheita e o tempo de semear,
e quando impelir o mar enganoso com remos
convém, quando pôr em rota esquadras armadas,   255
ou derrubar nos bosques o pinheiro maduro.
Não observamos em vão a ida e a vinda das constelações,
nem o ano igual nas quatro estações diferentes.

    Se às vezes fria chuva retém o agricultor,
muito, que logo haveria de apressar em tempo   260
aberto, é dado aprestar: quem ara afia o duro
dente do arado embotado, cava gamelas na madeira,
deixou marca no gado ou números nas pilhas.
Alguns aguçam estacas e forcados bicornes
e preparam amerinas amarras[72] para a flexível vinha.   265
Ora um cesto fácil se teça com varas de silva,
ora torrai grãos ao fogo, ora moei com a pedra.

---

70 **Aurora:** o nascer do dia era personificado sob a forma de uma deusa, desde os tempos de Homero. Representavam essa divindade como uma figura de veste açafroada, que partia transportada por um carro de seu palácio a cada manhã, tendo nas mãos uma tocha acesa (Commelin 1983: 83).
71 **Vésper ardente:** trata-se do planeta Vênus, quando surge no céu à tarde.
72 **Amerinas amarras:** Améria era uma localidade da Úmbria.

Quippe etiam festis quaedam exercere diebus
fas et iura sinunt: riuos deducere nulla
religio uetuit, segeti praetendere saepem, 270
insidias auibus moliri, incendere uepres
balantumque gregem fluuio mersare salubri.
Saepe oleo tardi costas agitator aselli
uilibus aut onerat pomis, lapidemque reuertens
incusum aut atrae massam picis urbe reportat. 275
Ipsa dies alios alio dedit ordine Luna
felicis operum. Quintam fuge: pallidus Orcus
Eumenidesque satae; tum partu Terra nefando
Coeumque Iapetumque creat saeuomque Typhoea
et coniuratos caelum rescindere fratres. 280
Ter sunt conati imponere Pelio Ossam
scilicet, atque Ossae frondosum inuoluere Olympum;
ter Pater exstructos disiecit fulmine montis.
Septima post decimam felix et ponere uitem
et prensos domitare boues et licia telae 285
addere; nona fugae melior, contraria furtis.
  Multa adeo gelida melius se nocte dedere
aut cum sole nouo terras irrorat Eous.
Nocte leues melius stipulae, nocte arida prata
tondentur; noctis lentus non deficit umor. 290
Et quidam seros hiberni ad luminis ignis
peruigilat ferroque faces inspicat acuto.

73 **Orco pálido:** na origem, Orco fora entendido como um demônio que habitava o mundo dos mortos; pouco a pouco, porém, foi assimilado ao próprio Plutão, rei dos Infernos (Grimal 1963: 329).
74 **Eumênides:** trata-se de um eufemismo para referir as também chamadas "Fúrias", demônios femininos que se vingavam e puniam os culpados por crimes, instigando-lhes sentimentos de remorso; sendo três irmãs, recebiam os nomes de Tisífone, Megera e Alecto.
75 **Céu, Jápeto e cruel Titeu:** trata-se de nomes de Titãs – filhos de Gaia/Terra e de Urano/Céu – que se engajaram numa rebelião contra os deuses olímpi-

Com efeito, mesmo em dias festivos fazer algo
a lei divina e a humana permitem: abrir canais
escrúpulo religioso algum vetou, plantar sebe em frente
[ao campo,   270
armar emboscada às aves, queimar sarças,
mergulhar grei de balantes ovelhas em rio salutar.
Amiúde, quem toca um burrinho lento o dorso carrega
de azeite ou de frutos simples, e voltando da cidade
mó picada ou a massa do negro pez traz de volta.   275
A própria lua arranjou diferentes dias propícios
a diferentes trabalhos. Foge do quinto: Orco pálido[73]
e as Eumênides[74] nasceram; então, em parto nefando,
gera a Terra Céu, Jápeto e cruel Tifeu,[75]
e os irmãos conjurados para violar o firmamento.   280
Três vezes tentaram pôr o Ossa[76] sobre o Pélion,
naturalmente, e arrastar o Olimpo frondoso ao Ossa;
três vezes o Pai derrubou com raio os montes acumulados.
O décimo sétimo dia é bom para plantar a vinha,
domesticar bois presos e juntar fios à tela.   285
O nono é melhor para fugir e contrário ao furto.[77]

Muito, sobretudo, ocorreu melhor na noite fria
ou quando a Estrela da manhã[78] orvalha as terras ao alvorecer.
De noite leves palhas, de noite secos prados se cortam
melhor, a umidade emoliente não falta à noite.   290
E alguém junto a fogo tardio de luz invernal
vela, aguçando feixes com ferro agudo.

---

    cos e tentaram atacá-los em sua morada, para isso empilhando montes uns sobre os outros.

76 **Ossa:** monte da antiga região da Tessália, situado entre o Pélion – ao sul – e o Olimpo, ao norte.

77 **Melhor para fugir e contrário ao furto:** alusão provável, no primeiro caso, à possibilidade da fuga de escravos, como explica L. Deryck Williams (2001: 148); na mesma data, pouco sucesso teriam os ladrões dos agricultores.

78 **Estrela da manhã:** nome do planeta Vênus, ao surgir no céu matutino.

Interea longum cantu solata laborem
arguto coniunx percurrit pectine telas
aut dulcis musti Volcano decoquit umorem   295
et foliis undam trepidi despumat aheni.
   At rubicunda Ceres medio succiditur aestu
et medio tostas aestu terit area fruges.
Nudus ara, sere nudus: hiems ignaua colono.
Frigoribus parto agricolae plerumque fruontur   300
mutuaque inter se laeti conuiuia curant.
Inuitat genialis hiems curasque resoluit,
ceu pressae cum iam portum tetigere carinae
puppibus et laeti nautae imposuere coronas.
Sed tamen et quernas glandes tum stringere tempus   305
et lauri bacas oleamque cruentaque myrta;
tum gruibus pedicas et retia ponere ceruis
auritosque sequi lepores, tum figere dammas
stuppea torquentem Balearis uerbera fundae,
cum nix alta iacet, glaciem cum flumina trudunt.   310
   Quid tempestates autumni et sidera dicam
atque, ubi iam breuiorque dies et mollior aestas,
quae uigilanda uiris, uel cum ruit imbriferum uer,
spicea iam campis cum messis inhorruit et cum
frumenta in uiridi stipula lactentia turgent?   315
Saepe ego, cum flauis messorem induceret aruis
agricola et fragili iam stringeret hordea culmo,
omnia uentorum concurrere proelia uidi,
quae grauidam late segetem ab radicibus imis
sublimem expulsam eruerent, ita turbine nigro   320
ferret hiems culmumque leuem stipulasque uolantis.

---

79 **Vulcano:** em sentido próprio, Vulcano era o ferreiro coxo dos deuses e esposo de Vênus, também assimilado ao grego Hefesto. Contudo, neste e em outros casos, Virgílio se serviu do nome como metonímia para dizer, poeticamente, o "fogo".

Nisso, tendo atenuado longo esforço ao cantar,
a esposa percorre telas com pente sonante,
ou coze em Vulcano[79] o líquido do mosto doce   295
e escuma com folhas a superfície do caldeirão tremente.
  Mas Ceres rubicunda é ceifada no meio do estio
e no meio do estio a eira pisa grãos tostados.
Ara nu, semeia nu. O inverno é inativo ao colono:
no frio, os agricultores em geral usufruem da produção   300
e cuidam alegres de mútuos banquetes entre si.
O inverno festivo convida e desfaz os cuidados,
como quando quilhas pressionadas já tocaram o porto,
e marinheiros alegres depositaram coroas nas popas.
Mas, contudo, então é tempo de colher as glandes do carvalho,   305
as bagas do loureiro, a azeitona e os mirtos sanguíneos;
então, de dispor laços aos grous e redes aos cervos
e de perseguir lebres orelhudas; então, de traspassar corças,
torcendo correias de estopa da funda balear,[80]
quando a neve se estende funda, quando rios impelem gelo.   310
  Por que falaria dos tempos e astros do outono,
e, quando o dia já é mais breve e o calor mais brando,
do que deve ser cuidado pelos homens? Ou, ao findar
                        [a primavera chuvosa,
de quando a messe de espigas já se eriça nos campos
e quando os grãos leitosos se incham no verde caule?   315
Amiúde, quando o agricultor em louros campos
introduzia o segador e já cortava as cevadas do frágil caule,
eu vi precipitando-se todas as batalhas dos ventos,
que a colheita plena, vastamente, de fundas raízes
arrancavam, levada para cima: assim, em negro turbilhão   320
a tempestade levava o caule leve e palhas voadoras.

80 **Funda balear:** referência a um tipo de catapulta, supostamente inventada
    nas Ilhas Baleares (Williams 2001: 149).

Saepe etiam immensum caelo uenit agmen aquarum
et foedam glomerant tempestatem imbribus atris
collectae ex alto nubes; ruit arduos aether
et pluuia ingenti sata laeta boumque labores   325
diluit; implentur fossae et caua flumina crescunt
cum sonitu feruetque fretis spirantibus aequor.
Ipse Pater media nimborum in nocte corusca
fulmina molitur dextra, quo maxima motu
terra tremit, fugere ferae, et mortalia corda   330
per gentis humilis strauit pauor; ille flagranti
aut Atho aut Rhodopen aut alta Ceraunia telo
deicit; ingeminant Austri et densissimus imber;
nunc nemora ingenti uento, nunc litora plangunt.
  Hoc metuens caeli mensis et sidera serua: 335
frigida Saturni sese quo stella receptet,
quos ignis caelo Cyllenius erret in orbis.
  In primis uenerare deos, atque annua magnae
sacra refer Cereri laetis operatus in herbis,
extremae sub casum hiemis, iam uere sereno.   340
Tum pingues agni et tum mollissima uina;
tum somni dulces densaeque in montibus umbrae.
Cuncta tibi Cererem pubes agrestis adoret;
quoi tu lacte fauos et miti dilue Baccho;
terque nouas circum felix eat hostia fruges,   345

---

81   **Éter:** em sentido próprio, o ar sutil das regiões mais elevadas do firmamento; o próprio céu, por extensão.
82   **O Atos, o Ródope ou os altos Ceráunios:** montanhas que se encontravam, respectivamente, nas regiões da Calcídica, Trácia e Epiro (ou Macedônia).
83   **Fria estrela de Saturno:** a vinculação entre esse corpo celeste e a frieza diz respeito ao fato de que Saturno se encontra comparativamente mais afastado do sol que outros planetas.
84   **Fogo Cilênio:** referência poética ao planeta Mercúrio, já que o deus homônimo nascera no Monte Cilene da Arcádia, segundo o mito (Recio 2010: 58-59).

Não raro, ainda vem do céu imensa massa de águas
e formam feia tempestade, com chuva escura,
as nuvens reunidas no alto; desaba o alto éter[81]
e com chuva enorme alegres plantações e o trabalho dos bois   325
dissolve; enchem-se canais e rios profundos aumentam
com ruído, fervilha o mar em estreitos soerguidos.
O próprio Pai, em meio à noite das nuvens, brilhantes
raios brande com a mão, e com tal movimento a terra
enorme treme, feras fugiram e aos corações mortais   330
o pavor abateu, entre gente humilde; ele, com dardo
ardente, o Atos, o Ródope ou os altos Ceráunios[82]
derrubou; redobram Austros e a chuva bem densa;
ora as florestas com enorme vento, ora as praias ululam.
    Temendo isso, observa os meses do céu e os astros,   335
aonde a fria estrela de Saturno[83] se recolhe,
para quais círculos no céu erra o fogo Cilênio.[84]
    Antes de tudo, venera os deuses e os ritos anuais
à grande Ceres cumpre, tendo-te ocupado da relva fértil,
perto do fim derradeiro do inverno, já na serena primavera.   340
Então, os cordeiros são gordos[85] e então bem suaves os vinhos,
então os sonos são doces e densas as sombras nos montes.
Que toda a juventude agreste adore Ceres para ti:
para ela, dilui favos em leite e em Baco suave,
três vezes a vítima propícia siga em torno das novas searas,[86]   345

---

85 **Os cordeiros são gordos:** retoma-se, nesta passagem, *Os trabalhos e os dias* (v. 585), sempre ressaltando a fertilidade e bonança dos campos sob a primavera.

86 **Siga em torno das novas searas:** descreve-se, aqui, uma espécie de rito de purificação dos campos; Mynors (2003: 77), a propósito, refere em nota *ad locum* a celebração chamada *Ambarualia* na Roma Antiga, na qual, em fins de maio, animais eram sacrificados para os deuses rústicos.

omnis quam chorus et socii comitentur ouantes
et Cererem clamore uocent in tecta; neque ante
falcem maturis quisquam supponat aristis,
quam Cereri torta redimitus tempora quercu
det motus incompositos et carmina dicat. 350
 Atque haec ut certis possemus discere signis,
aestusque pluuiasque et agentis frigora uentos,
ipse Pater statuit quid menstrua Luna moneret,
quo signo caderent Austri, quid saepe uidentes
agricolae propius stabulis armenta tenerent. 355
 Continuo uentis surgentibus aut freta ponti
incipiunt agitata tumescere et aridus altis
montibus audiri fragor, aut resonantia longe
litora misceri et nemorum increbrescere murmur.
Iam sibi tum a curuis male temperat unda carinis, 360
cum medio celeres reuolant ex aequore mergi
clamoremque ferunt ad litora cumque marinae
in sicco ludunt fulicae notasque paludes
deserit atque altam supra uolat ardea nubem.
Saepe etiam stellas uento impendente uidebis 365
praecipites caelo labi noctisque per umbram
flammarum longos a tergo albescere tractus;
saepe leuem paleam et frondis uolitare caducas
aut summa nantis in aqua colludere plumas.
 At Boreae de parte trucis cum fulminat et cum 370
Eurique Zephyrique tonat domus, omnia plenis
rura natant fossis, atque omnis nauita ponto
umida uela legit. Numquam imprudentibus imber
obfuit: aut illum surgentem uallibus imis
aeriae fugere grues, aut bucula caelum 375

---

87 **Euro:** representado no mito como filho da deusa Aurora, era um vento impetuoso do Oriente; muitas vezes foi visto como um deus desgrenhado, por causa das tempestades que incita (Commelin 1983: 98).

acompanhem-na todo o coro e os companheiros ovacionando
e invoquem Ceres com clamor às moradas; e ninguém
aproxime foice de espigas maduras antes de cingido,
nas têmporas, com guirlanda de carvalho para Ceres,
de executar danças soltas e cantar canções. 350
    E, para podermos saber de tais coisas com sinais seguros,
do calor, das chuvas e dos ventos que trazem o frio,
o próprio Pai fixou o que a lua mostrasse mês a mês,
sob qual constelação cessassem os Austros, o que, vendo eles
amiúde, fizesse agricultores reter armentos junto ao estábulo. 355
    Logo se erguendo ventos, os braços de mar
começam a transbordar agitados e um ruído seco
a ser ouvido em altos montes, ou a rodopiar praias
que ressoam longe e a redobrar o murmúrio dos bosques.
Então, já o mar dificilmente poupa as curvas quilhas 360
quando velozes mergulhões voam do meio do mar
e levam clamor às praias, e quando as gaivotas
marinhas brincam no seco, e a garça deixa
os pântanos conhecidos, voando sobre alta nuvem.
Amiúde, ainda, verás – ao aproximar-se o vento – 365
estrelas cadentes tombarem do céu e na sombra
noturna branquejarem longas caudas por trás;
amiúde, voarem a leve palha e folhas caducas,
ou brincarem sobre a superfície da água plumas nadantes.
    Mas, quando cai raio dos lados de Bóreas feroz e quando 370
troveja a morada de Euro[87] e Zéfiro, todos os campos
se alagam com fossas cheias e todo marinheiro, no mar,
recolhe úmidas velas. Nunca a chuva prejudicou
desavisados: ou fugiram dela, a surgir em fundos
vales, grous aéreos, ou a novilha, observando 375

suspiciens patulis captauit naribus auras,
aut arguta lacus circumuolitauit hirundo
et ueterem in limo ranae cecinere querelam.
Saepius et tectis penetralibus extulit oua
angustum formica terens iter, et bibit ingens   380
arcus, et e pastu decedens agmine magno
coruorum increpuit densis exercitus alis.
Iam uariae pelagi uolucres et quae Asia circum
dulcibus in stagnis rimantur prata Caystri,
certatim largos umeris infundere rores,   385
nunc caput obiectare fretis, nunc currere in undas
et studio incassum uideas gestire lauandi.
Tum cornix plena pluuiam uocat improba uoce
et sola in sicca secum spatiatur harena.
Ne nocturna quidem carpentes pensa puellae   390
nesciuere hiemem, testa cum ardente uiderent
scintillare oleum et putris concrescere fungos.

  Nec minus ex imbri soles et aperta serena
prospicere et certis poteris cognoscere signis.
Nam neque tum stellis acies obtunsa uidetur   395
nec fratris radiis obnoxia surgere Luna
tenuia nec lanae per caelum uellera ferri;
non tepidum ad solem pennas in litore pandunt
dilectae Thetidi alcyones, non ore solutos
immundi meminere sues iactare maniplos.   400
At nebulae magis ima petunt campoque recumbunt,
solis et occasum seruans de culmine summo
nequiquam seros exercet noctua cantus.

---

88 **Caístro:** referência a um rio que nasce no Monte Tmolo e deságua perto da antiga cidade de Éfeso.

o céu, inspirou brisas com larga narina,
ou a andorinha melodiosa voejou sobre lagos
e as rãs cantaram a velha queixa no limo.
Muito frequentemente, também retirou ovos da funda
morada a formiga em trilha estreita, e bebeu o arco-íris   380
enorme, e, deixando o pasto em grande bando,
um exército de corvos retumbou com muitas asas.
Já as aves variegadas do pélago e as que perscrutam
em charcos de água-doce, junto aos prados asiáticos do Caístro,[88]
verias à porfia derramar muita umidade nos ombros,   385
ora expor a cabeça às vagas, ora correr às ondas
e remexer-se em vão, com desejo de lavar-se.
Então, a gralha insaciável chama chuva em voz alta
e, sozinha consigo, vagueia na areia seca.
Sequer as moças, quando fiam a lã à noite,   390
ignoraram a tempestade, ao verem na lamparina
acesa o azeite cintilar e crescerem moles cogumelos.

   Não menos o sol e o tempo aberto, em meio à chuva,
poderás prever e reconhecer por sinais seguros.
Com efeito, então nem o brilho das estrelas parece opaco   395
nem a lua surgir dependente dos raios do irmão,
nem tênues velos de lã se arrastarem pelo céu.
Nem estendem ao sol tépido suas penas, na praia,
as alcíones amadas por Tétis,[89] nem se lembram
porcos imundos de lançar punhados soltos da boca.   400
Mas a névoa tende mais aos vales e cai sobre o campo,
e, observando o poente de elevados cimos,
em vão a coruja pratica cantos noturnos.

---

89 **Alcíones amadas por Tétis:** dizia-se que essa ave, da família dos alcediníedeos, fazia seus ninhos sobre o mar; seria, assim, cara a Tétis, uma das Nereidas (Recio 2010: 61).

Apparet liquido sublimis in aere Nisus,
et pro purpureo poenas dat Scylla capillo; 405
quacumque illa leuem fugiens secat aethera pinnis,
ecce inimicus atrox magno stridore per auras
insequitur Nisus; qua se fert Nisus ad auras,
illa leuem fugiens raptim secat aethera pinnis.
Tum liquidas corui presso ter gutture uoces 410
aut quater ingeminant et saepe cubilibus altis
nescio qua praeter solitum dulcedine laeti
inter se in foliis strepitant; iuuat imbribus actis
progeniem paruam dulcisque reuisere nidos.
Haud equidem credo, quia sit diuinitus illis 415
ingenium aut rerum fato prudentia maior;
uerum, ubi tempestas et caeli mobilis umor
mutauere uias, et Iuppiter uuidus Austris
denset, erant quae rara modo, et, quae densa, relaxat,
uertuntur species animorum, et pectora motus 420
nunc alios, alios dum nubila uentus agebat,
concipiunt; hinc ille auium concentus in agris
et laetae pecudes et ouantes gutture corui.

  Si uero solem ad rapidum lunasque sequentis
ordine respicies, numquam te crastina fallet 425
hora, neque insidiis noctis capiere serenae.
Luna reuertentis cum primum colligit ignis,
si nigrum obscuro comprenderit aera cornu,
maximus agricolis pelagoque parabitur imber;
at si uirgineum suffuderit ore ruborem, 430
uentus erit; uento semper rubet aurea Phoebe.

---

90 **Niso:** trata-se de um lendário rei de Mégara, na Grécia, cuja filha, Cila, apaixonou-se por seu inimigo (Minos); então, cortou ao pai a madeixa de cabelos em que residia sua força, a fim de favorecer o amado. Mas Minos rejeitou-a e ela se atirou às águas, onde teria morrido caso os deuses, por comiseração,

Mostra-se alto no céu puro Niso[90]
e, pelo cabelo ruivo, Cila é castigada: 405
onde quer que ela, fugindo, corte o leve éter com asas,
eis que, atroz inimigo, com grande ruído pela brisa,
persegue-a Niso; por onde Niso segue à brisa,
ela, fugindo apressada, corta o leve éter com asas.
Então, os corvos, três ou quatro vezes forçando a garganta, 410
redobram seu claro canto, e amiúde, em altos recintos,
não sei por qual prazer maior que o comum, alegres
entre si ressoam na folhagem; é bom, acabando as chuvas,
rever os filhotinhos e os doces ninhos.
Não creio, decerto, por terem inteligência 415
divina ou maior compreensão das coisas, predestinados;
mas, quando a estação e a mutável umidade do clima
trocaram as vias e Júpiter, úmido pelos Austros,
condensa o que era há pouco rarefeito e rarefaz o denso,
viram-se as disposições de espírito, e os peitos assumem 420
ora uns impulsos, outros enquanto o vento carregava
nuvens: por isso aquela sinfonia das aves nos campos,
os animais em alegria e corvos ovacionando na garganta.
   Mas, se observares o sol impetuoso e as luas
a seguirem em ordem, nunca te enganará a hora de amanhã, 425
nem serás surpreendido por armadilha da noite serena.
Logo que a lua recolhe as luzes em retorno,
se abranger negro ar com chifre escuro,
enorme chuva haverá para os agricultores e o pélago;
mas, se espalhar rubor virginal pela face, ter-se-á 430
vento: sempre enrubesce ao vento dourada Febe.[91]

    não a tivessem transformado em ave marinha; seu pai sofreu destino semelhante, sendo o mito contado por Ovídio em *Metamorfoses* 8.145-151.
91 **Febe:** nome associado à deusa Diana e, por conseguinte, à própria lua (assim como "Febo" se vincula ao deus Apolo, irmão daquela, e ao sol).

Sin ortu quarto (namque is certissimus auctor)
pura neque obtusis per caelum cornibus ibit,
totus et ille dies et qui nascentur ab illo
exactum ad mensem pluuia uentisque carebunt, 435
uotaque seruati soluent in litore nautae
Glauco et Panopeae et Inoo Melicertae.
   Sol quoque et exoriens et cum se condet in undas
signa dabit; solem certissima signa sequontur,
et quae mane refert et quae surgentibus astris. 440
Ille ubi nascentem maculis uariauerit ortum
conditus in nubem medioque refugerit orbe,
suspecti tibi sint imbres; namque urget ab alto
arboribusque satisque Notus pecorique sinister.
Aut ubi sub lucem densa inter nubila sese 445
diuersi rumpent radii, aut ubi pallida surget
Tithoni croceum linquens Aurora cubile,
heu! male tum mitis defendet pampinus uuas:
tam multa in tectis crepitans salit horrida grando!
   Hoc etiam, emenso cum iam decedit Olympo, 450
profuerit meminisse magis: nam saepe uidemus
ipsius in uultu uarios errare colores:
caeruleus pluuiam denuntiat, igneus Euros.
Sin maculae incipient rutilo immiscerier igni,
omnia tum pariter uento nimbisque uidebis 455
feruere. Non illa quisquam me nocte per altum
ire neque a terra moueat conuellere funem.
At si, cum referetque diem condetque relatum,

92   **Glauco, Panopeia e Melicerta de Ino:** a primeira personagem foi um pescador que, depois de atirado ao mar, tornou-se deus; Panopeia era uma das Nereidas (ver *supra* nota a v. 11 do livro 1); Melicerta, filho de Ino, atirou-se ao mar com a mãe quando fugiam da loucura de Atamante, rei de Tebas; em seguida, Netuno os metamorfoseou em divindades protetoras dos navegantes (o mito é contado por Ovídio em *Metamorfoses* 4.464-542).

Se, porém, no quarto nascimento (sendo bem certo indicador)
ela seguir límpida pelo céu, sem embotar os chifres,
aquele dia inteiro e os que surgirem dele
serão sem chuva e vento até correr o mês,   435
e marinheiros salvos pagarão votos na praia
para Glauco, Panopeia e Melicerta de Ino.[92]

   O sol também, ao nascer e ao se esconder nas ondas,
dará sinais; sinais bem certos acompanharão o sol,
tanto os que de manhã ele traz quanto os que ao virem estrelas.   440
Quando ele se colorir de manchas logo ao nascer
e ocultar o meio de seu círculo escondido numa nuvem,
suspeita de chuvas: com efeito, Noto acossa do alto
nocivo a árvores, plantações e rebanhos.
Ou quando, ao alvorecer, raios divergentes se projetarem   445
entre nuvens densas, ou quando surgir pálida
a Aurora, deixando o leito açafroado de Titono,[93]
ai! Mal então o pâmpano defenderá as uvas suaves:
tanto granizo salta terrível crepitando nos telhados!

   Também isto, quando já se retirou ao percorrer o Olimpo,   450
trará mais proveito lembrar; pois muitas vezes vemos
cores variadas vagarem na face dele próprio:
o azul anuncia chuva, o afogueado os Euros.
Mas, se manchas começam a misturar-se ao fogo ardente,
tudo então, igualmente, com vento e nuvens verás   455
em rebuliço. Ninguém me aconselhe, naquela noite,
a seguir pelo alto-mar, nem a soltar cabos da terra.
Mas se, ao trazer o dia e ocultar o que trouxe,

---

93 **Titono:** trata-se do irmão mais velho do rei Príamo de Troia, que gerou com a Aurora dois filhos, Emátio e Mêmnon; agraciado com o dom da imortalidade, mas não da juventude, acabou em sua velhice metamorfoseado pela esposa numa cigarra (Grimal 1963: 461-462).

lucidus orbis erit, frustra terrebere nimbis
et claro siluas cernes Aquilone moueri.   460
Denique, quid Vesper serus uehat, unde serenas
uentus agat nubes, quid cogitet umidus Auster,
sol tibi signa dabit. Solem quis dicere falsum
audeat? Ille etiam caecos instare tumultus
saepe monet fraudemque et operta tumescere bella.   465
Ille etiam exstincto miseratus Caesare Romam,
cum caput obscura nitidum ferrugine texit
impiaque aeternam timuerunt saecula noctem.
Tempore quamquam illo tellus quoque et aequora ponti
obscenaeque canes importunaeque uolucres   470
signa dabant. Quotiens Cyclopum efferuere in agros
uidimus undantem ruptis fornacibus Aetnam,
flammarumque globos liquefactaque uoluere saxa!
Armorum sonitum toto Germania caelo
audiit; insolitis tremuerunt motibus Alpes.   475
Vox quoque per lucos uolgo exaudita silentis
ingens, et simulacra modis pallentia miris
uisa sub obscurum noctis pecudesque locutae
(infandum!); sistunt amnes terraeque dehiscunt
et maestum illacrimat templis ebur aeraque sudant.   480
Proluit insano contorquens uertice siluas

94 **Aquilão:** muitas vezes confundido com Bóreas, era um vento frio e violento; foi por vezes representado como um ancião de cabelos em desordem (Commelin 1983: 98).
95 **César:** trata-se, desta vez, de menção a Caio Júlio César (100 ΛEC – 44 ΛEC), general, escritor, triúnviro e, depois, ditador de Roma, o qual foi assassinado por intriga de um grupo de senadores nos Idos de março. Sendo ele um dos pilares da construção da imagem pública de Otaviano Augusto, a referência lutuosa à sua morte no fecho da primeira *Geórgica* assinala certo alinhamento de Virgílio com a ascensão do(s) novo(s) senhor(es) de Roma.

o círculo for brilhante, em vão terás horror das nuvens
e verás os bosques serem movidos por claro Aquilão.[94]   460
Enfim, o que Vésper tardio traz, donde o vento
carrega nuvens serenas, o que o úmido Austro prepara,
o sol sinalizará para ti. Quem ousaria dizer que o sol
mente? Ele também, amiúde, avisa de que tumultos ocultos
e a fraude se avizinham e de que guerras encobertas sobrevêm.   465
Ele também se apiedou de Roma ao morrer César,[95]
quando encobriu a cabeça brilhante com negra ferrugem,
e as gerações ímpias temeram uma noite eterna.
Embora, naquele tempo, também a terra e os plainos do mar,
cadelas sinistras e as aves importunas dessem   470
seus sinais. Quantas vezes vimos o Etna espumando
a ferver sobre os campos dos Ciclopes,[96] rompidas as fornalhas,
e rolar globos de fogo e rochas liquefeitas!
Ruído de armas a Germânia no céu inteiro
ouviu, tremeram com insólito movimento os Alpes.   475
Voz alta também foi ouvida aqui e ali em bosques
silenciosos, e pálidos espectros com forma espantosa
se viram na penumbra noturna, animais falaram
(indizível!); rios param e terras se abrem,
o marfim triste chora nos templos e bronzes suam.   480
Contorcendo-se em redemoinho insano, o Erídano,[97]

---

96 **Campos dos Ciclopes:** o mito associava desde Homero – *Odisseia* 9 – a região onde se postava o Monte Etna, na Sicília, à morada dos Ciclopes; esses eram seres gigantescos e dotados de um único olho no meio da testa. Ali, entre grande selvageria, viviam como pastores, conforme são retratados na *Odisseia*; a eles se atribuía o trabalho na forja de Vulcano, situada sob a montanha de fogo.

97 **Erídano:** nome antigo do Rio Pó, situado numa planície do norte da Itália; recebeu seu nome de Erídano ou Faetonte, jovem filho do sol precipitado em suas águas após perder o controle do carro paterno (Commelin 1983: 120).

fluuiorum rex Eridanus camposque per omnis
cum stabulis armenta tulit. Nec tempore eodem
tristibus aut extis fibrae apparere minaces
aut puteis manare cruor cessauit, et altae   485
per noctem resonare lupis ululantibus urbes.
Non alias caelo ceciderunt plura sereno
fulgura nec diri toties arsere cometae.
Ergo inter sese paribus concurrere telis
Romanas acies iterum uidere Philippi;   490
nec fuit indignum superis bis sanguine nostro
Emathiam et latos Haemi pinguescere campos.
Scilicet et tempus ueniet, cum finibus illis
agricola, incuruo terram molitus aratro,
exesa inueniet scabra robigine pila   495
aut grauibus rastris galeas pulsabit inanis
grandiaque effossis mirabitur ossa sepulcris.
   Di patrii, Indigetes et Romule Vestaque mater,
quae Tuscum Tiberim et Romana Palatia seruas,
hunc saltem euerso iuuenem succurrere saeclo   500
ne prohibete! Satis iam pridem sanguine nostro
Laomedonteae luimus periuria Troiae.
Iam pridem nobis caeli te regia, Caesar,

---

98   **Filipos:** no ano de 42 AEC, os triúnviros – Marco Antônio, Lépido e Otaviano – enfrentaram os exércitos senatoriais nesta localidade da Macedônia e venceram os antigos conspiradores contra Júlio César, estes liderados por Cássio e Bruto.

99   **Emátia e os vastos campos do Hemo:** a Emátia era uma área entre as antigas regiões da Tessália e da Macedônia; o Hemo era uma zona montanhosa ali situada (Williams 2001: 155).

100 **Indígetes:** trata-se de deuses nativos de Roma e da Itália – como o próprio Rômulo e Vesta –, não "importados" de outros povos.

101 **Rômulo:** fundador lendário da cidade de Roma, considerado, pelo mito, filho da vestal Reia Sílvia e do próprio deus Marte.

rei dos rios, transbordou por todos os bosques e campos,
levou com estábulos manadas. Não cessaram, então,
fibras ameaçadoras de aparecer em tristes entranhas
ou o sangue de manar de poços, altas cidades   485
de ressoar pela noite com o ulular dos lobos.
Não em outro tempo caíram mais raios do céu
sereno, nem tantas vezes arderam terríveis cometas.
Então, entre si combaterem com dardos iguais
exércitos romanos de novo viu Filipos;[98]   490
nem foi indigno dos deuses duas vezes com nosso sangue
umedecer a Emátia e os vastos campos do Hemo.[99]
Naturalmente também virá um tempo em que, naquele território,
o agricultor, lavrando a terra com arado curvo,
encontrará pilos roídos por áspera ferrugem,   495
ou baterá com pesados ancinhos em elmos ocos
e admirará grandes ossos de sepulcros escavados.
   Deuses pátrios Indígetes,[100] Rômulo[101] e mãe Vesta,[102]
que guardais o Tibre etrusco e romanos Palatinos,[103]
não impedi que ao menos este jovem venha em socorro   500
de perdida geração! Já há muito bastante com nosso sangue
expiamos os perjúrios de Troia de Laomedonte;[104]
já há muito a corte celeste te inveja a nós,

---

102 **Mãe Vesta:** trata-se de antiga divindade dos romanos, associada a uma chama – mantida permanentemente acesa e tida como garantia da sobrevivência da Cidade. Cultuavam-na, por um período de trinta anos, as sacerdotisas chamadas vestais, que se escolhiam entre as filhas dos patrícios.
103 **Romanos Palatinos:** o Monte Palatino era uma das famosas colinas da cidade de Roma, junto com outras chamadas Capitólio, Quirinal, Viminal, Esquilino, Célio e Aventino.
104 **Troia de Laomedonte:** Laomedonte, rei antiquíssimo de Troia, não cumprira sua promessa de pagar a Posídon e Apolo por terem ajudado a murar Troia; assim, tais deuses enviaram uma série de desgraças sobre os troianos para castigá-los; os romanos, como supostos "descendentes" do povo de Troia, tinham neste perjuro uma espécie de "avô".

inuidet atque hominum queritur curare triumphos,
quippe ubi fas uersum atque nefas: tot bella per orbem, 505
tam multae scelerum facies; non ullus aratro
dignus honos; squalent abductis arua colonis
et curuae rigidum falces conflantur in ensem.
Hinc mouet Euphrates, illinc Germania bellum;
uicinae ruptis inter se legibus urbes 510
arma ferunt; saeuit toto Mars impius orbe:
ut, cum carceribus sese effudere quadrigae,
addunt in spatia et frustra retinacula tendens
fertur equis auriga neque audit currus habenas.

105 **Tantas guerras:** alusão evidente às Guerras civis contemporâneas ao período de escrita das *Geórgicas*, tendo sido finalizadas somente em 31 AEC, quando Otaviano derrotou Marco Antônio e Cleópatra na batalha de Ácio.

ó César, e se queixa de te ocupares de triunfos humanos,
pois se inverteram o lícito e o ilícito: tantas guerras[105] no mundo,   505
tantas as faces dos crimes, nenhuma honra do arado
digna, definham os campos pela falta de colonos,
e curvas foices se fundem em dura espada.
Aqui guerreia o Eufrates, ali o faz Germânia;
cidades vizinhas, rompendo acordos entre si,   510
portam armas; Marte ímpio se enfurece no mundo todo
como quando quadrigas dispararam de cárceres,[106]
ganham distância e, em vão tomados os arreios,
impelem os cavalos o cocheiro, nem atenta o carro a freios.

---

106 **Cárceres:** nome do espaço fechado donde se projetavam as bigas, para sua entrada nas corridas do Circo (Williams 2001: 156).

Liber II

Livro 2

No livro 2 das *Geórgicas*, o proêmio – que contém uma invocação a Baco – é feito entre vv. 1-8. Depois, o poeta refere alguns meios reprodutivos das plantas, podendo esses ser naturais (vv. 9-21) ou artificiais (vv. 22-34). Após alguns versos de transição (vv. 35-38), pede-se a adesão de Mecenas aos preceitos do *magister* didático do poema (vv. 39-46):

> *Tuque ades inceptumque una decurre laborem,*
> *o decus, o famae merito pars maxima nostrae,*
> *Maecenas, pelagoque uolans da uela patenti.*

> E tu sê presente, junto percorre a obra iniciada,
> ó honra, ó – merecidamente – parte maior de nossa fama,
> Mecenas, e rápido solta velas ao mar aberto. (2.39-41)

A questão reprodutiva, apesar de já abordada antes, retorna em vv. 47-82 (porém, desta vez com ênfase em uma artificialidade ainda maior, pois a técnica sob foco é a enxertia arbórea). Em vv. 83-108, a questão da variedade de tipos de oliveiras e vinhas, com seus frutos peculiares, é tratada por Virgílio, sendo seguida pela observação de que nem todas as terras podem produzir de tudo (vv. 109-135). Entre todos os países, no entanto, destaca-se a Itália – segundo os dizeres do poeta – por sua extraordinária fertilidade e pelos bens que disponibiliza a seus habitantes, do ponto de vista natural e cultural (ou humano – vv. 136-176).

Sempre tangenciando o aspecto geral dos solos, Virgílio ainda nota que cada terreno demanda um tipo de cultivo (vv. 177-225), bem como ensina a reconhecer suas variedades (vv. 226-258). As três seções que sucedem mantêm nexo evidente com a questão da viticultura – assunto privilegiado neste livro da obra –, sendo a primeira relativa ao modo de plantar as parreiras (vv. 259-297); a segunda, os cuidados com a plantação, a fim de evitar incêndios (vv. 298-314); a terceira, com ênfase em que o melhor tempo de plantar as vinhas é na primavera e no outono (vv. 315-321).

Dando prosseguimento ao livro, em vv. 322-345, o poeta celebra a primavera; em vv. 346-370, enumera os cuidados que a videira jovem exige; em vv. 371-396, cita perigos às mesmas plantas – como os caprinos, destruidores de folhas com mordidas –; em vv. 397-419, refere a dificuldade da viticultura, tarefa que impede o agricultor de descansar. Em contrapartida, a oleicultura se apresenta de modo contrastivo, como se quase não demandasse esforço algum após o enraizamento das oliveiras (vv. 420-457).

A partir de v. 458 e até v. 540, Virgílio elabora uma das mais importantes digressões deste seu poema didático. Referimo-nos ao elogio da vida do campo, de início contraposta aos males urbanos e, depois, enaltecida em sua própria abundância de bens, como a honestidade de conduta e a alegria com as coisas simples. Por fim, em vv. 541-542 o poeta fecha a presente subdivisão das *Geórgicas* empregando a imagem dos cavalos de corrida que chegaram ao fim de um páreo.

Hactenus aruorum cultus et sidera caeli:
nunc te, Bacche, canam, nec non siluestria tecum
uirgulta et prolem tarde crescentis oliuae.
Huc, pater o Lenaee (tuis hic omnia plena
muneribus; tibi pampineo grauidus autumno   5
floret ager, spumat plenis uindemia labris),
huc, pater o Lenaee, ueni, nudataque musto
tinge nouo mecum dereptis crura coturnis.
　Principio arboribus uaria est natura creandis.
Namque aliae nullis hominum cogentibus ipsae   10
sponte sua ueniunt camposque et flumina late
curua tenent, ut molle siler lentaeque genistae,
populus et glauca canentia fronde salicta;
pars autem posito surgunt de semine, ut altae
castaneae, nemorumque Ioui quae maxima frondet   15
aesculus atque habitae Grais oracula quercus.
Pullulat ab radice aliis densissima silua,
ut cerasis ulmisque; etiam Parnasia laurus

---

107 **Pai Leneu:** outra denominação associada a Baco, deus da videira e do vinho; Mynors (2003: 101) lembra, em nota *ad locum*, que o termo provém do grego ληνός ("prensa de vinho").
108 **Tirando os coturnos:** os coturnos eram calçados com solado plataforma, especialmente utilizados pelos atores trágicos em cena; sobre os vínculos de Baco com o teatro – que parece ter sido, na origem, um festejo sagrado em sua homenagem –, ver Brandão (1984: 9ss.).
109 **Ésculo:** trata-se de planta cuja identificação é difícil, correspondendo a alguma espécie de carvalho com grandes dimensões, nativo do sul da Itália; talvez seja o *Quercus farnetto* (André 2010: 6).

Até aqui o cultivo dos campos e os astros do céu;
agora, Baco, cantarei a ti, e contigo as ramagens
silvestres e a prole da oliveira que cresce tarde.
Para cá, ó Pai Leneu:[107] aqui tudo está cheio de teus
dons; para ti, fértil no outono rico em pâmpanos,   5
floresce o campo, espuma a vindima em dornas cheias;
Para cá, ó Pai Leneu, vem, e tinge comigo, com mosto
novo, as pernas nuas, tirando os coturnos.[108]
　　Primeiro, variada é a natureza das árvores a cultivar.
Umas, pois, nenhum homem obrigando, por si   10
espontaneamente crescem e os campos e rios curvos
por tudo dominam, como o vime macio e flexíveis giestas,
o choupo e os salgueiros esbranquiçados, de verde folhagem.
Mas parte provém de semente plantada, como as altas
castanheiras, o ésculo,[109] gigante dos bosques   15
que sombreia para Júpiter, e os carvalhos oraculares[110]
　　　　　　　　　　　　　　　　[para os gregos.
Pulula da raiz, para outros, densíssimo bosque,
como para cerejeiras e olmeiros; ainda, o loureiro do Parnaso[111]

---

110 **Carvalhos oraculares:** em Dodona, no Epiro (ver *supra* nota a v. 8 do livro 1), havia um bosque de carvalhos e santuário dedicado a Zeus. Desde o séc. VIII AEC há referências a consultas oraculares neste local, como se as respostas aos consulentes viessem do ruído das folhagens do carvalho, ao serem sacudidas pelo vento.
111 **Parnaso:** montanha calcárea do centro da Grécia; era consagrada ao deus Apolo e às Musas, e de suas encostas brotava a fonte de Castália, tida como inspiradora dos poetas.

parua sub ingenti matris se subicit umbra.
Hos natura modos primum dedit, his genus omne   20
siluarum fruticumque uiret nemorumque sacrorum.
   Sunt alii quos ipse uia sibi repperit usus.
Hic plantas tenero abscindens de corpore matrum
deposuit sulcis; hic stirpes obruit aruo,
quadrifidasque sudes et acuto robore uallos;   25
siluarumque aliae pressos propaginis arcus
exspectant et uiua sua plantaria terra;
nil radicis egent aliae summumque putator
haud dubitat terrae referens mandare cacumen;
quin et caudicibus sectis (mirabile dictu!)   30
truditur e sicco radix oleagina ligno.
Et saepe alterius ramos impune uidemus
uertere in alterius, mutatamque insita mala
ferre pirum et prunis lapidosa rubescere corna.
   Quare agite o proprios generatim discite cultus,   35
agricolae, fructusque feros mollite colendo,
neu segnes iaceant terrae: iuuat Ismara Baccho
conserere atque olea magnum uestire Taburnum.
   Tuque ades inceptumque una decurre laborem,
o decus, o famae merito pars maxima nostrae,   40
Maecenas, pelagoque uolans da uela patenti.
Non ego cuncta meis amplecti uersibus opto;
non, mihi si linguae centum sint oraque centum,
ferrea uox. Ades et primi lege litoris oram:

112 **Mergulhia:** nesta técnica de reprodução vegetal, um ramo próximo da terra é recoberto por ela e, ao pegar raiz, separado da planta de que viera (Houaiss; Villar 2009: 1277).

113 **Pilriteiro:** planta da família das rosáceas, nativa da Europa, a qual possui madeira dura e produz drupas vermelhas e doces (Houaiss; Villar 2009: 1491).

pequeno se insinua sob a sombra enorme da mãe.
A Natureza, primeiro, deu tais modos, assim todo tipo   20
de bosque, de ramagens e de floresta sagrada verdeja.
   Há outros, cujo caminho a própria experiência encontrou:
um, arrancando mudas do tenro corpo das mães,
depositou em sulcos, outro enterrou ramos no campo,
varas fendidas em quatro e estacas de madeira pontuda;   25
algumas dentre as plantas esperam apertados arcos
de mergulhia[112] e vivos rebentos com sua terra;
outras nada carecem de raízes e quem poda
não hesita em devolver a ponta de cima à terra.
Além disso, cortados os troncos (é maravilhoso dizer!),   30
a raiz da oliveira projeta-se de seca madeira.
E amiúde vemos os ramos de uma, sem mal,
mudarem aos de outra, e pereira transformada dar maçãs
de enxerto, e duros pilriteiros[113] enrubescer com ameixas.
   Por isso, eia! Aprendei por espécies   35
os cultivos certos, agricultores, e domai frutos agrestes
                                                    [cultivando,
nem fiquem terras ociosas em repouso. Agrada o Ísmaro[114]
                                                    [com Baco[115]
plantar e revestir o grande Taburno[116] com oliveira.
   E tu sê presente, junto percorre a obra iniciada,
ó honra, ó – merecidamente – parte maior de nossa fama,   40
Mecenas, e rápido solta velas ao mar aberto.
Não quero eu tudo abranger em meus versos,
nem se tivesse cem línguas e cem bocas,
uma voz de ferro. Sê presente e margeia a linha costeira;

---

114 **Ísmaro:** referência a um monte da região balcânica da Trácia; Homero (*Odisseia* 9.196-198) já menciona seu vinho.
115 **Baco:** trata-se, neste caso, de metonímia para indicar a parreira.
116 **Taburno:** trata-se de uma serra situada entre a Campânia e a antiga região do Sânio, no sul da Itália.

in manibus terrae; non hic te carmine ficto 45
atque per ambages et longa exorsa tenebo.
   Sponte sua quae se tollunt in luminis oras,
infecunda quidem, sed laeta et fortia surgunt;
quippe solo natura subest. Tamen haec quoque, si quis
inserat aut scrobibus mandet mutata subactis, 50
exuerint siluestrem animum cultuque frequenti
in quascumque uoles artis haud tarda sequentur.
Nec non et sterilis quae stirpibus exit ab imis
hoc faciat, uacuos si sit digesta per agros:
nunc altae frondes et rami matris opacant 55
crescentique adimunt fetus uruntque ferentem.
   Iam quae seminibus iactis se sustulit arbos
tarda uenit seris factura nepotibus umbram;
pomaque degenerant sucos oblita priores,
et turpis auibus praedam fert uua racemos. 60
   Scilicet omnibus est labor impendendus, et omnes
cogendae in sulcum ac multa mercede domandae.
Sed truncis oleae melius, propagine uites
respondent, solido Paphiae de robore myrtus.
Plantis et durae coryli nascuntur et ingens 65
fraxinus Herculeaeque arbos umbrosa coronae
Chaoniique patris glandes; etiam ardua palma
nascitur et casus abies uisura marinos.
Inseritur uero et fetu nucis arbutus horrida,
et steriles platani malos gessere ualentis; 70
castaneae fagus, ornusque incanuit albo

---

117 **Páfios mirtos**: o mirto, ou murta, um arbusto então associado à deusa Vênus; produz bagas de cor violácea. Por sua vez, na cidade de Pafos, situada na ilha de Chipre, estabelecera-se forte culto a essa divindade (e a seus atributos), pois se dizia que ali ela nascera do mar (Commelin 1983: 63).

ao alcance as terras. Não te reterei aqui com canto 45
enganoso, por rodeios e longos preâmbulos.
 As que espontaneamente se erguem às bordas da luz
decerto infecundas, mas crescem viçosas e fortes;
sem dúvida, sua natureza se oculta no solo. Mas mesmo
[essas, caso
se enxertem ou, mudando, se entreguem a covas lavradas, 50
deixarão a disposição agreste; e, com cultivo frequente,
logo adotarão qualquer técnica que desejares.
E ainda a que se projeta estéril de fundas cepas
faria isso, se fosse dispersa por campos vazios;
agora, altas folhagens e ramos maternos a obscurecem, 55
obstam à que cresce e queimam ao dar brotos.
 Já a árvore que se ergue de sementes lançadas
cresce tarde e pronta a sombrear tardios netos,
estragam-se os frutos, olvidados da seiva de outrora,
e a vinha produz cachos ruins como presa para aves. 60
 Naturalmente, deve haver empenho por todas, e todas
devem ser forçadas ao sulco, a alto custo dominadas.
Mas as oliveiras melhor com troncos, com mergulhões
as vinhas respondem, páfios mirtos[117] com sólido caule.
Com mudas nascem também as rijas aveleiras, o enorme 65
freixo e a árvore frondosa da coroa de Hércules,[118]
as glandes do Pai Caônio;[119] ainda a alta palmeira
nasce e o abeto pronto a ver desastres no mar.
Enxerta-se de fato com o broto da noz o medronheiro hirsuto,
e plátanos estéreis produzem rendosas macieiras; 70
a faia branqueja com alva flor de castanheira, o freixo silvestre

---

118 **Coroa de Hércules:** o herói grego Hércules, filho de Júpiter e Alcmena, fez para si uma coroa de choupo branco ao descer ao submundo para a captura do monstruoso cão Cérbero, como explica Mynors (2003: 108-109).
119 **Pai Caônio:** trata-se do próprio Zeus, por associação com os carvalhos de Dodona.

flore piri glandemque sues fregere sub ulmis.
  Nec modus inserere atque oculos imponere simplex.
Nam qua se medio trudunt de cortice gemmae
et tenuis rumpunt tunicas, angustus in ipso   75
fit nodo sinus: huc aliena ex arbore germen
includunt udoque docent inolescere libro.
Aut rursum enodes trunci resecantur, et alte
finditur in solidum cuneis uia, deinde feraces
plantae immittuntur; nec longum tempus, et ingens   80
exiit ad caelum ramis felicibus arbos
miraturque nouas frondes et non sua poma.
  Praeterea genus haud unum nec fortibus ulmis
nec salici lotoque neque Idaeis cyparissis,
nec pingues unam in faciem nascuntur oliuae,   85
orchades et radii et amara pausia baca,
pomaque et Alcinoi siluae, nec surculus idem
Crustumiis Syriisque piris grauibusque uolemis.
Non eadem arboribus pendet uindemia nostris
quam Methymnaeo carpit de palmite Lesbos.   90
Sunt Thasiae uites, sunt et Mareotides albae,
pinguibus hae terris habiles, leuioribus illae,
et passo Psithia utilior tenuisque lageos

---

120 **Olhos:** pontos de que hão de sair cada grelo do tubérculo e cada gomo do vegetal (= "gemas").
121 **Cipreste do Ida:** o monte referido, situado em Creta, era famoso na Antiguidade por seus bosques de ciprestes; ver Caio Plínio Segundo (séc. I ec), *História natural* 16.141.
122 **Bosques de Alcínoo:** referência a um rei da Feácia, citado por Homero (*Odisseia* 7.112-121), bem como a seu pomar extremamente variado e fértil, segundo explicação de Mynors (2003: 112).
123 **Crustumério:** trata-se de uma antiga cidade lacial, junto à fronteira com o País Sabino; o agrônomo Lúcio Júnio Moderato Columela (séc. I ec) refere esta variedade da fruta em *Das coisas do campo* 5.10.18.

com a da pereira, e porcos rompem glandes sob olmeiros.
Nem o modo de enxertar e de dispor os olhos[120] é único.
Com efeito, onde os gomos se projetam do meio do córtex,
e rompem ligeiras membranas, faz-se estreita cavidade   75
no próprio nó; aqui o germe de árvore alheia
encerram e ensinam a crescer no úmido córtex.
Ou de novo se cortam troncos sem nós e fundo
se abre na madeira uma via com cunhas, depois produtivos
garfos se inserem: não é longo o tempo, enorme   80
saiu ao céu com ramos felizes a árvore
e admira ramos novos e frutos não seus.

Além disso, não há uma só espécie de fortes olmeiros
nem de salgueiro, de lótus e de cipreste do Ida;[121]
não nascem com aparência única as oleosas oliveiras,   85
há azeitonas oblongas, compridas e a páusia de baga amarga;
assim as frutíferas e os bosques de Alcínoo,[122] nem o mesmo broto
dá peras de Crustumério,[123] sírias e as pesadas volemas.[124]
Não pende em nossas árvores a mesma vindima
que Lesbos colhe do sarmento de Metimna;[125]   90
há vinhas de Tassos,[126] há também as Mareótidas brancas,[127]
estas próprias para terras férteis, aquelas para as leves,
e a Psítia[128] mais útil ao vinho de passas, a pequena Olho

---

124 **Pesadas volemas:** variedade mencionada, já, por Marco Pórcio Catão (séc. III-II AEC), em *Da agricultura* 7.4; permanece em discussão a etimologia do nome, como explica Mynors (2003: 112).

125 **Metimna:** localidade do norte da ilha de Lesbos, na Grécia; poetas romanos como Quinto Horácio Flaco (65 AEC – 8 AEC), em *Sátiras* 2.8.50, e Públio Ovídio Nasão (43 AEC – 17 EC), em *Arte de amar* 1.57, reconhecem a qualidade de seus vinhos.

126 **Tassos:** ilha do mar Egeu, situada junto à costa da Macedônia oriental.

127 **Mareótidas brancas:** menção às uvas produzidas junto ao Lago Mareótida, no Egito; outra referência se encontra em Horácio, *Odes* 1.37.14.

128 **Psítia:** variedade de uvas que Plínio identifica, em *História natural* 14.81, com a mesma dita *appiana* – ou *apiana* – em latim (Mynors 2003: 113).

temptatura pedes olim uincturaque linguam,
purpureae, praeciaeque, et quo te carmine dicam, 95
Rhaetica? Nec cellis ideo contende Falernis.
Sunt et Aminneae uites, firmissima uina,
Tmolius assurgit quibus et rex ipse Phanaeus,
Argitisque minor, cui non certauerit ulla
aut tantum fluere aut totidem durare per annos. 100
Non ego te, Dis et mensis accepta secundis,
transierim, Rhodia, et tumidis, bumaste, racemis.
Sed neque quam multae species, nec nomina quae sint
est numerus; neque enim numero comprendere refert:
quem qui scire uelit, Libyci uelit aequoris idem 105
discere quam multae Zephyro turbentur harenae
aut, ubi nauigiis uiolentior incidit Eurus,
nosse quot Ionii ueniant ad litora fluctus.
  Nec uero terrae ferre omnes omnia possunt.
Fluminibus salices crassisque paludibus alni 110
nascuntur, steriles saxosis montibus orni;

129 **Olho de Lebre:** o nome grego desta variedade de uvas – λάγειος – teria advindo de λαγῶς ("lebre") no mesmo idioma, o que motiva comentários como o de Mário Sérvio Honorato (séc. IV EC): *quae latine leporaria dicitur* ("que se diz, em latim, leporina"); ver explicação de Mynors *ad locum* (Mynors 2003: 113).

130 **Rética:** a Récia era uma antiga província romana da zona alpina; seu vinho também seria mencionado por Columela, em *Das coisas do campo* 3.2.27.

131 **Falerno:** os vinhos produzidos nesta localidade da Campânia eram um dos mais renomados e caros na Roma Antiga, como vemos em Horácio, *Odes* 1.27.10 (Williams 2001: 161).

132 **Amineia:** referência a certa variedade de uvas produtoras de vinho branco na Campânia, citadas por Plínio em *História natural* 14.21 (Williams 2001: 161).

133 **Tmolo:** ver *supra* nota a v. 56 do livro 1.

de lebre,[129] pronta um dia a atacar os pés e a enrolar a língua,
as purpúreas e as precoces, e com que canto celebrar-te, 95
ó Rética?[130] Nem por isso disputes com adegas de Falerno.[131]
Há também as vinhas de Amineia,[132] vinhos encorpados,
às quais homenageia o Tmolo[133] e o mesmo rei Faneu,[134]
a Argite menor,[135] com a qual nenhuma competiria
em dar tanto sumo ou em durar tantos anos. 100
Eu não te omitiria, Ródia,[136] aceita pelos deuses
na sobremesa; nem a ti, Bumasta,[137] de cachos túrgidos.
Mas não há limite para quantas espécies nem para quantos
nomes existam, nem importa abrangê-lo em um número;
quem quiser sabê-lo, queira ele mesmo saber 105
quantas areias do mar Líbico[138] se remexem pelo Zéfiro
ou, quando Euro se atira mais violento aos navios,
saber quantas ondas vêm ao litoral da Jônia.
Nem, de fato, todas as terras podem dar de tudo.
Salgueiros em rios e álamos em pântanos de lama 110
nascem, freixos silvestres estéreis em montes rochosos;

134 **Rei Faneu:** "Faneu" era um promontório do sul da ilha grega de Quios, onde se produzia um vinho muito renomado, por isso chamado de "rei" na passagem (Recio 2010: 80).
135 **Argite menor:** talvez a denominação "Argite" tenha relação com o termo grego ἀργός ("branco"), resultando em que o vinho desta variedade seria, também, branco (Recio 2010: 80).
136 **Ródia:** o vinho da ilha de Rodes era empregado para libações aos deuses, no final das refeições, e importado para o Egito com aqueles de outras variedades (Mynors 2003: 115).
137 **Bumasta:** significando o termo βουμαστός "teta de vaca" em grego, a variedade de uva correspondente crescia em cachos com aparência "inchada", semelhante à dos úberes dos animais (Recio 2010: 81).
138 **Areias do mar Líbico:** no poema 7.3-6 de Caio Valério Catulo (87 AEC – 57 AEC), mencionam-se areias (do deserto) como indicação de uma quantia astronômica; mas, naquele lírico latino, tão numerosa seria a quantia de beijos da amada que poderiam chegar a satisfazê-lo.

litora myrtetis laetissima; denique apertos
Bacchus amat collis, Aquilonem et frigora taxi.
Adspice et extremis domitum cultoribus orbem
Eoasque domos Arabum pictosque Gelonos: 115
diuisae arboribus patriae. Sola India nigrum
fert hebenum, solis est turea uirga Sabaeis.
Quid tibi odorato referam sudantia ligno
balsamaque et bacas semper frondentis acanthi?
Quid nemora Aethiopum molli canentia lana 120
uelleraque ut foliis depectant tenuia Seres?
Aut quos Oceano propior gerit India lucos,
extremi sinus orbis, ubi aera uincere summum
arboris haud ullae iactu potuere sagittae?
Et gens illa quidem sumptis non tarda pharetris. 125
Media fert tristis sucos tardumque saporem
felicis mali, quo non praesentius ullum,
pocula si quando saeuae infecere nouercae,
miscueruntque herbas et non innoxia uerba,
auxilium uenit ac membris agit atra uenena. 130
Ipsa ingens arbos faciemque simillima lauro
et, si non alium late iactaret odorem,
laurus erat; folia haud ullis labentia uentis;
flos ad prima tenax; animas et olentia Medi
ora fouent illo et senibus medicantur anhelis. 135
   Sed neque Medorum siluae ditissima terra,

---

139 **Gelonos pintados:** povos do sul da atual Rússia, os quais montavam a cavalo e usavam tatuagem sobre seu corpo (Mynors 2003: 116).
140 **Brancos de lã:** apesar da expressão animalizada para o produto em questão, trata-se na verdade de uma espécie de algodão africano.
141 **Finos velos:** referência aos fios de seda, tecido valioso que se importava do Oriente para Roma; talvez, os romanos acreditassem naquele tempo que fosse um produto inteiramente vegetal (Recio 2010: 82).
142 **Média:** região da Pérsia na Antiguidade – a oeste e sul do mar Cáspio –, habitada pelos Medos.

a costa é bem rica em mirtos; enfim, colinas abertas
Baco ama; ao Aquilão e ao frio os teixos.
Considera também o mundo amansado por cultivadores
[longínquos,
as orientais moradas de árabes e gelonos pintados:[139]   115
a pátria das árvores se reparte. Só a Índia dá negro
ébano, só os sabeus têm varas de incenso.
Por que te falaria do bálsamo que goteja da madeira
perfumada e das bagas do acanto sempre folhoso?
Por que dos bosques dos etíopes, brancos de lã,[140]   120
e de como os chineses penteiam finos velos[141] de folhas?
Ou das florestas sagradas que a Índia tem junto ao Oceano,
golfo do fim do mundo, onde vencer o ar acima
das árvores seta alguma, atirada, pôde? –
E tal povo não é, decerto, inerte ao tomar aljavas.   125
A Média[142] produz ácidos sumos e o sabor forte
do limão; nenhum mais eficaz que ele
se madrastas ruins intoxicaram bebidas
e misturaram ervas e nocivas palavras:[143]
vem em auxílio e purga venenos ruins do corpo.   130
A árvore em si é enorme e bem parecida, no aspecto,
com o loureiro; e, se não exalasse longe outro odor,
seria o loureiro: suas folhas não balançam aos ventos,
sua flor é bem resistente; o hálito e o odor bucal os Medos
suavizam com ele e medicam a asma senil.   135
Mas nem os bosques dos Medos, terra riquíssima,

---

143 **Nocivas palavras:** tentou-se por vezes encontrar a(s) personagem(s) feminina(s) que estaria(m) referida(s) aqui. Mynors (2003: 118) nota que ela não poderia ser a Fedra do mito – apaixonada por Hipólito, seu enteado –, pois, neste caso, teria em princípio preparado um filtro amoroso, não um veneno. O crítico entende, então, que se trata de uma imagem evocativa da índole "ciumenta" das madrastas em geral.

nec pulcher Ganges atque auro turbidus Hermus
laudibus Italiae certent, non Bactra neque Indi
totaque turiferis Panchaia pinguis harenis.
Haec loca non tauri spirantes naribus ignem   140
inuertere satis immanis dentibus hydri,
nec galeis densisque uirum seges horruit hastis;
sed grauidae fruges et Bacchi Massicus umor
impleuere; tenent oleae armentaque laeta.
Hinc bellator equos campo sese arduos infert;   145
hinc albi, Clitumne, greges et maxima taurus
uictima saepe tuo perfusi flumine sacro
Romanos ad templa deum duxere triumphos.
Hic uer adsiduom atque alienis mensibus aestas;
bis grauidae pecudes, bis pomis utilis arbos.   150
At rabidae tigres absunt et saeua leonum
semina; nec miseros fallunt aconita legentis,
nec rapit immensos orbis per humum neque tanto
squameus in spiram tractu se colligit anguis.
Adde tot egregias urbes operumque laborem,   155
tot congesta manu praeruptis oppida saxis
fluminaque antiquos subter labentia muros.
An mare quod supra memorem quodque adluit infra?
Anne lacus tantos? Te, Lari maxime, teque,
fluctibus et fremitu adsurgens Benace marino?   160

---

144 **Hermo:** rio da região da Lídia, na Ásia Menor.
145 **Bactra:** referência à capital do reino de Bactriana, no atual Turquestão.
146 **Pancaia:** trata-se de uma ilha lendária, situada próxima à Arábia (Recio 2010: 83).
147 **Tais lugares:** nesta passagem, menciona-se o mito de Jasão e os Argonautas; assim, no reino "exótico" da Cólquida, esse herói jungiu touros que sopravam fogo, semeou dentes de dragão e viu enfrentar-se em luta os guerreiros que surgiram deles (Commelin 1983: 227).
148 **Líquido mássico:** referência a um outro vinho campaniano, de qualidade superior; referido por Plínio em *História natual* 3.60.

nem o belo Ganges e o Hermo[144] turvo pelo ouro disputariam
em louvores com Itália, nem Bactra,[145] nem os hindus
nem a Pancaia[146] inteira, cheia de areias que dão incenso.
Tais lugares[147] touros a soltarem fogo pelas narinas   140
não remexeram, semeados os dentes de hidra enorme,
nem seara se eriçou com muitos elmos e lanças humanas;
mas colheitas plenas e o líquido mássico[148] de Baco
transbordam; dominam oliveiras e alegres manadas.
Daqui o cavalo guerreiro se projeta altivo no campo,   145
daqui brancas greis, ó Clitumno,[149] e o touro – enorme
vítima –, amiúde banhados em tua santa corrente,
conduziram romanos triunfos aos templos dos deuses.
Aqui a primavera é contínua e verão nos outros meses:
duas vezes engravidam rebanhos, duas favorece a árvore
                                    [com frutos.   150
Mas faltam tigres raivosos e a cria cruel
dos leões, nem enganam acônitos aos tristes colhedores,
nem arrasta imensas roscas pelo chão nem se encolhe
em espiral, com grandes voltas, escamosa serpente.
Junta tantas cidades egrégias e a labuta das obras,   155
tantas cidadelas construídas à mão sobre rochas escarpadas
e rios deslizando sob antigas muralhas.
Lembraria, pois, do mar que banha acima e do inferior?[150]
Ou de tamanhos lagos? De ti, Lário enorme,[151] e de ti,
Benaco,[152] que te exaltas com ondas e ruído marinho?   160

---

149 **Clitumno:** rio da Úmbria, na Itália, em cuja nascente era realizado certo culto a Júpiter (Williams 2001: 163).
150 **Do mar que banha acima e do inferior:** o mar "superior", para os da Itália, é o Adriático; o "inferior", o Tirreno.
151 **Lário enorme:** equivalente ao moderno Lago de Como, no norte da Itália.
152 **Benaco:** equivalente ao moderno Lago de Garda, no norte da Itália; dele, manava o rio chamado Míncio.

An memorem portus Lucrinoque addita claustra
atque indignatum magnis stridoribus aequor,
Iulia qua ponto longe sonat unda refuso
Tyrrhenusque fretis immittitur aestus Auernis?
Haec eadem argenti riuos aerisque metalla   165
ostendit uenis atque auro plurima fluxit.
Haec genus acre uirum, Marsos pubemque Sabellam
assuetumque malo Ligurem Volscosque uerutos
extulit; haec Decios, Marios magnosque Camillos,
Scipiadas duros bello et te, maxime Caesar,   170
qui nunc extremis Asiae iam uictor in oris
imbellem auertis Romanis arcibus Indum.
Salue, magna parens frugum, Saturnia tellus,
magna uirum: tibi res antiquae laudis et artis
ingredior, sanctos ausus recludere fontis,   175
Ascraeumque cano Romana per oppida carmen.
 Nunc locus aruorum ingeniis: quae robora cuique,
quis color, et quae sit rebus natura ferendis.

---

153 **Lucrino:** referência a um lago situado próximo de Nápoles, o qual foi ligado por um canal ao Averno, por iniciativa de Marco Vipsânio Agripa (62 AEC – 12 AEC), em 37 AEC. Agripa foi um político, militar, arquiteto e genro de Otaviano Augusto, pelo casamento com sua filha Júlia.

154 **Onda Júlia:** como explica Mynors (2003: 123), as obras de engenharia realizadas na região do Lucrino (ou Averno) por Agripa receberam o nome em rememoração de seu patrono Otaviano, filho adotivo de Caio Júlio César.

155 **Averno:** ver *supra* nota a v. 161 do livro 2.

156 **Marsos:** trata-se de um povo da Itália central, também citado por Horácio, *Odes* 3.5.9, como guerreiros.

157 **Juventude sabélica:** referência ao povo também chamado de "sabino", o qual se aliou a Roma desde tempos antiquíssimos da existência da Cidade; ver referências em Horácio, *Odes* 3.6.3.

158 **Volscos:** referência a um povo belicoso da Itália que habitava o Lácio meridional.

Acaso lembraria do porto e dos diques junto ao Lucrino,[153]
do mar que se exaspera com barulho alto
onde ressoa a onda Júlia[154] ao longe, pela ressaca,
e a corrente do Tirreno invade as águas do Averno?[155]
Ela mesma rios de prata e ligas de bronze   165
ostenta em veios, mana riquíssima em ouro.
Ela raça dura de varões, os Marsos,[156] a juventude sabélica,[157]
o lígure pronto a sofrer e os Volscos[158] seteiros
deu à luz, ela os Décios, os Mários, os grandes Camilos,
os Cipiões duros na guerra e a ti, gradiosíssimo César,[159]   170
que agora, já vencedor na última praia da Ásia,
afastas de cidadelas romanas o imbele hindu.
Salve, grande mãe de colheitas, terra Satúrnia,[160]
grande de varões: para ti, assuntos de antigo louvor e a arte
adentro, santas fontes ousando abrir,   175
e ascreu poema[161] canto por cidades romanas.
   Agora é a hora de falar das índoles dos campos, que vigor
                                                      [a cada qual,
que cor e que natureza há ao gerar colheitas.

159 **Grandiosíssimo César:** inicia-se, um pouco antes deste ponto, a menção ao caráter belicoso de mais de um "filho" da Itália. Isso se dá nomeando famílias – Décios, Mários, Camilos e Cipiões – ou o indivíduo identificado como "César" (Otaviano Augusto). Entre os feitos dos indivíduos dessas famílias, lembramos apenas que Caio Mário foi vencedor na guerra contra o rei Jugurta da Numídia (112 AEC – 106 AEC) e que os Cipiões (Africano e Emiliano) tiveram papel fundamental no desfecho da segunda e terceira Guerra Púnica (séc. III AEC – II AEC).
160 **Terra Satúrnia:** trata-se de nomeação tradicional da Itália, havendo, inclusive, tradições lendárias que faziam do deus Saturno uma espécie de antigo deus do Lácio; ver, do mesmo Virgílio, *Eneida* 6.792ss. e 8.319ss.
161 **Ascreu poema:** Virgílio menciona, aqui, a obra *Os trabalhos e os dias*, do poeta grego arcaico Hesíodo de Ascra (séc. VII AEC). Trata-se, com efeito, do primeiro poema didático da tradição ocidental, com assunto agrário e moral.

Difficiles primum terrae collesque maligni,
tenuis ubi argilla et dumosis calculus aruis,   180
Palladia gaudent silua uiuacis oliuae.
Indicio est tractu surgens oleaster eodem
plurimus et strati bacis siluestribus agri.
At quae pinguis humus dulcique uligine laeta,
quique frequens herbis et fertilis ubere campus   185
(qualem saepe caua montis conualle solemus
despicere; huc summis liquontur rupibus amnes
felicemque trahunt limum) quique editus Austro
et filicem curuis inuisam pascit aratris,
hic tibi praeualidas olim multoque fluentis   190
sufficiet Baccho uitis, hic fertilis uuae,
hic laticis, qualem pateris libamus et auro,
inflauit cum pinguis ebur Tyrrhenus ad aras
lancibus et pandis fumantia reddimus exta.
  Sin armenta magis studium uitulosque tueri   195
aut ouium fetum aut urentis culta capellas,
saltus et saturi petito longinqua Tarenti,
et qualem infelix amisit Mantua campum
pascentem niueos herboso flumine cycnos;
non liquidi gregibus fontes, non gramina deerunt,   200
et quantum longis carpent armenta diebus,
exigua tantum gelidus ros nocte reponet.
  Nigra fere et presso pinguis sub uomere terra
et quoi putre solum (namque hoc imitamur arando),
optima frumentis (non ullo ex aequore cernes   205

---

162 **Paládio bosque:** ver *supra* nota a v. 14 do livro 1.
163 **Robusto tirreno:** em contexto de celebração de rito religioso, alude-se aos *tibicines* ("flautistas"), cuja presença em Roma remontaria à influência etrusca; na obra de Catulo, *Carmina* 39.11, menciona-se a obesidade dos homens desta nação (Mynors: 2003, p. 127).

Primeiro, as terras difíceis e as más colinas,
onde há fina argila e pedregulho em campos espinhentos, 180
alegram-se com Paládio bosque¹⁶² da vivaz oliveira:
indicam-no o zambujeiro em mesma zona a nascer
abundante e os campos forrados de bagas silvestres.
Mas o chão que é rico e fértil com suave umidade
e um plaino que é farto em ervas, viçoso pelos frutos 185
– como amiúde costumamos no fundo vale de um monte
observar (para cá escoam rios do topo das rochas
e arrastam fértil limo) –, um plaino que é exposto ao Austro
e nutre o feto indesejado por arados curvos,
este um dia te dará vinhas bem fortes e manando 190
com muito Baco, este é fértil em uvas,
este no sumo que damos em libação nas páteras douradas,
quando o robusto tirreno¹⁶³ soprou marfim no altar
e, em pratos curvos, oferecemos entranhas fumegantes.
  Mas, se antes desejas cuidar de armentos e novilhos, 195
ou da cria das ovelhas, ou das cabras que arrasam culturas,
procura os bosques e os confins da rica Tarento,
e um campo como o perdido em Mântua infeliz,¹⁶⁴
nutrindo ele alvos cisnes nas muitas ervas do rio.
Não faltarão fontes cristalinas para rebanhos, nem a relva, 200
e, tanto quanto pastam os armentos em longos dias,
o frio orvalho reporá na noite exígua.
  Em geral, a terra negra e rica sob a pressão do arado
e com solo friável (com efeito, nós o reproduzimos arando),
é ótima para os grãos: de terreno algum verás 205

164 **Mântua infeliz:** após a batalha de Filipos, ocorrida em 41 AEC e que colocou os antigos conspiradores contra Júlio César (Cássio e Bruto) em oposição armada aos triúnviros (Lépido, Marco Antônio e Otaviano); esses últimos implementaram, ao vencer, a prática do confisco de terras para a recompensa a seus veteranos de guerra. Uma das zonas da Itália atingidas pelas desapropriações foi a área de Mântua – onde nascera Virgílio –, plasmando--se este trauma nas *Bucólicas* 1 e 9.

plura domum tardis decedere plaustra iuuencis),
aut unde iratus siluam deuexit arator
et nemora euertit multos ignaua per annos
antiquasque domos auium cum stirpibus imis
eruit: illae altum nidis petiere relictis;   210
at rudis enituit impulso uomere campus.
Nam ieiuna quidem cliuosi glarea ruris
uix humilis apibus casias roremque ministrat,
et tofus scaber et nigris exesa chelydris
creta negant alios aeque serpentibus agros   215
dulcem ferre cibum et curuas praebere latebras.
Quae tenuem exhalat nebulam fumosque uolucris
et bibit umorem et, cum uolt, ex se ipsa remittit
quaeque suo semper uiridi se gramine uestit
nec scabie et salsa laedit robigine ferrum,   220
illa tibi laetis intexet uitibus ulmos,
illa ferax oleo est, illam experiere colendo
et facilem pecori et patientem uomeris unci.
Talem diues arat Capua et uicina Vesaeuo
ora iugo et uacuis Clanius non aequus Acerris.   225
  Nunc, quo quamque modo possis cognoscere, dicam.
Rara sit an supra morem si densa requires,
(altera frumentis quoniam fauet, altera Baccho,
densa magis Cereri, rarissima quaeque Lyaeo),
ante locum capies oculis alteque iubebis   230
in solido puteum demitti omnemque repones
rursus humum, et pedibus summas aequabis harenas.
Si derunt, rarum pecorique et uitibus almis
aptius uber erit; sin in sua posse negabunt

---

165 **Tufo:** rocha macia e porosa, que se forma pela compactação de material vulcânico (cinzas, fragmentos piroclásticos etc.).
166 **Cápua:** cidade da Campânia, bastante conhecida na Antiguidade por ser fértil e próspera (Williams 2001: 165).

mais carros levados para casa por lentos novilhos;
ou donde o irado lavrador carreou floresta
e abateu bosques muitos anos improdutivos,
e as antigas casas de aves, com fundas raízes,
arrancou; elas se foram ao firmamento deixando ninhos, 210
mas brilhou o rude campo, impelindo-se o arado.
Com efeito, pobre cascalho de campo inclinado
a custo pode dar a abelhas a humilde lauréola e o rosmaninho.
E o áspero tufo[165] e a greda roída por negras serpentes
recusam que outros campos, como eles, 215
deem às cobras doce alimento e covis sinuosos.
Terra que exala névoa ligeira e aéreo vapor,
que bebe umidade e, querendo, a rejeita,
que sempre se cobre com sua verde relva
e poupa o ferro da aspereza e da ácida corrosão, 220
esta há de enlaçar-te olmeiros com vinhas fecundas,
esta abunda em azeite; cultivando, experimentarás
ser propícia ao rebanho e tolerante à curva relha.
Uma assim ara rica Cápua,[166] a costa vizinha
ao Monte Vesúvio e Cláunio danoso à vazia Acerras.[167] 225
   Agora, como podes reconhecer cada qual eu direi.
Caso indagues se é pouco densa ou densa em demasia
(uma, pois, aos cereais favorece, a outra a Baco:
a densa mais a Ceres, a nada densa a Lieu),
antes examinarás o lugar com os olhos, mandarás fundo 230
escavar um poço no chão firme e de novo toda
terra reporás, igualando as areias de cima com os pés.
Se faltarem, o solo é leve e a rebanhos e vinhas nutridoras
mais convirá; mas, se recusarem poder

---

167 **Cláunio danoso à vazia Acerras:** o Cláunio era um rio da Campânia, sujeito
    a transbordamentos e, assim, a trazer danos e esvaziamento populacional a
    localidades vizinhas, como a própria Acerras (Williams 2001: 165).

ire loca et scrobibus superabit terra repletis, 235
spissus ager: glaebas cunctantis crassaque terga
expecta et ualidis terram proscinde iuuencis.
   Salsa autem tellus, et quae perhibetur amara
(frugibus infelix ea, nec mansuescit arando
nec Baccho genus aut pomis sua nomina seruat) 240
tale dabit specimen: tu spisso uimine quallos
colaque prelorum fumosis deripe tectis;
huc ager ille malus dulcesque a fontibus undae
ad plenum calcentur: aqua eluctabitur omnis
scilicet et grandes ibunt per uimina guttae; 245
at sapor indicium faciet manifestus et ora
tristia temptantum sensu torquebit amaror.
   Pinguis item quae sit tellus, hoc denique pacto
discimus: haud umquam manibus iactata fatiscit,
sed picis in morem ad digitos lentescit habendo. 250
Vmida maiores herbas alit ipsaque iusto
laetior. A! nimium ne sit mihi fertilis illa
nec se praeualidam primis ostendat aristis!
   Quae grauis est, ipso tacitam se pondere prodit,
quaeque leuis. Promptum est oculis praediscere nigram 255
et quis cui color. At sceleratum exquirere frigus
difficile est; piceae tantum taxique nocentes
interdum aut hederae pandunt uestigia nigrae.
   His animaduersis terram multo ante memento
excoquere et magnos scrobibus concidere montis, 260
ante supinatas Aquiloni ostendere glaebas,
quam laetum infodias uitis genus. Optima putri
arua solo; id uenti curant gelidaeque pruinae
et labefacta mouens robustus iugera fossor.
At si quos haud ulla uiros uigilantia fugit, 265
ante locum similem exquirunt, ubi prima paretur
arboribus seges, et quo mox digesta feratur,
mutatam ignorent subito ne semina matrem.

voltar ao seu lugar e a terra exceder covas cheias,   235
denso é o campo: glebas resistentes e espessas encostas
espera e sulca a terra com vigorosos novilhos.
   Mas a terra salgada e a que se diz amarga
(essa é funesta às colheitas, nem se abranda arando,
nem conserva as espécies de Baco nem renome aos frutos)   240
dará este sinal: arranca tu cestos de vime fechado
e peneiras de prensa de tetos esfumaçados;
ali aquele campo ruim e suaves águas de fontes
se calquem até encher: toda a água sairá com esforço,
naturalmente, e grandes gotas cairão pelo vime;   245
mas um sabor evidente dará sinais e castigará
o amargor, com o gosto, a boca infeliz de quem provar.
   Ainda, da terra que for rica, desta forma, enfim,
sabemos: nunca, lançada com as mãos, se esmigalha,
mas, como o pez, pega-se aos dedos ao segurar.   250
A úmida nutre ervas maiores, é ela mesma mais fértil
que a medida. Ah! Não me seja ela fértil demais,
nem se mostre bem vigorosa nas primeiras espigas!
   A que é pesada se mostra espontaneamente já pelo fardo,
e assim a leve. É automático aos olhos distinguir a negra,   255
e que cor ela tem. Mas procurar o frio vicioso
é difícil: apenas os abetos e os teixos nocivos,
por vezes, ou as heras escuras disso dão sinais.
   Observando isso, lembra prevenido de a terra
recozer, de despedaçar grandes montes com covas   260
e de expor ao Aquilão as glebas reviradas, antes
de enterrares a fértil espécie das vinhas. Os melhores campos
têm solo friável: disso cuidam os ventos, as frias geadas
e o lavrador robusto, movendo jeiras trabalhadas.
Mas, se nenhuma vigilância escapa a algum varão,   265
antes se buscam lugares semelhantes para preparar
o primeiro plantio das árvores e donde logo se espalhem,
para as mudas não estranharem a mãe de repente trocada.

Quin etiam caeli regionem in cortice signant,
ut, quo quaeque modo steterit, qua parte calores   270
Austrinos tulerit, quae terga obuerterit axi,
restituant: adeo in teneris consuescere multum est!
　Collibus an plano melius sit ponere uitem,
quaere prius. Si pinguis agros metabere campi,
densa sere: in denso non segnior ubere Bacchus;   275
sin tumulis adcliue solum collisque supinos,
indulge ordinibus; nec setius omnis in unguem
arboribus positis secto uia limite quadret:
ut saepe ingenti bello cum longa cohortis
explicuit legio et campo stetit agmen aperto   280
derectaeque acies ac late fluctuat omnis
aere renidenti tellus, necdum horrida miscent
proelia, sed dubius mediis Mars errat in armis.
Omnia sint paribus numeris dimensa uiarum,
non animum modo uti pascat prospectus inanem,   285
sed quia non aliter uiris dabit omnibus aequas
terra, neque in uacuom poterunt se extendere rami.
　Forsitan et scrobibus quae sint fastigia quaeras.
Ausim uel tenui uitem committere sulco;
altior ac penitus terrae defigitur arbos,   290
aesculus in primis, quae, quantum uertice ad auras
aetherias, tantum radice in Tartara tendit.
Ergo non hiemes illam, non flabra neque imbres
conuellunt; immota manet multosque nepotes,
multa uirum uoluens durando saecula uincit.   295

---

168 **Cortando as vias:** Williams (2001: 167) diferencia *uia* e *limes*, em uso no original latino; no primeiro caso, teríamos a senda ao lado de cada fileira, em intersecção com as *uiae* ("avenidas principais do campo").

169 **Brilho do bronze:** nesta passagem ecoa-se a *Ilíada* de Homero, 19.362-363: γέλασσε δὲ πᾶσα περὶ χθών/ χαλκοῦ ὑπὸ στεροπῆς ("e riu-se tudo em torno

Além disso, marcam sua orientação no córtex,
para que como cada qual se ergueu, onde recebeu   270
o calor do sul e qual lado voltou ao Polo Norte
reproduzam: a tal ponto importa, em sua infância, o hábito!
   Se é melhor dispor a vinha em colinas ou no plaino
indaga antes. Se demarcares campos de rico plaino,
planta cerradamente (não é inerte, em lavoura cerrada, Baco);   275
mas, se um solo inclinado com elevações e colinas suaves,
espaça as fileiras; não menos, ao plantar as árvores,
que cada senda forme ângulo reto cortando as vias.[168]
Como vemos amiúde, quando na enorme guerra as coortes longa
legião desdobrou e parou em campo aberto um batalhão: 280
as linhas de batalha se arranjaram e largamente oscila
toda a terra com o brilho do bronze,[169] ainda sem misturar
                                          [horrendas
lutas, mas erra hesitante Marte entre as armas.
Seja tudo dimensionado com igual número de sendas,
não só para a vista agradar a um espírito desocupado,   285
mas porque não de outro modo dará forças iguais a todas
a terra, nem poderão os ramos se estender ao vazio.
   Talvez também perguntes qual a profundidade das covas.
Eu ousaria confiar a vinha até a sulco ligeiro;
a árvore se finca mais embaixo e no fundo da terra,   290
sobretudo o ésculo,[170] que tanto quanto com a ponta
às elevadas brisas, com a raiz tende aos Tártaros.
Assim, nem tempestades, nem ventanias nem chuvas
o derrubam: fica firme e muitos descendentes,
muitas gerações humanas atravessando, vence em duração.   295

    à terra, / pelo brilho do bronze" – tradução nossa). Desta maneira, simples vinhas assumem algo da posição de soldados e se eleva a um tom épico-heroico a dicção didática e agrária.
170 **Ésculo:** ver *supra* nota a v. 15 do livro 2.

Tum fortis late ramos et bracchia tendens
huc illuc media ipsa ingentem sustinet umbram.
 Neue tibi ad solem uergant uineta cadentem
neue inter uitis corylum sere neue flagella
summa pete aut summa defringe ex arbore plantas 300
(tantus amor terrae!) neu ferro laede retunso
semina neue oleae siluestris insere truncos;
nam saepe incautis pastoribus excidit ignis,
qui furtim pingui primum sub cortice tectus
robora comprendit frondisque elapsus in altas 305
ingentem caelo sonitum dedit; inde secutus
per ramos uictor perque alta cacumina regnat,
et totum inuoluit flammis nemus et ruit atram
ad caelum picea crassus caligine nubem,
praesertim si tempestas a uertice siluis 310
incubuit, glomeratque ferens incendia uentus.
Hoc ubi, non a stirpe ualent caesaeque reuerti
possunt atque ima similes reuirescere terra;
infelix superat foliis oleaster amaris.
 Nec tibi tam prudens quisquam persuadeat auctor 315
tellurem Borea rigidam spirante mouere.
Rura gelu tum claudit hiems nec semine iacto
concretam patitur radicem affigere terrae.
Optima uinetis satio, cum uere rubenti
candida uenit auis longis inuisa colubris, 320
prima uel autumni sub frigora, cum rapidus sol
nondum hiemem contingit equis, iam praeterit aestas.
 Ver adeo frondi nemorum, uer utile siluis;
uere tument terrae et genitalia semina poscunt.
Tum pater omnipotens fecundis imbribus Aether 325
coniugis in gremium laetae descendit et omnis

---

171 **Alva ave odiada:** referência à cegonha (Williams 2001: 168).

Então, estendendo longe ramos fortes e braços
para todo lado, no meio ele sustém enorme sombra.
  Que não pendam teus vinhedos ao poente,
nem planta entre vinhas a aveleira, nem sarmentos
do topo toma, nem arranca do topo da árvore as mudas   300
(tamanho é seu amor à terra!), nem fere com ferro curvo
os brotos, nem mistures pés de zambujeiro.
Pois amiúde escapa a chama de incautos pastores
e ela, primeiro furtiva e escondida sob o rico córtex,
tomou os troncos e, escape às altas folhagens,   305
fez enorme ruído aos céus; depois seguindo,
reina vencedora pelos ramos e altos topos,
envolveu o bosque inteiro com labaredas e basta
precipita negra nuvem ao céu, com névoa aderente,
sobretudo se a tempestade do alto sobre as florestas   310
tombou, e junta ventos a levar incêndios.
Quando se deu, não têm mais força na cepa; nem, cortadas,
podem recuperar-se e verdejar como antes da funda terra;
vence o triste zambujeiro, de folhas amargas.
  Nenhum instigador, por mais entendido, irá levar-te   315
a mexer na terra dura quando sopra Bóreas.
Então, o inverno fecha os campos com gelo e, plantando-se,
não deixa a raiz endurecida pegar-se à terra.
O melhor plantio para as vinhas é quando, na rubra primavera,
veio a alva ave odiada[171] por cobras compridas.   320
Ou próximo ao primeiro frio outonal, quando o sol impetuoso
ainda não toca o inverno com cavalos, findo já o verão.
  Muito é útil a primavera a ramos silvestres, a primavera
                                        [aos bosques,
na primavera se avolumam as terras e exigem férteis sementes.
Então o Pai onipotente, o Éter, com chuvas fecundantes   325
desce ao seio da prolífica esposa, e grandemente unido

magnus alit magno commixtus corpore fetus.
Auia tum resonant auibus uirgulta canoris
et Venerem certis repetunt armenta diebus.
Parturit almus ager, Zephyrique tepentibus auris   330
laxant arua sinus; superat tener omnibus humor;
inque nouos soles audent se gramina tuto
credere, nec metuit surgentis pampinus Austros
aut actum caelo magnis Aquilonibus imbrem:
sed trudit gemmas et frondis explicat omnis.   335
Non alios prima crescentis origine mundi
illuxisse dies aliumue habuisse tenorem
crediderim; uer illud erat, uer magnus agebat
orbis et hibernis parcebant flatibus Euri,
cum primae lucem pecudes hausere uirumque   340
terrea progenies duris caput extulit aruis
immissaeque ferae siluis et sidera caelo.
Nec res hunc tenerae possent perferre laborem,
si non tanta quies iret frigusque caloremque
inter et exciperet caeli indulgentia terras.   345
  Quod superest, quaecumque premes uirgulta per agros
sparge fimo pingui et multa memor occule terra;
aut lapidem bibulum aut squalentis infode conchas;
inter enim labentur aquae, tenuisque subibit
halitus, atque animos tollent sata. Iamque reperti   350
qui saxo super atque ingentis pondere testae
urgerent: hoc effusos munimen ad imbris,
hoc, ubi hiulca siti findit Canis aestifer arua.
  Seminibus positis, superest deducere terram

---

172 **Alimenta todas as crias:** Virgílio recria, neste ponto, o tema mítico-religioso da hierogamia; ele consiste em representar a união sagrada entre um deus e uma deusa (neste caso, o Céu/Éter e a Terra). Por meio da chuva primaveril, então, a terra – mãe de todos os viventes – é fecundada pelo elemento ativo e masculino, segundo tal representação (Commelin 1983: 25).

com seu grande corpo, alimenta todas as crias.¹⁷²
Então ressoam ínvios matos com aves canoras,
e os armentos procuram Vênus em dias certos;
o campo nutridor dá à luz e, com as quentes brisas de Zéfiro,   330
os campos relaxam seu seio; suave umidade abunda em tudo,
os brotos ousam entregar-se a novos sóis em segurança,
nem teme o pâmpano que venham os Austros
ou a chuva trazida do céu pelos grandes Aquilões,
mas dá gomos e desdobra folhagens inteiras.   335
Não creria que brilharam diferentes os dias na alvorada
do mundo em desenvolvimento, nem que tiveram diferente
continuidade: aquilo era a primavera, na primavera o grande
mundo vivia e os Euros poupavam os sopros invernais,
quando os primeiros bichos hauriram a luz, dos homens   340
a raça terrena ergueu a cabeça dos duros campos,
feras foram enviadas às florestas e astros ao céu.
Os seres delicados não poderiam suportar tal labuta,
se tamanho sossego não se intercalasse entre frio
e calor, nem a indulgência celeste acolhesse as terras.   345
   Quanto ao mais, quaisquer estacas que fincares nos campos
salpica com esterco rico e, lembrando, cobre com muita terra,
ou enterra pedra absorvente ou conchas rugosas;
com efeito, as águas passarão, entrará suave
sopro e as culturas tomarão impulso. E já se viu   350
quem em cima com pedra ou com peso de enorme telha
apertasse: isto defende contra chuvas excessivas,
isto quando a Canínula ardente¹⁷³ fende campos rachados
                                                        [com a sede.
   Plantadas as mudas, resta amiúde acumular terra

---

173 **Canícula:** referência, neste ponto, ao surgimento da estrela alfa da constelação do Cão Maior (Sírius) e ao período de secura e calor que indica no hemisfério norte, a partir do mês de julho.

saepius ad capita, et duros iactare bidentis 355
aut presso exercere solum sub uomere et ipsa
flectere luctantis inter uineta iuuencos;
tum leuis calamos et rasae hastilia uirgae
fraxineasque aptare sudis furcasque ualentis,
uiribus eniti quarum et contemnere uentos 360
adsuescant summasque sequi tabulata per ulmos.
   Ac dum prima nouis adolescit frondibus aetas,
parcendum teneris; et dum se laetus ad auras
palmes agit laxis per purum immissus habenis,
ipsa acie nondum falcis temptanda, sed uncis 365
carpendae manibus frondes interque legendae.
Inde ubi iam ualidis amplexae stirpibus ulmos
exierint, tum stringe comas, tum brachia tonde;
ante reformidant ferrum: tum denique dura
exerce imperia et ramos compesce fluentis. 370
   Texendae saepes etiam et pecus omne tenendum,
praecipue dum frons tenera imprudensque laborum;
cui super indignas hiemes solemque potentem
siluestres uri assidue capreaeque sequaces
inludunt, pascuntur oues auidaeque iuuencae. 375
Frigora nec tantum cana concreta pruina,
aut grauis incumbens scopulis arentibus aestas,
quantum illi nocuere greges durique uenenum
dentis et admorso signata in stirpe cicatrix.
Non aliam ob culpam Baccho caper omnibus aris 380
caeditur et ueteres ineunt proscaenia ludi,

---

174 **Uros silvestres:** referência a uma espécie de bovino selvagem extinto no séc. XVII, antes encontrado na Europa, Ásia e África do norte; também chamados de "uroques".

junto aos caules e mover os duros enxadões,   355
ou lavrar o solo sob a pressão da relha e, entre os próprios
vinhedos, dirigir novilhos relutantes;
então, dispor lisas canas, paus de vara lisa,
estacas de freixo e forcados resistentes,
para se acostumarem a ter apoio no vigor deles e os ventos   360
a desprezar, além de seguir em camadas ao topo de olmeiros.
   E, amadurecendo a primeira idade em nova folhagem,
há que poupar sua delicadeza: e aos ares seguindo fértil
sarmento, solto sem rédea alguma no espaço limpo,
a planta mesma ainda não há de ser atacada com foice, mas   365
as folhas devem ser tiradas e recolhidas pinçando à mão.
Daí, quando, abraçando os olmeiros com fortes troncos,
se desenvolverem, então corta as comas, então retira braços
(antes receiam o ferro), então enfim duro
domínio impõe e cerceia os ramos que fluem.   370
   Há ainda que tecer sebes e reter todo rebanho,
sobretudo sendo a folhagem tenra e desavisada de labores;
mais que invernos iníquos e o sol potente,
prejudicam-na uros silvestres[174] e, não é raro, cabras
insistentes, pastam ovelhas e ávidas novilhas.   375
Nem os frios congelantes com sua branca geada
nem pesado verão a incidir sobre secos rochedos
prejudicam-na tanto quanto os rebanhos, o veneno
do dente cruel e a cicatriz deixada no caule mordido.
Não por outra culpa um bode[175] em todos os altares a Baco   380
se sacrifica e velhos jogos adentram o palco,

---

175 **Bode:** segundo várias explicações, os ritos dionisíacos que culminaram, na Ática, com a criação do teatro grego envolviam o sacrifício de um bode a essa divindade (Brandão 1984: 9). Mas Virgílio junta, nesta passagem, a nuança de que semelhante animal fora especificamente escolhido para morrer em honra de Baco porque sua espécie, sendo devoradora da vinha (ou de outras plantas), era particular inimiga dele.

praemiaque ingeniis pagos et compita circum
Thesidae posuere atque inter pocula laeti
mollibus in pratis unctos saluere per utres.
Nec non Ausonii, Troia gens missa, coloni 385
uersibus incomptis ludunt risuque soluto,
oraque corticibus sumunt horrenda cauatis,
et te, Bacche, uocant per carmina laeta tibique
oscilla ex alta suspendunt mollia pinu.
Hinc omnis largo pubescit uinea fetu, 390
complentur uallesque cauae saltusque profundi
et quocumque deus circum caput egit honestum.
Ergo rite suom Baccho dicemus honorem
carminibus patriis lancesque et liba feremus;
et ductus cornu stabit sacer hircus ad aram, 395
pinguiaque in ueribus torrebimus exta colurnis.
  Est etiam ille labor curandis uitibus alter,
cui numquam exhausti satis est: namque omne quotannis
terque quaterque solum scindendum glaebaque uersis
aeternum frangenda bidentibus, omne leuandum 400
fronde nemus. Redit agricolis labor actus in orbem
atque in se sua per uestigia uoluitur annus.
Ac iam olim, seras posuit cum uinea frondis
frigidus et siluis Aquilo decussit honorem,
iam tum acer curas uenientem extendit in annum 405
rusticus et curuo Saturni dente relictam

---

176 **Descendentes de Teseu:** Virgílio se refere, aqui, aos atenienses, pois essa personagem fora um rei lendário da cidade ática e libertador de seu povo da obrigação de ceder, a cada ano, quatorze jovens para alimentar o Minotauro de Creta (Williams 2001: 170).

177 **Odres untados:** em suas festividades rústicas, os povos da Grécia tinham o hábito de untar bolsas de couro bovino, cheias, com azeite e usá-las para o fim recreativo de equilibrar-se e movimentar-se sobre elas (Mynors 2003: 150).

prêmios aos talentos junto a aldeias e encruzilhadas
os descendentes de Teseu[176] estabeleceram e, entre taças, alegres
nos prados macios saltaram em odres untados.[177]
E os colonos ausônios,[178] povo enviado de Troia, 385
brincam com versos rudes e com riso solto,
põem máscaras horríveis de cortiça escavada,
e a ti, Baco, invocam com cantos alegres, e para ti
suspendem em altos pinheiros figuras flexíveis.[179]
Daí, toda vinha se recobre com muitos frutos, 390
enchem-se vales fundos, bosques recônditos,
e onde quer que o deus tenha voltado sua bela cabeça.
Então, conformemente ao rito, diremos suas honras a Baco:
com cantos pátrios, oferendas e bolos levaremos,
e, puxado pelos chifres, o bode sagrado irá postar-se o altar, 395
e gordas entranhas tostaremos em espetos de aveleira.
   Há ainda aquele outro trabalho ao cuidar das vinhas,
que nunca se exaure bastante: com efeito, ano a ano todo
o solo três e quatro vezes deve ser fendido e glebas
                                              [com enxadões
virados sempre se devem romper, todo bosque deve ser 400
aliviado das folhas. Volta em círculos o esforço ao agricultor,
e, por suas pegadas, decorre o ano sobre si.
E então, quando a vinha já depôs folhagem tardia
e frio Aquilão derrubou a honra dos bosques,
aí já estende cuidados ao ano que vem o rude 405
rústico e, com o dente curvo de Saturno,[180] persegue

178 **Colonos ausônios:** "Ausônia" era uma antiquíssima denominação da própria Itália, encontrada também na *Eneida* 4.236 e 4.349.
179 **Figuras flexíveis:** referências a figuras de tamanho pequeno, em cera ou lã, suspensas de árvores durante festividades em honra a Baco, chamadas *Vinalia prima* (a acorrer no mês de abril) e *Vinalia rustica* (no mês de agosto); ver comentário *ad locum* de Recio (2010: 95).
180 **Dente curvo de Saturno:** referência, de maneira poética, à foice dos agricultores.

persequitur uitem attondens fingitque putando.
Primus humum fodito, primus deuecta cremato
sarmenta et uallos primus sub tecta referto;
postremus metito. Bis uitibus ingruit umbra, 410
bis segetem densis obducunt sentibus herbae:
durus uterque labor. Laudato ingentia rura:
exiguum colito. Nec non etiam aspera rusci
uimina per siluam et ripis fluuialis arundo
caeditur, incultique exercet cura salicti. 415
Iam uinctae uites, iam falcem arbusta reponunt,
iam canit effectos extremus uinitor antes:
sollicitanda tamen tellus, puluisque mouendus,
et iam maturis metuendus Iuppiter uuis.
　　Contra non ulla est oleis cultura; neque illae 420
procuruam exspectant falcem rastrosque tenacis,
cum semel haeserunt aruis aurasque tulerunt.
Ipsa satis tellus, cum dente recluditur unco,
sufficit umorem, et grauidas, cum uomere, fruges.
Hoc pinguem et placitam Paci nutritor oliuam. 425
　　Poma quoque, ut primum truncos sensere ualentis
et uires habuere suas, ad sidera raptim
ui propria nituntur opisque haud indiga nostrae.
Nec minus interea fetu nemus omne grauescit
sanguineisque inculta rubent auiaria bacis; 430
tondentur cytisi; taedas silua alta ministrat,
pascunturque ignes nocturni et lumina fundunt.
Et dubitant homines serere atque impendere curam?
　　Quid maiora sequar? Salices humilesque genistae,
aut illae pecori frondem aut pastoribus umbram 435
sufficiunt saepemque satis et pabula melli.

---

181 **Gilbarbeira:** subarbusto da família das asparagáceas e nativo da Europa meridional, dotado de pequenas flores arroxeadas e de bagas vermelhas; o mesmo que "brusca" (Houaiss; Villar 2009: 969).

a vinha deixada, desfolhando, e molda podando.
Primeiro escava o solo, primeiro queima carreados
sarmentos e primeiro as estacas sob abrigo recolhe;
vindima por último. Duas vezes a sombra cai sobre as vinhas, 410
duas vezes as ervas encobrem a plantação com densas silvas;
os dois trabalhos são duros: louva campos enormes,
cultiva um pequeno. E também os ásperos vimes
da gilbarbeira,[181] nos bosques, e a cana fluvial nas margens
se cortam, e inquieta o cuidado do salgueiro sem cultivo. 415
Já se ataram as vinhas, já as plantações põem de reserva a foice,
já celebra o vindimador, na ponta, as acabadas fileiras;
mas a terra deve ser remexida, o pó ser movido,
e já ser temido Júpiter para uvas maduras.
  Entretanto, cultivo algum têm as oliveiras, nem elas 420
a foice recurva esperam nem enxadas tenazes,
logo que se pegaram a campos e suportaram brisas;
a própria terra suficientemente, aberta por curvo dente,
provê a umidade e, com a relha, pesados frutos.
Nutre assim a oliveira rica e agradável à Paz. 425
  Também as árvores de fruto, logo ao sentirem fortes
                                [os troncos
e tiveram seu vigor, aos astros à pressa
com força própria se esforçam, sem precisar de nosso auxílio.
Nisso, não menos se carrega toda a mata com frutos,
enrubescem aviários naturais com bagas sanguíneas; 430
cortam-se codessos, alto bosque dá tochas
e nutrem-se chamas noturnas que espalham luz.
E hesitam os homens em plantar e dedicar cuidados?
  Por que prosseguir em algo maior? Salgueiros humildes
                                [e giestas
ou folhagem ao rebanho ou sombra a pastores 435
propiciam e, suficientemente, sebes e o alimento do mel.

Et iuuat undantem buxo spectare Cytorum
Naryciaeque picis lucos, iuuat arua uidere
non rastris, hominum non ulli obnoxia curae.
Ipsae Caucasio steriles in uertice siluae, 440
quas animosi Euri adsidue franguntque feruntque,
dant alios aliae fetus; dant utile lignum,
nauigiis pinus, domibus cedrosque cupressosque;
hinc radios triuere rotis, hinc tympana plaustris
agricolae et pandas ratibus posuere carinas. 445
Viminibus salices fecundae, frondibus ulmi,
at myrtus ualidis hastilibus et bona bello
cornus; Ituraeos taxi torquentur in arcus.
Nec tiliae leues aut torno rasile buxum
non formam accipiunt ferroque cauantur acuto; 450
nec non et torrentem undam leuis innatat alnus
missa Pado, nec non et apes examina condunt
corticibusque cauis uitiosaeque ilicis alueo.
Quid memorandum aeque Baccheia dona tulerunt?
Bacchus et ad culpam causas dedit; ille furentis 455
Centauros leto domuit, Rhoetumque Pholumque
et magno Hylaeum Lapithis cratere minantem.
    O fortunatos nimium, sua si bona norint,
agricolas! quibus ipsa, procul discordibus armis,
fundit humo facilem uictum iustissima tellus. 460

---

182 **Citoro:** referência a um monte situado na Ásia Menor, junto ao litoral do Mar Negro.
183 **Pez narício:** sendo o pez a resina que exsuda dos pinheiros, Narico (ou Narício) era uma cidade da região grega da Lócrida, donde provinha esta matéria (Recio 2010: 97).
184 **Cáucaso:** esta cordilheira, que se põe entre os mares Negro e Cáspio, era famosa na Antiguidade por seus bosques, além de considerada área bárbara e distante (Mynors 2003: 159).

Também agrada observar o Citoro[182] que ondula com buxos
e os bosques do pez narício,[183] agrada ver campos
não a enxadas, não a cuidado humano algum sujeitos.
Os próprios bosques estéreis no topo do Cáucaso,[184]   440
que animosos Euros sempre rompem e carreiam,
dão cada qual um fruto, dão madeira útil,
pinhos para os navios, cedros e ciprestes para casas;
daqui, raios para rodas, daqui rodas para carros polem
os agricultores, e estabeleceram curvas quilhas para naus.   445
Em vimes são férteis os salgueiros, em folhagem os olmeiros,
mas o mirto em dardos fortes, com o corniso bom
para a guerra; teixos se dobram em arcos de Itureia.[185]
E as tílias ligeiras ou o buxo fácil de tornear
aceitam uma forma e se escavam com ferro agudo,   450
e também o leve álamo flutua na água impetuosa,
jogado ao Pó, e também as abelhas ocultam enxames
no córtex oco e na cavidade da azinheira apodrecida.
Que de igualmente memorável trouxeram os dons de Baco?
Baco também deu motivos à culpa; ele os enfurecidos   455
Centauros com a morte refreou, Reto, Folo
e Hileu[186] que ameaçava os lápitas com grande cratera.
 Oh por demais afortunados agricultores, se seus bens
conhecerem! Para eles, longe de armas inimigas,
derrama do solo o fácil sustento a própria justíssima terra.   460

---

185 **Itureia:** os arcos são ditos, aqui, "de Itureia" a partir de uma localidade da Ásia Menor famosa pela arte do arremesso de setas; Mário Sérvio Honorato, porém, supracitado comentador de Virgílio no séc. IV EC, associa seus habitantes aos Partos (Williams 2001: 173).

186 **Reto, Folo e Hileu:** nomes de alguns dos Centauros, criaturas míticas cujo corpo mesclava traços equinos e humanos; especificamente, no contexto, conta-se como esses Centauros ameaçaram raptar as mulheres ao se embriagarem nas bodas de Pirítoo e Hipodâmia, tendo daí resultado luta sangrenta e sua derrota; Ovídio conta este episódio em *Metamorfoses* 12.210ss.

Si non ingentem foribus domus alta superbis
mane salutantum totis uomit aedibus undam
nec uarios inhiant pulchra testudine postis
inlusasque auro uestis Ephyreiaque aera,
alba neque Assyrio fucatur lana ueneno 465
nec casia liquidi corrumpitur usus oliui,
at secura quies et nescia fallere uita,
diues opum uariarum, at latis otia fundis,
speluncae uiuique lacus, et frigida Tempe
mugitusque boum mollesque sub arbore somni 470
non absunt; illic saltus ac lustra ferarum
et patiens operum exiguoque adsueta iuuentus,
sacra deum sanctique patres; extrema per illos
iustitia excedens terris uestigia fecit.

Me uero primum dulces ante omnia Musae, 475
quarum sacra fero ingenti percussus amore,
accipiant caelique uias et sidera monstrent,
defectus solis uarios lunaeque labores,
unde tremor terris, qua ui maria alta tumescant
obicibus ruptis rursusque in se ipsa residant, 480
quid tantum Oceano properent se tingere soles
hiberni, uel quae tardis mora noctibus obstet.
Sin, has ne possim naturae accedere partis,
frigidus obstiterit circum praecordia sanguis,
rura mihi et rigui placeant in uallibus amnes, 485
flumina amem siluasque inglorius. O ubi campi

187 **Bronzes de Efireia:** Virgílio emprega, aqui, o nome poético da cidade grega de Corinto, sendo ela famosa no mundo antigo pelos artefatos de bronze que produzia.
188 **Droga da Assíria:** referência à tintura de púrpura, obtida a partir do múrice, marisco encontrado no litoral do Médio Oriente.

Se a casa alta por portas soberbas não vomita cedo,
de cômodos inteiros, a enorme onda dos que saúdam,
nem anseiam por ombreiras variegadas de bela tartaruga,
e por vestes bordadas a ouro e por bronzes de Efireia,[187]
nem a lã alva se tinge na droga da Assíria,[188]   465
nem o uso do azeite límpido se estraga com canela,
entretanto têm sossego seguro, vida alheia à fraude
e rica em recursos variados, entretanto o sossego da amplidão,
as grutas e lagos vivos, entretanto o fresco vale
e os mugidos dos bois e suaves sonos sob a árvore   470
não faltam; ali prados e tocas de feras
e a juventude tolerante ao trabalho e habituada a pouco,
os ritos dos deuses e pais respeitados; entre eles a justiça,
por último, deixou pegadas ao sair das terras.

   Mas a mim, primeiro, antes de tudo as doces Musas,   475
cujos ritos conduzo tocado por enorme amor,
acolham e mostrem as vias do céu e os astros,
os variados eclipses do sol e as fases da lua;
donde vêm terremotos, por qual força mares profundos
se erguem, rompidas as barreiras, e de novo serenam sobre si,   480
por que tanto se apressam em mergulhar no Oceano os sóis
invernais, ou que demora retém tardias noites.
Mas, se não puder alcançar tais partes da Natureza[189]
e sangue frio parar em torno a meu peito,
agradem-me os campos e úmidas correntes em vales,   485
ame, inglório, rios e bosques. Oh, onde os campos

---

189 **Tais partes da Natureza:** os temas anunciados por Virgílio nesta passagem dizem respeito às questões tradicionalmente desenvolvidas na poesia didática antiga (movimentos de astros e marés, estações do ano etc.), tais como se encontram, por exemplo, na obra *Sobre a natureza das coisas*, de Tito Lucrécio Caro.

Spercheosque et uirginibus bacchata Lacaenis
Taugeta! O qui me gelidis in uallibus Haemi
sistat et ingenti ramorum protegat umbra!
   Felix qui potuit rerum cognoscere causas, 490
atque metus omnis et inexorabile fatum
subiecit pedibus strepitumque Acheruntis auari!
Fortunatus et ille deos qui nouit agrestis,
Panaque Siluanumque senem Nymphasque sorores!
Illum non populi fasces, non purpura regum 495
flexit et infidos agitans discordia fratres
aut coniurato descendens Dacus ab Histro;
non res Romanae perituraque regna; neque ille
aut doluit miserans inopem aut inuidit habenti.
Quos rami fructus, quos ipsa uolentia rura 500
sponte tulere sua, carpsit nec ferrea iura
insanumque forum aut populi tabularia uidit.
   Sollicitant alii remis freta caeca ruuntque
in ferrum; penetrant aulas et limina regum.
Hic petit excidiis urbem miserosque Penatis, 505

190 **Campos Esperqueus:** o Esperqueu era um rio próximo ao Monte Pindo, na Tessália grega; cita-o Homero, *Ilíada* 16.174.
191 **Taigetos:** "Taigetos" era o nome de uma cadeia de montanhas situada próxima de Esparta, no Peloponeso grego.
192 **Hemo:** nome de uma cadeia montanhosa situada no norte da Grécia (Williams 2001: 175); ver *supra* nota a v. 492 do livro 1.
193 **Conhecer as causas das coisas:** os comentadores ressaltam que a expressão, no original de Virgílio, corresponde a um "aceno" a Tito Lucrécio Caro e ao racionalismo epicurista de seu *Sobre a natureza das coisas* (Williams 2001: 175).
194 **Aqueronte avaro:** o Aqueronte, na mitologia greco-romana, era um afluente do Estige, rio do submundo por onde Caronte, o barqueiro cadavérico, conduzia as almas dos mortos às paragens de além-túmulo.
195 **Feixes do povo:** em Roma Antiga, os lictores – espécie de guarda-costas dos magistrados mais proeminentes – escoltavam portando um feixe de varas,

esperqueus[190] e os Taigetos[191] celebrados por moças bacantes
da Lacedemônia! Oh, quem nos frios vales do Hemo[192] me
instala e protege com enorme sombra de ramos?
    Feliz quem pôde conhecer as causas das coisas[193]   490
e todo medo e o fado inexorável submeteu
aos seus pés, com o estrépito do Aqueronte avaro![194]
Afortunado também aquele que conhece deuses agrestes,
Pã, o velho Silvano e as Ninfas irmãs!
A esse, nem os feixes do povo,[195] nem a púrpura dos reis   495
dobrou, nem a discórdia agitando irmãos desleais,
ou o daco[196] descendo do Histro conjurado,[197]
não assuntos romanos e reinos perecíveis; nem ele
sofreu com pena do pobre nem invejou o rico.
Os frutos que os ramos, que os próprios campos desejosos   500
por sua vontade produziram, colheu, nem leis férreas
nem o foro insano ou os arquivos do povo[198] divisou.
    Perturbam uns mares obscuros com remos, atiram-se
ao ferro, penetram em salas e soleiras de reis.
Este ataca com destruição uma cidade e infelizes Penates,[199]   505

      às vezes encimado por uma machadinha; tal feixe representava a autoridade dos magistrados e seu poder sobre os cidadãos, pois os criminosos eram açoitados com varas e decapitados com machados.

196 **Daco:** habitante da Dácia, antiga região aproximadamente correspondente à moderna Romênia, em seu lado oriental; o imperador Trajano conquistou-a entre 98-117 EC.

197 **Histro conjurado:** "Histro" era a denominação do rio Danúbio, em sua porção inferior (Mynors 2003: 170).

198 **Arquivos do povo:** referência aos arquivos públicos da cidade de Roma, situados em um edifício construído no Foro, do lado oeste (Mynors 2003: 171).

199 **Penates:** como explicam Bornecque e Mornet (1976: 67), "a família presta honra aos *Penates* encarregados de cuidar do abastecimento (*penus*) da casa"; também existiam, além dos Penates domésticos, aqueles públicos, do Estado romano.

ut gemma bibat et Sarrano dormiat ostro;
condit opes alius defossoque incubat auro;
hic stupet attonitus rostris; hunc plausus hiantem
per cuneos, geminatus enim, plebisque patrumque
corripuit; gaudent perfusi sanguine fratrum 510
exilioque domos et dulcia limina mutant
atque alio patriam quaerunt sub sole iacentem.
Agricola incuruo terram dimouit aratro:
hinc anni labor, hinc patriam paruosque nepotes
sustinet, hinc armenta boum meritosque iuuencos; 515
nec requies, quin aut pomis exuberet annus
aut fetu pecorum aut Cerealis mergite culmi
prouentuque oneret sulcos atque horrea uincat.
Venit hiems: teritur Sicyonia baca trapetis;
glande sues laeti redeunt; dant arbuta siluae; 520
et uarios ponit fetus autumnus, et alte
mitis in apricis coquitur uindemia saxis.
Interea dulces pendent circum oscula nati,
casta pudicitiam seruat domus, ubera uaccae
lactea demittunt, pinguesque in gramine laeto 525
inter se aduersis luctantur cornibus haedi.
Ipse dies agitat festos fususque per herbam,
ignis ubi in medio et socii cratera coronant,
te, libans, Lenaee, uocat pecorisque magistris
uelocis iaculi certamina ponit in ulmo, 530
corporaque agresti nudant praedura palaestra.
   Hanc olim ueteres uitam coluere Sabini,

---

200 **Púrpura de Sarra:** Sarra era um antigo nome também dado à cidade de Tiro, na Fenícia.
201 **Rostros:** os rostros eram uma plataforma para discursos públicos, situada no Foro romano; seu ornato consistia em partes de proas de navios tomados a inimigos (Recio 2010: 101).

para beber em gema e dormir em púrpura de Sarra;²⁰⁰
reserva outro riquezas e se deita sobre ouro enterrado;
este se espanta, atônito, nos rostros;²⁰¹ a este – boquiaberto –
duplo aplauso nos assentos, pois da plebe e senadores,
arrebatou; alegram-se banhados em sangue de irmãos, 510
trocam moradas e doces soleiras pelo exílio
e buscam uma pátria estendida sob sol alheio.
O agricultor move a terra com o curvo arado:
daqui o trabalho do ano, daqui a pátria e pequenos netos
mantém, daqui as manadas de bois e novilhos que o servem. 515
Nem há descanso, sem que o ano abunde em frutos
ou na cria de rebanhos ou no molho da haste de Ceres,
encha os sulcos com o ganho e ultrapasse celeiros.
Vem o inverno: é esmagada por mós a baga de Sícion,²⁰²
porcos tornam contentes com a glande, dão medronho
                      [os bosques; 520
e o outono oferece frutos variados, e no alto
se coze a vindima madura em pedras ensolaradas.
Nisso, pendem doces filhos em volta de beijos,
a casta morada conserva o pudor, vacas úberes
leitosos rebaixam e, na grama alegre, gordos 525
entre si, opondo chifres, lutam bodes.
Ele mesmo celebra dias festivos e, espalhado na relva,
onde há fogo ao meio e companheiros coroam uma cratera,
fazendo libações te invoca, Leneu, e estabelece no olmeiro
certames de dardo veloz, para os mestres de rebanho; 530
desnudam seus corpos resistentes num ginásio agreste.
   Tal vida outrora levaram os velhos sabinos,²⁰³

---

202 **Baga de Sícion:** as azeitonas produzidas em Sícion, próximo de Corinto, eram reconhecidas pela qualidade (Williams 2001: 176).
203 **Sabinos:** o País Sabino situava-se nas colinas a leste de Roma; abrangia as modernas regiões italianas de Lácio, Úmbria e Abruzos.

hanc Remus et frater; sic fortis Etruria creuit
scilicet et rerum facta est pulcherrima Roma
septemque una sibi muro circumdedit arces. 535
Ante etiam sceptrum Dictaei regis et ante
impia quam caesis gens est epulata iuuencis,
aureus hanc uitam in terris Saturnus agebat;
necdum etiam audierant inflari classica, necdum
impositos duris crepitare incudibus ensis. 540
  Sed nos immensum spatiis confecimus aequor;
et iam tempus equom fumantia soluere colla.

---

204 **Remo e o irmão:** referência a Rômulo, fundador lendário de Roma, e a Remo, seu irmão gêmeo; ver *supra* nota a v. 498 do livro 1.
205 **Etrúria:** antiga região da Itália central, originalmente correspondente à moderna Toscana; seus habitantes, porém, conseguiram expandir seu poderio do norte da Itália – vale do Pó – até a Campânia, antes de serem reduzidos à simples condição de parte da república romana no séc. II AEC.
206 **Sete cidadelas:** entendia-se que a cidade de Roma estava assentada, com seus edifícios, sobre sete colinas.

tal Remo e o irmão;²⁰⁴ assim a forte Etrúria²⁰⁵ cresceu,
naturalmente, Roma se tornou a coisa mais bela,
e, única, teve com muralha sete cidadelas²⁰⁶ à sua roda.   535
Antes ainda do cetro do rei Dicteu²⁰⁷ e antes
que ímpio povo se banqueteasse com novilhos mortos,
Saturno de ouro levava tal vida nas terras;
E ainda não ouviram sopro de trombetas, ainda não
o crepitar de espadas²⁰⁸ postas sobre duras bigornas.   540
    Mas percorremos imenso plaino²⁰⁹ no espaço
e já é tempo de soltar os fumegantes colos dos cavalos.

207 **Rei Dicteu:** Virgílio emprega esta denominação para referir-se a Júpiter, reis dos deuses e homens, porque em sua infância ele fora criado no Monte Dicte, em Creta. Sucedeu a seu pai, Saturno, pondo fim à Idade de Ouro (Williams 2001: 177); ver *supra* nota a v. 121 do livro 1.
208 **Crepitar de espadas:** durante a Idade de Ouro, diferentemente da Idade de Ferro – a atual –, os homens desconheciam as técnicas avançadas, porém também desconheciam a violência e a fabricação de armas.
209 **Percorremos imenso plaino:** a metáfora da escrita de (partes de) uma obra como espécie de jornada é comum na poesia didática antiga; assim, Ovídio, *Arte de amar* 1.772, refere-se à chegada a um local de ancoragem depois de ter composto a primeira seção deste seu "curso de sedução".

Liber III

Livro 3

No livro das *Geórgicas* dedicado à pecuária, o poeta inicia compondo o mais longo e complexo proêmio da obra inteira, em vv. 1-48: esse proêmio contém uma invocação divina a Pales, refutação de assuntos "efêmeros" como tema da obra, figuração da futura escrita de um poema épico-heroico por Virgílio (sob a forma da edificação de um templo), referência ao "impulso" de Mecenas, patrono do poeta, com vistas à escrita do texto agrário em pauta.

Entre v. 49 e v. 283, são desenvolvidos temas em ligação com o trato de animais maiores (equinos e bovinos), seção temática que se divide nos tópicos seguintes: escolha de uma boa novilha reprodutora (vv. 49-71); escolha do cavalo reprodutor (vv. 72-122); cuidados com o garanhão (vv. 123-128); movimentação física para as fêmeas, em auxílio à fertilidade (vv. 129-137); cuidados com as fêmeas escolhidas para a maternidade (vv. 138-156); trato das crias (vv. 157-162).

O livro prossegue com preceitos de treinamento para bezerros (vv. 163-178) e potros (vv. 179-208), também se referindo, em seguida, que a excessiva exposição dos touros aos aguilhões do desejo pode ser nociva e levar a lutas entre os machos (vv. 209-241). Sem restringir os perigos do *Amor* ("desejo") apenas à espécie bovina, Virgílio prossegue citando o caráter deste sentimento como algo universal e praticamente irrefreável, para o homem e outros seres da Natureza (vv. 242-265), com ênfase no caso das éguas (vv. 266-283).

Em vv. 284-294, há um segundo proêmio para introduzir a questão dos animais de menor tamanho (ovinos e caprinos). Depois, entre vv. 295-338, conselhos variados são oferecidos quanto ao alojamento, alimentação e rotina dos rebanhos. Entre vv. 339-348, é inserida uma pequena digressão a respeito da vida dos pastores africanos da Líbia, seguindo-se outra digressão sobre a existência dos homens e animais nas brumas da fria Cítia (vv. 349-383).

As duas seções que seguem tratam dos produtos ou serviços prestados aos cuidadores por animais como os carneiros ou outros (lã, vv. 384-393; leite e queijo, vv. 394-403). Complementa-as a questão dos cuidados com os cachorros criados no campo, os quais desempenham papel fundamental para a segurança do fazendeiro e de seus bens, mantidos no local (vv. 404-413).

Este tipo de dedicado auxílio, no entanto, não elimina obviamente todos os desafios que se enfrentam no ambiente rústico, a exemplo da existência de animais peçonhentos (vv. 414-439) e da possibilidade de doenças. Esse último tópico enseja a tematização dos males do gado ovino, com seu tratamento (vv. 440-473), e inserir o trecho digressivo da Peste do *Noricum*, a qual atinge, na ficção de Virgílio, certa província romana ao norte dos Alpes e traz completa destruição a rebanhos e outras criaturas (vv. 474-566).

Te quoque, magna Pales, et te, memorande, canemus,
pastor ab Amphryso; uos, siluae, amnesque Lycaei.
Cetera, quae uacuas tenuissent carmine mentes,
omnia iam uolgata: quis aut Eurysthea durum
aut inlaudati nescit Busiridis aras? 5
Cui non dictus Hylas puer et Latonia Delos
Hippodameque umeroque Pelops insignis eburno,
acer equis? Temptanda uia est, qua me quoque possim
tollere humo uictorque uirum uolitare per ora.
Primus ego in patriam mecum, modo uita supersit, 10
Aonio rediens deducam uertice Musas;

210 **Grande Pales:** Pales era uma deusa associada à proteção de pastores e rebanhos em Roma Antiga; esta divindade possuía um festival especialmente dedicado a ela na cidade, as *Pariliae*, realizadas a cada dia 21 de abril (Brandão 1993: 238).
211 **Pastor do Anfriso:** referência ao próprio deus Apolo, que se fez humilde guardador de cavalos ou boieiro do rei Admeto em Feras, na Tessália (segundo algumas versões do mito, depois de apaixonar-se por esse mortal); o Anfriso era um rio a correr por aquelas paragens. Ver Ovídio, *Arte de amar* 2.239.
212 **Liceu:** ver *supra* nota a v. 16 do livro 1.
213 **Duro Euristeu:** trata-se de um rei lendário, das cidades de Tirinto e Micenas, o qual instigou que o herói Hércules empreendesse os famosos "Doze trabalhos" (Grimal 1963: 190).
214 **Busíris infame:** trata-se de um rei lendário do Egito, o qual se revestia de características de crueldade; assim, depois de receber com aparente "hospitalidade" os estrangeiros em seu reino, ele os sacrificava de forma pérfida. Busíris foi, enfim, derrotado e morto por Hércules; ver Ovídio, *Tristezas* 3.11.39.

A ti também, grande Pales,²¹⁰ cantaremos e a ti, memorável
pastor do Anfriso;²¹¹ e a vós, bosques e rios do Liceu.²¹²
O restante, que tivesse ocupado mentes vazias com poema,
já foi todo bem divulgado: quem o duro Euristeu²¹³
ou os altares de Busíris infame²¹⁴ desconhece?   5
Por quem não foi celebrado o menino Hilas,²¹⁵ Delos de Latona²¹⁶
Hipodâmia e Pélops,²¹⁷ notável pelo ombro de marfim,
possante em cavalos? Há que tentar via por onde eu também
                                                              [possa
erguer-me do chão e voejar vencedor pela boca dos homens.
Primeiro eu à pátria comigo, apenas tenha vida,   10
voltando do Monte Aônio²¹⁸ levarei as Musas;

215 **Menino Hilas:** trata-se do adolescente amado por Hércules, que o levou consigo na expedição dos Argonautas. Quando, porém, o menino buscava água junto a uma fonte, as Ninfas o raptaram, seduzidas por sua beleza (Grimal 1963: 216).

216 **Delos de Latona:** a deusa Latona era mãe de Apolo e Diana, que gerara com Júpiter; sua vinculação com Delos vem de que, quando estava para dar à luz as crianças, Juno vetou a todos os lugares o acolhimento da parturiente, por ciúmes. Ela, então, dirigiu-se a Delos, uma ilha até então errante e desprezada, e pariu ali (Grimal 1963: 259).

217 **Hipodâmia e Pélops:** Hipodâmia era a filha do rei Enomau da Élida, cuja mão foi obtida por Pélops numa disputa de carros; Pélops possuía um ombro protético feito de marfim, depois de seu pai ter feito com que seu corpo começasse a ser devorado pelos deuses num banquete funesto (Mynors 2003: 179).

218 **Monte Aônio:** essa montanha, também chamada de Hélicon, era conhecida na Antiguidade por ter sido o local onde o poeta Hesíodo recebera a visita das Musas (e sua "missão" poética); ver Virgílio, *Bucólicas* 6.65.

primus Idumaeas referam tibi, Mantua, palmas;
et uiridi in campo templum de marmore ponam
propter aquam, tardis ingens ubi flexibus errat
Mincius et tenera praetexit harundine ripas.   15
In medio mihi Caesar erit templumque tenebit.
Illi uictor ego et Tyrio conspectus in ostro
centum quadriiugos agitabo ad flumina currus.
Cuncta mihi Alpheum linquens lucosque Molorchi
cursibus et crudo decernet Graecia caestu.   20
Ipse caput tonsae foliis ornatus oliuae
dona feram. Iam nunc sollemnis ducere pompas
ad delubra iuuat caesosque uidere iuuencos,
uel scaena ut uersis discedat frontibus utque

219 **Mântua:** Virgílio nascera, em 70 AEC, na aldeia de Andes, situada nas proximidades da cidade itálica de Mântua, no norte da Itália.
220 **Palmas idumeias:** as palmas eram símbolo de excelência e, por vezes, prêmio dado a vencedores – como aos generais triunfantes, que as portavam na cidade de Roma; Idumeia era uma localidade da Palestina que possuía muitas palmeiras (Williams 2001: 179). Note-se ainda como, neste proêmio, Virgílio ousadamente se apresenta no papel de um triunfante.
221 **Marmóreo templo:** Virgílio emprega, aqui, a metáfora da edificação de um templo para aludir a seus intentos futuros de escrever uma obra mais "elevada" estilisticamente, ou seja, um poema épico-heroico. Sem que seja preciso procurar em todos os detalhes deste "edifício" uma correspondência exata com os temas da *Eneida*, assuntos como os combates e a glorificação da casa imperial nascente são partilhados por um e outro contexto.
222 **Enorme Míncio:** o rio Míncio, que margeia a cidade de Mântua, nasce no moderno Lago de Garda, do lado sudeste (Williams 2001: 179).
223 **César:** trata-se do supracitado Otaviano Augusto; ver *supra* nota a v. 25 do livro 1.

primeiro trarei a ti, Mântua,[219] as palmas idumeias[220]
e estabelecerei em verde campo marmóreo templo[221]
junto d'água, onde com lentas curvas vaga o enorme
Míncio[222] e enlaçou as margens com tenra cana.   15
No meio, César[223] me estará e dominará o templo:
para ele eu, vencedor e visível em púrpura de Tiro,[224]
tocarei cem carros de quatro cavalos junto ao rio.
Deixando o Alfeu[225] e os bosques do Molorco,[226] toda
a Grécia disputará para mim com corridas e cesto cruel.[227]   20
Eu mesmo, ornado na cabeça com folhas de cortada oliveira,
trarei presentes. Agora mesmo conduzir solenes cortejos
aos santuários agrada e ver novilhos sacrificados,
ou como a cena se afasta com virada de painéis,[228] e como

224 **Púrpura de Tiro:** entre os adereços portados pelos generais que entravam num cortejo triunfante em Roma, contava-se o uso de uma túnica de púrpura, uma toga (manto plissado), um cetro de marfim e uma coroa dourada sobre a cabeça.
225 **Alfeu:** este era o rio que margeava a localidade de Olímpia, na Grécia, onde se realizavam jogos votivos em honra de Zeus a cada quatro anos.
226 **Bosques do Molorco:** ainda havendo referência a um episódio das aventuras de Hércules neste proêmio, Molorco era o nome de um pastor que acolhera o herói quando ele matou o leão de Nemeia, oferecendo-lhe alimento.
227 **Cesto cruel:** cestos eram pesadas luvas de couro com partes de metal, utilizadas em competições de pugilato na Roma Antiga; em *Eneida* 5.364, este adereço de novo seria referido por Virgílio, pois naquele poema se desenrolam eventos relativos aos jogos fúnebres em honra de Anquises.
228 **Virada de painéis:** não é simples interpretar o que Virgílio diz, no contexto, sobre o mecanismo do aparato teatral. Entretanto, Mynors (2003: 183) nota que, segundo Sérvio em comentário *ad locum*, o fundo de cena seria dividido em duas metades verticais, as quais se podiam separar a fim de que surgisse novo cenário atrás, na parede; outros, continua o mesmo comentador, entendem que o "palco se oculta" atrás das cortinas em elevação.

purpurea intexti tollant aulaea Britanni.   25
In foribus pugnam ex auro solidoque elephanto
Gangaridum faciam uictorisque arma Quirini
atque hic undantem bello magnumque fluentem
Nilum ac nauali surgentis aere columnas.
Addam urbes Asiae domitas pulsumque Niphaten   30
fidentemque fuga Parthum uersisque sagittis;
et duo rapta manu diuerso ex hoste tropaea
bisque triumphatas utroque ab litore gentis.
Stabunt et Parii lapides, spirantia signa,
Assaraci proles demissaeque ab Ioue gentis   35
nomina Trosque parens et Troiae Cynthius auctor.
Inuidia infelix Furias amnemque seuerum

229 **Tecidos britânicos:** já o ditador Caio Júlio César, no tempo da campanha das Gálias (58 AEC – 52 AEC), realizara duas incursões militares sobre a Grã-Bretanha; tratava-se de território, então, visto como longínquo, mas passível de conquista pelos romanos.
230 **Luta dos gangáridas:** os "gangáridas" são os habitantes das margens do rio Ganges, na Índia, e, portanto, os hindus em sentido estrito.
231 **Quirino vencedor:** o fundador de Roma, Rômulo, foi chamado "Quirino" depois de sua morte, mas os estudiosos aventam que, no contexto, seria feita uma alusão à própria divindade de Augusto, como vencedor militar (Recio 2010: 113).
232 **Nilo:** Otaviano Augusto derrotou Marco Antônio e a rainha Cleópatra do Egito na batalha de Ácio, em 31 AEC (ver *supra* nota a v. 505 do livro 1). Com os esporões de suas naus, derretidos, ergueu quatro colunas de bronze, depostas no Capitólio de Roma (Recio 2010: 113).
233 **Nifates derrotado:** trata-se de um monte da Mesopotâmia, região submetida a Roma entre 30 AEC – 29 AEC.
234 **Parto:** a Pártia era uma região do antigo reino da Pérsia, correspondente ao nordeste do atual Irã. Seus cavaleiros, muitas vezes, fingiam fugir dos inimigos em campo de batalha; depois, voltavam-se e atiravam suas setas "de improviso" (Williams 2001: 180).

a purpúreas cortinas elevam tecidos britânicos.²²⁹   25
Na porta, em ouro e sólido marfim a luta
dos gangáridas²³⁰ farei e as armas de Quirino vencedor,²³¹
e aqui, a ondular na guerra e fluindo com grandeza,
o Nilo²³² e as colunas que se alçam do bronze naval.
Juntarei cidades dominadas da Ásia e o Nifates derrotado,²³³   30
o Parto²³⁴ confiante na fuga e em setas viradas;
e os dois troféus²³⁵ arrebatados a inimigos opostos,
e os povos duas vezes aniquilados, de uma e outra costa.
Hão de erguer-se pedras de Paros,²³⁶ estátuas vivas,
a prole de Assáraco²³⁷ e da raça advinda de Júpiter   35
os nomes, o Pai Tros²³⁸ e o instigador Cíntio²³⁹ de Troia.
A Inveja infeliz²⁴⁰ às Fúrias²⁴¹ e ao rio severo

235 **Dois troféus:** Recio (Recio 2010: 114), em nota *ad locum*, aventa que os dois troféus citados neste trecho representariam as vitórias de Roma nos extremos do mundo (das Espanhas à Índia, da Grã-Bretanha até a África).
236 **Pedras de Paros:** referência a uma das Ilhas Cíclades, no mar Egeu, conhecida pela produção marmórea.
237 **Prole de Assáraco:** Assáraco era o bisavô de Eneias (Williams 2001: 180).
238 **Pai Tros:** Tros era pai de Assáraco e neto de Dárdano, o filho de Júpiter (Williams 2001: 180).
239 **Instigador Cíntio:** denominação associada a Apolo, por ter esse deus ajudado, com Netuno, a construir os muros da cidade de Troia; o lugar de nascimento de Apolo era o Monte Cinto, que se localizava na ilha de Delos (Recio 2010: 114).
240 **Inveja infeliz:** assim como divinizavam valores positivos da moral humana (*Fides* = "Boa-Fé"; *Concordia* = "Harmonia" etc.), os romanos também transformavam em "demônios" desvalores como a *Inuidia* e outros; Ovídio, *Metamorfoses* 2.760ss., representou a "Inveja" como espécie de monstro, eternamente condoída de todo bem humano.
241 **Fúrias:** o mesmo que "Eumênides"; ver *supra* nota a v. 278 do livro 1.

Cocyti metuet tortosque Ixionis anguis
immanemque rotam et non exsuperabile saxum.
   Interea Dryadum siluas saltusque sequamur 40
intactos, tua, Maecenas, haud mollia iussa.
Te sine nil altum mens incohat. En age, segnis
rumpe moras; uocat ingenti clamore Cithaeron
Taugetique canes domitrixque Epidaurus equorum;
et uox adsensu nemorum ingeminata remugit. 45
Mox tamen ardentis accingar dicere pugnas
Caesaris et nomen fama tot ferre per annos,
Tithoni prima quot abest ab origine Caesar.
   Seu quis Olympiacae miratus praemia palmae
pascit equos seu quis fortis ad aratra iuuencos, 50
corpora praecipue matrum legat. Optima toruae
forma bouis, cui turpe caput, cui plurima ceruix,
et crurum tenus a mento palearia pendent;
tum longo nullus lateri modus; omnia magna,
pes etiam; et camuris hirtae sub cornibus aures. 55
Nec mihi displiceat maculis insignis et albo
aut iuga detrectans interdumque aspera cornu

242 **Rio severo do Cocito:** o Cocito era um dos rios da região infernal, ao lado do Letes e outros; com o Aqueronte, forma a laguna Estígia (Recio 2010: 115).
243 **Serpentes de Ixião:** trata-se de um rei lendário da Tessália, na Grécia, que cometeu sacrilégios ao inflamar-se de desejo pela deusa Juno e tramar contra o Pai dos deuses; foi, então, atado como castigo a uma roda de fogo que girava perpetuamente, e lançado aos Infernos (Grimal 1963: 240); as serpentes citadas talvez o prendessem à roda.
244 **Rocha:** menção à personagem de Sísifo, punido nos Infernos com a necessidade de carregar eternamente, montanha acima, uma rocha que sempre voltava a rolar abaixo. Os motivos do castigo variam, como ele ter revelado segredos dos deuses ou praticado latrocínio (Commelin: 1983, 170).
245 **Dríades:** ver *supra* nota a v. 11 do livro 1.
246 **Mecenas:** apesar de ser nomeado em todos os proêmios das *Geórgicas*, Mecenas talvez se associe, neste contexto, a uma espécie de demanda "oficial"

do Cocito[242] temerá, e as curvas serpentes de Ixião[243]
e a enorme roda e a rocha[244] impossível de vencer.
  Nesse ínterim, os bosques e prados intactos das Dríades[245]   40
sigamos, tuas ordens não fáceis, ó Mecenas:[246]
sem ti, nada de alto a mente inicia. Eia, vamos, inerte
atraso finda; chama com enorme clamor o Citero[247]
junto os cães taigetos[248] e Epidauro[249] domadora de cavalos,
e redobrada voz ecoa com aprovação dos bosques.   45
Mas logo irei lançar-me a falar das lutas ardentes
de César e a levar seu renome, com a fama, por tantos anos
quanto da origem primeira de Titono[250] dista César.
  Quer alguém, admirado dos prêmios da palma olímpica,[251]
crie cavalos, quer alguém novilhos fortes para arados,   50
sobretudo escolha o corpo das mães. Se avantaja a forma
da vaca feroz, cuja cabeça é feia, a cerviz é farta,
e as papadas pendem do queixo até as pernas;
então, medida alguma para o longo flanco: tudo é grande,
até a pata, e as orelhas são hirtas sob chifres para dentro.   55
Não me desagrade a notável pelas manchas e bracura,
ou que arrasta jugos, por vezes, a agredir com o chifre,

---

pela escrita da obra. Por outro lado, alguns veem em suas "ordens não fáceis" mais a expressão pelo poeta da dificuldade de atender à realização de uma obra tão delicadamente urdida, além de muito esperada pelo amigo (Mynors 2003: 187).

247 **Citero:** referência a um monte da região grega da Beócia, associada ao culto báquico e/ou às Musas (Williams 2001: 181).

248 **Cães taigetos:** ver *supra* nota a v. 487 do livro 2; no contexto, ler a expressão como "cães de Esparta".

249 **Epidauro:** trata-se de uma cidade da Argólida, na Grécia continental, famosa pelos cavalos que gerava; ver Horácio, *Odes* 1.7.9.

250 **Titono:** ver *supra* nota a v. 447 do livro 1; a personagem parece citada, aqui, devido à vida longuíssima que ganhou dos deuses.

251 **Palma olímpica:** ver *supra* nota a v. 59 do livro 1.

et faciem tauro propior quaeque ardua tota
et gradiens ima uerrit uestigia cauda.
Aetas Lucinam iustosque pati hymenaeos 60
desinit ante decem, post quattuor incipit annos;
cetera nec feturae habilis nec fortis aratris.
Interea, superat gregibus dum laeta inuentas,
solue mares; mitte in Venerem pecuaria primus
atque aliam ex alia generando suffice prolem. 65
Optima quaeque dies miseris mortalibus aeui
prima fugit; subeunt morbi tristisque senectus
et labor, et durae rapit inclementia mortis.
Semper erunt, quarum mutari corpora malis:
semper enim refice ac, ne post amissa requiras, 70
anteueni et subolem armento sortire quotannis.
   Nec non et pecori est idem dilectus equino.
Tu modo, quos in spem statues summittere gentis,
praecipuom iam inde a teneris impende laborem.
Continuo pecoris generosi pullus in aruis 75
altius ingreditur et mollia crura reponit.
Primus et ire uiam et fluuios temptare minantis
audet et ignoto sese committere ponti
nec uanos horret strepitus. Illi ardua ceruix
argutumque caput, breuis aluos obesaque terga, 80
luxuriatque toris animosum pectus. Honesti
spadices glaucique; color deterrimus albis
et giluo. Tum, si qua sonum procul arma dedere,
stare loco nescit, micat auribus et tremit artus

---

252 **Lucina:** referência à deusa (Juno) Lucina, que auxiliava e protegia as mulheres, como cria a religião romana, no momento do parto; neste contexto, com aplicação do nome da divindade a um trecho em que o poeta fala da reprodução animal, apagam-se as fronteiras entre os seres humanos e os bichos.

que é próxima ao touro pelo aspecto, toda elevada,
e que, ao seguir, deixa marcas com a ponta da cauda.
A idade deixa de tolerar Lucina[252] e os justos himeneus[253]   60
antes dos dez, mas começa depois dos quatro;
o restante, nem próprio a procriar nem bom ao arado.
Nesse ínterim, enquanto alegre juventude sobeja às greis,
solta os garanhões; primeiro manda a Vênus os animais,
e, reproduzindo, repõe uma geração com outra.   65
Cada dia excelente da vida aos mortais infelizes
primeiro foge; insinuam-se doenças, a ingrata velhice
e o sofrer, e arrebata a inclemência da dura morte.
Sempre haverá aquelas cujos corpos prefiras que se mudem:
sempre, então, repõe; e, para depois não lamentares o perdido,   70
vem antes e escolhe a cria da manada anualmente.

   E há a mesma seleção para a manada equina:
tu, apenas, aos que determinares criar como esperança da raça,
já desde novos dedica notório esforço.
Logo o potro de nobre cepa, nos campos,   75
segue altivo e dobra com facilidade as pernas;
primeiro seguir pelo caminho e testar rios ameaçadores
ousa, entregar-se a ponte desconhecida,
nem se apavora com ruído vão. Tem elevada cerviz,
cabeça afilada, ventre curto, dorso gordo,   80
o peito animoso abunda em músculos. Bons
os baios[254] e os de olhos claros, péssima cor a dos alvos
e do amarelo claro. Então, se alguma arma ressoou ao longe,
não sabe estacar, mexe as orelhas e agita os membros;

---

253 **Justos himeneus:** Himeneu era um deus considerado filho de Vênus e Baco, tendo sob sua proteção os noivos no momento da união conjugal. Representavam-no como um jovem louro, coroado de flores e tendo na mão direita uma tocha (Commelin 1983: 155). Também se cantava, na ocasião das bodas, um hino chamado "himeneu", que o invocava.

254 **Baios:** de cor acastanhada ou amarelo-torrada (Houaiss; Villar 2009: 244).

collectumque fremens uoluit sub naribus ignem.   85
Densa iuba et dextro iactata recumbit in armo;
at duplex agitur per lumbos spina, cauatque
tellurem et solido grauiter sonat ungula cornu.
talis Amyclaei domitus Pollucis habenis
Cyllarus et, quorum Grai meminere poetae,   90
Martis equi biiuges et magni currus Achillei;
Talis et ipse iubam ceruice effundit equina
coniugis aduentu pernix Saturnus et altum
Pelion hinnitu fugiens impleuit acuto.
   Hunc quoque, ubi aut morbo grauis autiam segnior annis   95
deficit, abde domo, nec turpi ignosce senectae.
Frigidus in Venerem senior, frustraque laborem
ingratum trahit et, si quando ad proelia uentum est,
ut quondam in stipulis magnus sine uiribus ignis,
incassum furit. Ergo animos aeuomque notabis   100
praecipue; hinc alias artis prolemque parentum
et quis cuique dolor uicto, quae gloria palmae.
Nonne uides, cum praecipiti certamine campum
corripuere ruontque effusi carcere currus,
cum spes arrectae iuuenum exsultantiaque haurit   105
corda pauor pulsans? Illi instant uerbere torto
et proni dant lora; uolat ui feruidus axis;
iamque humiles iamque elati sublime uidentur

255 **Pólux de Amíclai:** Cástor e Pólux eram dois irmãos gêmeos da mitologia grega, filhos de Leda com Tíndaro e Zeus, respectivamente; inseparáveis, viveram muitas aventuras juntos, como a conquista do tosão de ouro (acompanhando os Argonautas) e o rapto de Ilaíra e Febe (Commelin 1983: 244). Amíclai era uma cidade próxima a Esparta, tendo eles nascido ali.
256 **Cílaro:** a deusa Juno, que ganhara este cavalo de Netuno, deu-o para ser domesticado aos gêmeos Cástor e Pólux (Williams 2001: 184).
257 **Cavalos em dupla de Marte:** referência a dois cavalos do carro de Ares, tal como os descreve Homero, *Ilíada* 16.119.

a relinchar, rola sob as narinas o fogo recolhido.   85
A crina é densa e, atirada, repousa no ombro direito;
mas a espinha se estende duplamente pelos lombos, cava
a terra a pata e ressoa alto com duro casco.
Assim, domado pelas rédeas de Pólux de Amíclai,[255]
foi Cílaro[256] e, de que se lembram gregos poetas,   90
os cavalos em dupla de Marte,[257] o carro do grande Aquiles.[258]
Assim também espalha a crina, na cerviz equina, o mesmo
Saturno, ágil à chegada da esposa;[259] e, em fuga,
encheu o alto Pélion[260] com relincho agudo.

  A este também se – pesado pela doença ou já inerte da idade –   95
falha, afasta para casa, nem perdoa a torpe velhice.
Mais velho, esfria em Vênus, em vão prolonga esforço
ingrato e, eventualmente seguindo às batalhas,
como às vezes chama alta sem vigor nas hastes,
se enfurece à toa. Então, o ânimo e a idade notarás   100
especialmente: depois, outras habilidades e a prole dos pais,
que dor sente o vencido, qual o regozijo da vitória.
Acaso não vês, quando em apressado certame um campo
tomaram, e carros atirados se precipitam do cárcere,[261]
quando a esperança dos jovens se animou e aos exultantes   105
peitos um medo pulsante consome? Vão no encalço vibrando
                             [o açoite
e inclinados soltam rédeas, voa com força o eixo ardente;
e ora rebaixados, ora elevados ao alto parecem

---

258 **Carro do grande Aquiles:** o carro de Aquiles, conforme descrito por Homero, *Ilíada* 16.148, contava com dois cavalos velozes como o vento, cujos nomes eram Xanto e Bálio (Williams 2001: 184).
259 **À chegada da esposa:** certo dia em que traía a esposa, Ops, com uma amante chamada Filira, o deus Saturno metamorfoseou-se em cavalo para poder fugir mais rápido do local do incidente (Williams 2001: 184).
260 **Alto Pélion:** ver *supra* nota a v. 281 do livro 1.
261 **Cárcere:** ver *supra* nota a v. 512 do livro 1.

aera per uacuom ferri atque adsurgere in auras;
nec mora nec requies; at fuluae nimbus harenae 110
tollitur; umescunt spumis flatuque sequentum:
tantus amor laudum, tantae est uictoria curae!
Primus Erichthonius currus et quattuor ausus
iungere equos rapidusque rotis insistere uictor.
Frena Pelethronii Lapithae gyrosque dedere 115
impositi dorso atque equitem docuere sub armis
insultare solo et gressus glomerare superbos.
Aequos uterque labor, aeque iuuenemque magistri
exquirunt calidumque animis et cursibus acrem,
quamuis saepe fuga uersos ille egerit hostis 120
et patriam Epirum referat fortisque Mycenas
Neptunique ipsa deducat origine gentem.

  His animaduersis instant sub tempus et omnis
impendunt curas denso distendere pingui,
quem legere ducem et pecori dixere maritum; 125
florentisque secant herbas fluuiosque ministrant
farraque, ne blando nequeat superesse labori
inualidique patrum referant ieiunia nati.
Ipsa autem macie tenuant armenta uolentes
atque, ubi concubitus primos iam nota uoluptas 130
sollicitat, frondesque negant et fontibus arcent;
saepe etiam cursu quatiunt et sole fatigant,
cum grauiter tunsis gemit area frugibus et cum
surgentem ad Zephyrum paleae iactantur inanes.

---

262 **Erictônio:** este seria um antigo rei de Atenas, o qual era reputado inventor do carro puxado por quatro cavalos (Williams 2001: 185).
263 **Lápitas de Peletrônio:** "lápitas" eram os habitantes da cidade de Peletrônio, na Tessália, tendo eles derrotado os Centauros em luta renhida, durante uma festa de casamento que acabou em carnificina; ver *supra* nota a v. 457 do livro 2.

ser levados pelo ar vazio e erguer-se às brisas.
Sem demora nem descanso; mas nuvem de areia fulva   110
se ergue, molham-se com a espuma e alento dos de trás:
tamanho é o amor aos louvores, tanto o cuidado à vitória.
Erictônio[262] primeiro carros e quatro cavalos ousou
unir e, vencedor, apoiar-se sobre rodas.
Freios e giros os lápitas de Peletrônio[263] deram,   115
postos no dorso, e ensinaram o cavaleiro armado
a bater o solo e a galopar com altivez.
Os dois esforços são iguais, igualmente os domadores buscam
um jovem de ardente espírito e impetuoso nas corridas,
embora amiúde ele tenha posto em fuga virados inimigos,   120
refira como pátria o Epiro[264] e a forte Micenas,[265]
e remonte sua raça à própria origem de Netuno.

   Tendo notado isso, atentam-se ao momento e dão
todo cuidado a encher com densa gordura
o que escolheram para chefe e disseram macho do rebanho,   125
cortam relva florescente, dão água corrente
e espelta, para que possa vencer no doce esforço
e os filhotes fracos não repercutam jejuns paternos.
Mas, de propósito, emaciam os mesmos armentos
e, quando o prazer conhecido os primeiros coitos   130
pede, negam folhagens e afastam de fontes.
Amiúde ainda, fazem correr e fatigam ao sol
quando a eira geme pesadamente ao se baterem os grãos,
                                               [e quando
palhas vazias se lançam ao Zéfiro que surge.

---

264 **Epiro:** região da Grécia antiga, situada na parte noroeste do país; aí se localizavam Dodona, Éfira, Nicópolis etc.
265 **Forte Micenas:** cidade da Grécia situada na região do Peloponeso; fora ocupada desde tempos antiquíssimos pelo ser humano (período Neolítico, anterior a 3.500 AEC), tendo-se desenvolvido e prosperado como centro de poder até o séc. XII AEC, quando entrou em gradativo declínio.

Hoc faciunt nimio ne luxu obtunsior usus 135
sit genitali aruo et sulcos oblimet inertis,
sed rapiat sitiens Venerem interiusque recondat.
    Rursus cura patrum cadere et succedere matrum
incipit. Exactis grauidae cum mensibus errant,
non illas grauibus quisquam iuga ducere plaustris, 140
non saltu superare uiam sit passus et acri
carpere prata fuga fluuiosque innare rapacis.
Saltibus in uacuis pascunt et plena secundum
flumina, muscus ubi et uiridissima gramine ripa
speluncaeque tegant et saxea procubet umbra. 145
    Est lucos Silari circa ilicibusque uirentem
plurimus Alburnum uolitans, cui nomen asilo
Romanum est, oestrum Grai uertere uocantes,
asper, acerba sonans, quo tota exterrita siluis
diffugiunt armenta; furit mugitibus aether 150
concussus siluaeque et sicci ripa Tanagri.
Hoc quondam monstro horribilis exercuit iras
Inachiae Iuno pestem meditata iuuencae.
Hunc quoque (nam mediis feruoribus acrior instat)
arcebis grauido pecori, armentaque pasces 155
sole recens orto aut noctem ducentibus astris.
    Post partum cura in uitulos traducitur omnis,
continuoque notas et nomina gentis inurunt
et quos aut pecori malint summittere habendo

---

266 **Bosques do Sílaro:** referência a um rio que separava a Campânia da antiga região da Lucânia, no sul da Itália; o Sílaro tinha como afluente o Tanagro, citado mais abaixo (Recio 2010: 120).
267 **Alburno verdejante:** monte da região da Lucânia.
268 **Asilus:** nos dicionários de latim-português (Saraiva 1993: 112), aparece a tradução "tavão" ou "moscardo" para traduzir a palavra em língua antiga. Por sua vez, o *Dicionário Houaiss da língua portuguesa* (Houaiss; Villar 2009: 1819) relaciona "tavão" também ao latim *tabanus*, explicando que seria uma espécie de "mosca ou moscardo que persegue o gado".

Fazem-no para que, com excessiva gordura, não se torne   135
embotada a zona genital e obstrua vias inertes,
mas tome Vênus desejosamente e guarde por dentro.
   De novo o cuidado dos pais começa a ceder e a vir
o das mães. Quando vagam grávidas, passados os meses,
que ninguém tolere conduzirem elas jugos com pesados carros,   140
ultrapassarem caminho pulando, cruzarem o pasto
em fuga arrebatada e atravessarem rios impetuosos nadando.
Pastam em matas vazias e junto a rios
cheios, onde há musgo e margem bem verde com a relva,
grutas protegem e a sombra de rochas se estende.   145
   Há em torno aos bosques do Sílaro[266] e do Alburno verdejante[267]
de azinheiras, voejando em demasia, inseto cujo nome
romano é *asilus*,[268] mas os gregos traduziram como *oestros*,
duro, ressoando asperamente, de que armentos inteiros
                                          [espaventados
fogem; o éter se enfurece pelos mugidos   150
tocado, bem como as matas e margens do seco Tanagro.[269]
Outrora, com este monstro exerceu terríveis iras
Juno, tendo pensado em peste para a novilha Ináquia.[270]
Também ele (pois, em meio ao calor, ataca mais forte)
afastarás do grávido rebanho, e apascentarás armentos   155
logo ao nascer do sol, ou trazendo os astros a noite.
   Após o parto, todo cuidado passa aos novilhos;
e logo os sinais e nomes da origem marcam a fogo,
os que preferem reproduzir para ter rebanhos,

---

269 **Tanagro:** ver *supra* nota a v. 146 do livro 3.
270 **Novilha Ináquia:** essa "novilha" na verdade é Io, filha de Ínaco, rei de Argos. Quando Júpiter se apaixonou por ela, temendo os ciúmes de Juno, metamorfoseou-a em animal, mas sua esposa/irmã notou que havia algo de incomum na beleza da novilha e passou a persegui-la com um moscardo. Em desespero, Io vagou por muitas terras até chegar ao Egito, onde foi, de novo, metamorfoseada em mulher pelo deus (Commelin 1983: 234).

aut aris seruare sacros aut scindere terram 160
et campum horrentem fractis inuertere glaebis.
Cetera pascuntur uiridis armenta per herbas:
tu quos ad studium atque usum formabis agrestem,
iam uitulos hortare uiamque insiste domandi,
dum faciles animi iuuenum, dum mobilis aetas. 165
Ac primum laxos tenui de uimine circlos
ceruici subnecte: dehinc, ubi libera colla
seruitio adsuerint, ipsis e torquibus aptos
iunge pares et coge gradum conferre iuuencos;
atque illis iam saepe rotae ducantur inanes 170
per terram et summo uestigia puluere signent;
post ualido nitens sub pondere faginus axis
instrepat et iunctos temo trahat aereus orbis.
Interea pubi indomitae non gramina tantum
nec uescas salicum frondes uluamque palustrem, 175
sed frumenta manu carpes sata; nec tibi fetae
more patrum niuea implebunt mulctraria uaccae,
sed tota in dulcis consument ubera natos.
  Sin ad bella magis studium turmasque ferocis
aut Alphea rotis praelabi flumina Pisae, 180
et Iouis in luco currus agitare uolantis,
primus equi labor est animos atque arma uidere
bellantum lituosque pati tractuque gementem
ferre rotam et stabulo frenos audire sonantes,
tum magis atque magis blandis gaudere magistri 185
laudibus et plausae sonitum ceruicis amare.
Atque haec iam primo depulsus ab ubere matris
audeat inque uicem det mollibus ora capistris

271 **Rio Alfeu, em Pisa**: referência a um rio e cidade da região de Olímpia, onde aconteciam jogos em honra de Zeus (Recio 2010: 121); ver *supra* nota a v. 19 do livro 3.

ou conservar religiosamente para altares ou que fendam a terra 160
e lavrem um campo eriçado, rompendo glebas.
As manadas restantes pastam na verde relva:
tu, os que formarás para se ocuparem e para o uso no campo,
agora exorta bezerros e insiste na via do amansamento
sendo dóceis os ânimos juvenis, flexível a idade. 165
E primeiro círculos largos de vime leve
prende sob a cerviz; depois, quando livres colos
se habituarem a servir, pelos próprios colares
une pares apropriados e obriga novilhos a marchar juntos;
e agora, sejam amiúde levados por eles carros sem carga 170
pela terra, e deixem traços na superfície do pó.
Depois, esforçado sob grande peso, que um eixo de faia
ressoe, e o temão de bronze arraste unidas rodas.
Nisso, não dês à juventude indomada somente relva,
nem folhas comestíveis de salgueiro e a ulva do pântano, 175
mas colherás à mão trigo plantado; nem vacas
paridas encherão para ti brancos vasos, ao modo ancestral,
mas gastarão úberes inteiros para doces crias.

Mas, se te interessas mais por guerras e batalhões ferozes,
ou por deslizar com rodas junto ao rio Alfeu, em Pisa,[271] 180
e por tocar carros voadores no bosque de Júpiter,[272]
o primeiro esforço do cavalo é ver o ardor e as armas
dos guerreiros e suportar trombetas, aguentar a roda
que geme ao rolar e ouvir freios ressoantes;
então, mais e mais alegrar-se com agradáveis elogios 185
do dono e amar o som da batida na cerviz.
E isso logo que afastado dos úberes da mãe
ele ouse, por sua vez ofereça a face a moles cabrestos

---

272 **Bosque de Júpiter:** Mynors (2003: 210) explica que este bosque seria, na Grécia, um arvoredo de oliveiras silvestres.

inualidus etiamque tremens, etiam inscius aeui.
At tribus exactis ubi quarta accesserit aestas, 190
carpere mox gyrum incipiat gradibusque sonare
compositis sinuetque alterna uolumina crurum
sitque laboranti similis; tum cursibus auras,
tum uocet, ac per aperta uolans ceu liber habenis
aequora uix summa uestigia ponat harena. 195
Qualis Hyperboreis Aquilo cum densus ab oris
incubuit Scythiaeque hiemes atque arida differt
nubila; tum segetes altae campique natantes
lenibus horrescunt flabris summaeque sonorem
dant siluae, longique urgent ad litora fluctus; 200
ille uolat simul arua fuga, simul aequora uerrens.
Hinc uel ad Elei metas et maxima campi
sudabit spatia et spumas aget ore cruentas
Belgica uel molli melius feret esseda collo.
Tum demum crassa magnum farragine corpus 205
crescere iam domitis sinito; namque ante domandum
ingentis tollent animos prensique negabunt
uerbera lenta pati et duris parere lupatis.
  Sed non ulla magis uiris industria firmat
quam Venerem et caeci stimulos auertere amoris, 210
siue boum siue est cui gratior usus equorum.
Atque ideo tauros procul atque in sola relegant
pascua post montem oppositum et trans flumina lata,
aut intus clausos satura ad praesepia seruant.
Carpit enim uiris paulatim uritque uidendo 215
femina nec nemorum patitur meminisse nec herbae
dulcibus illa quidem illecebris et saepe superbos

---

273 **Costas Hiperbóreas:** referência imprecisa a regiões situadas ao norte (Williams 2001: 189).
274 **Borrascas da Cítia:** ver *supra* nota a v. 241 do livro 1.

frágil e ainda tremente, ainda insciente da idade.
Mas, passados três anos, chegando o quarto verão, 190
logo comece a fazer voltas e a ressoar em passo
cadenciado, dobre alternados os músculos das pernas
e seja semelhante ao que pena; então, correndo, as brisas
então chame e, voando como livre de arreios
no espaço aberto, mal deixe traços na superfície da areia: 195
tal o denso Aquilão quando se abateu das costas Hiperbóreas:[273]
dispersa borrascas da Cítia[274] e nuvens
sem chuva; então as altas searas e os campos ondulantes
se eriçam com sopros suaves, os cimos florestais
fazem ruído e rebentam na praia longas ondas; 200
ele voa, junto as searas na fuga, junto os mares varrendo.
Daqui, ou às metas e enormes espaços do campo da Élida[275]
suará e soltará espuma sangrenta da boca;
ou antes portará, com colo flexível, carros belgas.
Então, enfim, deixa agora o grande corpo dos domados 205
aumentar com densa ferrã;[276] antes, com efeito,
[do amansamento,
terão ares de grandeza; pressionados, recusarão
suportar sinuosos açoites e obedecer a duros freios.
  Mas nenhum empenho firma melhor as forças
do que Vênus e os estímulos do cego amor afastar, 210
quer agrade mais o trato dos bois, quer dos cavalos.
E por isso relegam touros para longe e a lugares ermos,
a pastagens atrás de monte oposto e além de largos rios,
ou conservam fechados dentro, junto de manjedouras cheias.
Com efeito, aos poucos consome e queima as forças vendo 215
a fêmea; nem ela decerto admite a lembrança de bosques
nem de relva, com seus doces encantos, e muitas vezes leva

---

275 **Élida:** ver *supra* nota a v. 59 do livro 1.
276 **Ferrã:** centeio ou cevada colhidos antes de darem espigas, sendo dados como forragem (Houaiss; Villar 2009: 887).

cornibus inter se subigit decernere amantis.
Pascitur in magna Sila formosa iuuenca:
illi alternantes multa ui proelia miscent   220
uolneribus crebris; lauit ater corpora sanguis,
uersaque in obnixos urgentur cornua uasto
cum gemitu: reboant siluaeque et longus Olympus.
Nec mos bellantis una stabulare; sed alter
uictus abit longeque ignotis exsulat oris   225
multa gemens ignominiam plagasque superbi
uictoris, tum quos amisit inultus amores:
et stabula adspectans regnis excessit auitis.
Ergo omni cura uiris exercet et inter
dura iacet pernix instrato saxa cubili   230
frondibus hirsutis et carice pastus acuta,
et temptat sese atque irasci in cornua discit
arboris obnixus trunco, uentosque lacessit
ictibus et sparsa ad pugnam proludit harena.
Post, ubi collectum robur uiresque refectae,   235
signa mouet praecepsque oblitum fertur in hostem;
fluctus uti, medio coepit cum albescere ponto
longius ex altoque sinum trahit, utque uolutus
ad terras immane sonat per saxa neque ipso
monte minor procumbit, at ima exaestuat unda   240
uerticibus nigramque alte subiectat harenam.
  Omne adeo genus in terris hominumque ferarumque
et genus aequoreum, pecudes pictaeque uolucres,
in furias ignemque ruont: amor omnibus idem.
Tempore non alio catulorum oblita leaena   245

---

277 **Grande Sila:** referência a um maciço montanhoso, recoberto por bosques, da região da Calábria, no sul da Itália (Mynors 2003: 216).

278 **Taboa pontuda:** essa planta, cujo nome científico é *Typha domingensis*, ocorre em regiões alagadas e tem formato de longas hastes rodeadas por folhas; no topo das hastes, encontram-se frutos semelhantes a fusos.

soberbos amantes a lutar entre si com os chifres.
Pasta em grande Sila²⁷⁷ uma formosa novilha:
por ela, alternadamente, com muita força se enfrentam, 220
ferindo-se amiúde; lava seus corpos negro sangue,
pressionam-se chifres virados contra oponentes, com alto
gemido; ressoam bosques e o distante Olimpo.
Nem é costume dos inimigos habitar juntos, mas um
parte vencido e longe se exila em margens ignotas, 225
gemendo muito a afronta e as feridas do soberbo
vencedor, bem como amores que perdeu sem vingança,
e, atentando ao curral, partiu de reinos ancestrais.
Então, exercita forças com todo empenho e entre
duras pedras se deita com corpo ágil, em leito sem cama, 230
comendo folhas hirsutas e a taboa pontuda,²⁷⁸
testa a si mesmo e aprende a irar-se com chifres,
apoiado em tronco arbóreo; e ataca ventos
com golpes, preludia a luta na areia espalhada.
Depois, quando o vigor foi ganho e as forças refeitas, 235
move estandartes e segue arrebatado contra inimigo esquecido:
como quando a onda começa a branquejar no meio do mar,
arrasta mais longamente as curvas do fundo e como, rolando,
ressoa enorme junto à terra pelas rochas; não se abate
menor que o próprio monte, mas se agita na base a vaga 240
e levanta do fundo, aos cimos, negra areia.
  A tal ponto todo tipo de homens e feras nas terras,
a raça marítima, os rebanhos e pássaros coloridos
se atiram à fúria e ao fogo: o desejo é o mesmo para todos.²⁷⁹
Não em outro tempo esquecida dos filhotes, a leoa 245

---

279 **O desejo é o mesmo para todos**: neste livro, *Amor*, ou o desejo que instintivamente une os seres pelo erotismo, surge – junto à Peste – como força universal e incontrolável; nesse sentido, o verso 244 de *Geórgicas* 3 também dialoga com *Bucólicas* 10.69 (ver *supra* nota a v. 145 do livro 1).

saeuior errauit campis nec funera uolgo
tam multa informes ursi stragemque dedere
per siluas; tum saeuos aper, tum pessima tigris:
heu! male tum Libyae solis erratur in agris.
Nonne uides ut tota tremor pertemptet equorum   250
corpora, si tantum notas odor attulit auras?
Ac neque eos iam frena uirum neque uerbera saeua,
non scopuli rupesque cauae atque obiecta retardant
flumina correptosque unda torquentia montis.
Ipse ruit dentesque Sabellicus exacuit sus   255
et pede prosubigit terram, fricat arbore costas,
atque hinc atque illinc umeros ad uolnera durat.
Quid iuuenis, magnum cui uersat in ossibus ignem
durus amor? Nempe abruptis turbata procellis
nocte natat caeca serus freta; quem super ingens   260
porta tonat caeli, et scopulis inlisa reclamant
aequora; nec miseri possunt reuocare parentes
nec moritura super crudeli funere uirgo.
Quid lynces Bacchi uariae et genus acre luporum
atque canum? Quid quae imbelles dant proelia cerui?   265
  Scilicet ante omnis furor est insignis equarum
et mentem Venus ipsa dedit, quo tempore Glauci

280 **Campos da Líbia:** mais adiante neste livro, Virgílio fará o cotejo entre os modos de vida na mesma Líbia (norte da África), com seus pastores errantes em meio ao calor das zonas áridas, e na Cítia, fria região da Europa oriental e do centro da Ásia (ver *infra* v. 339ss.).
281 **Porco sabélico:** Virgílio aponta, aqui, para animais do país Sabino, zona da Itália próxima a Roma e associada aos prazeres da caça (Williams 2001: 191).
282 **Jovem:** referência a Leandro de Abidos, que era amante de Hero, certa sacerdotisa de Afrodite. Assim, ele costumava atravessar a nado o Helesponto toda noite, para encontrar-se com ela; mas, certa vez, os ventos apagaram a

vagou mais cruel nos campos, nem tantas
mortes e carnificinas feios ursos causaram a cada canto,
pelos bosques; então é cruel o javali, então horrível a tigresa;
ai! Com dano então se vaga nos ermos campos da Líbia.[280]
Acaso não vês como o tremor abala corpos inteiros 250
de cavalos, se apenas o cheiro trouxe ares conhecidos?
E já não os seguram freios humanos nem duros golpes,
nem escolhos e ocas grutas, nem rios
de través e ondas a curvarem arrebatados montes.
O próprio porco sabélico[281] se precipita, afia os dentes 255
e calca a terra com a pata, esfrega as costas em árvore
e aqui e ali endurece os ombros para as feridas.
E o jovem,[282] em cujos ossos revolve grande chama
o duro desejo? Decerto, desabando tempestades,
tarde nada na noite escura, por mares perturbados; sobre ele, 260
ressoa a enorme porta do céu e mares batidos em escolhos
o reclamam; nem os infelizes pais o podem chamar de volta,
nem a moça prestes a morrer também, de morte cruel.
E os linces variegados de Baco[283] e a dura raça dos lobos
e dos cães? E os combates que cervos imbeles travam? 265
  Naturalmente, mais que todos é notório o furor das éguas;[284]
e Vênus mesma deu o sentimento, quando as quadrigas

---

luz do farol que era seu guia e Leandro se afogou nas ondas. Hero, em seguida, suicidou-se atirando-se da torre do farol (Williams 2001: 191).

283 **Linces variegados de Baco:** o carro de Baco, segundo várias figurações míticas, era puxado por uma junta de linces; ver Ovídio, *Metamorfoses* 3.668 e 4.24.

284 **Furor das éguas:** o "frenesi" sexual das éguas no cio era proverbial na Antiguidade, com menções registradas em Horácio, *Odes* 1.25.14; Ovídio, *Arte de amar* 2.487-488; Columela, *Das coisas do campo* 6.27.5-6, entre outros (Mynors 2003: 224).

Potniades malis membra absumpsere quadrigae.
Illas ducit amor trans Gargara transque sonantem
Ascanium; superant montis et flumina tranant; 270
continuoque, auidis ubi subdita flamma medullis
(uere magis, quia uere calor redit ossibus), illae
ore omnes uersae in Zephyrum stant rupibus altis
exceptantque leuis auras, et saepe sine ullis
coniugiis uento grauidae (mirabile dictu) 275
saxa per et scopulos et depressas conuallis
diffugiunt, non, Eure, tuos neque solis ad ortus,
in Borean Caurumque aut unde nigerrimus Auster
nascitur et pluuio contristat frigore caelum.
Hic demum, hippomanes uero quod nomine dicunt 280
pastores, lentum destillat ab inguine uirus,
hippomanes, quod saepe malae legere nouercae
miscueruntque herbas et non innoxia uerba.
   Sed fugit interea, fugit inreparabile tempus,
singula dum capti circumuectamur amore. 285
   Hoc satis armentis: superat pars altera curae,
lanigeros agitare greges hirtasque capellas.

285 **Éguas potníades de Glauco:** Glauco era filho de Sísifo, no mito, e alimentava suas éguas de corrida com carne humana. Para que tivessem mais força nas corridas, costumava apartá-las do ato sexual, o que produziu a ira sobre Vênus e a incitação a que esses animais devorassem vivo seu dono (Recio 2010: 125).
286 **Gárgaros:** ver *supra* nota a v. 103 do livro 1.
287 **Ressoante Ascânio:** referência a um rio da antiga região da Bitínia, na Ásia Menor.
288 **Grávidas do vento:** muito autores antigos, como Homero, *Ilíada* 16.150; Varrão, *Três livros das coisas do campo*, 2.1.19; Columela, *Das coisas do campo* 6.27.7 etc. referem esta maneira "miraculosa" de as éguas ficarem prenhes; contudo, por vezes dizem que o fenômeno ocorria em Creta, por vezes na Península Ibérica (Williams 2001: 191-192).

Potníades de Glauco[285] devoraram seus membros com mandíbulas.
Leva-as o desejo além dos Gárgaros[286] e além do ressoante
Ascânio;[287] ultrapassam montes e varam rios a nado. 270
E, logo ao se insinuar a chama nas ávidas medulas
(mais na primavera, pois na primavera torna o calor aos ossos),
todas viradas ao Zéfiro se põem sobre altas rochas,
recebem leves brisas e amiúde, sem coito algum,
grávidas do vento[288] (é maravilhoso de dizer!) 275
por rochas e escolhos e vales profundos
fogem; não, Euro, em tua direção nem à do nascente,
mas a Bóreas e a Cauro,[289] ou donde Austro bem negro
nasce e entristece com frio chuvoso o céu.
Então, enfim mana da virilha viscoso veneno: isso, 280
com o nome certo, de *hippomanes*[290] chamam os pastores;
o *hippomanes*, que amiúde madrastas ruins colheram,
misturando ervas e palavras não inócuas.

Mas foge nesse ínterim, foge o tempo irreparável
enquanto, tomados de amor, perpassamos ponto a ponto. 285

Isto basta para armentos: resta a outra parte dos cuidados,[291]
tocar janígeras greis e hirtas cabras.

289 **Cauro:** referência ao vento de noroeste; além dos ventos principais (Euro, Bóreas, Noto, Austro e Zéfiro), os romanos conheciam outros, secundários (como o Cauro, o Euronoto, o Vulturno, o Subsolano, o Coécias, o Áfrico, o Libonoto etc.).

290 **Hippomanes:** o termo indica, aqui, uma espécie de secreção do corpo equino. Mas também pode significar certa excrescência da testa dos potros recém-nascidos, à qual se atribuíam propriedades mágicas. Ver referência também em Virgílio, *Eneida* 4.516.

291 **Outra parte dos cuidados:** tem início, neste ponto, a transição dos preceitos sobre grandes animais (bovinos e equinos) para aqueles sobre os pequenos (ovinos e caprinos). Isso se dá por meio de uma espécie de segundo proêmio em *Geórgicas* 3.284-294.

Hic labor; hinc laudem fortes sperate coloni.
Nec sum animi dubius, uerbis ea uincere magnum
quam sit et angustis hunc addere rebus honorem; 290
sed me Parnasi deserta per ardua dulcis
raptat amor; iuuat ire iugis, qua nulla priorum
Castaliam molli deuertitur orbita cliuo.
Nunc, ueneranda Pales, magno nunc ore sonandum.
   Incipiens stabulis edico in mollibus herbam 295
carpere ouis, dum mox frondosa reducitur aestas,
et multa duram stipula filicumque maniplis
sternere subter humum, glacies ne frigida laedat
molle pecus scabiemque ferat turpisque podagras.
post hinc digressus iubeo frondentia capris 300
arbuta sufficere et fluuios praebere recentis,
et stabula a uentis hiberno opponere soli
ad medium conuersa diem, cum frigidus olim
iam cadit extremoque inrorat Aquarius anno.
   Haec quoque non cura nobis leuiore tuendae; 305
nec minor usus erit, quamuis Milesia magno
uellera mutentur Tyrios incocta rubores;
densior hinc suboles, hinc largi copia lactis.
Quam magis exhausto spumauerit ubere mulctra,
laeta magis pressis manabunt flumina mammis. 310
Nec minus interea barbas incanaque menta
Cinyphii tondent hirci saetasque comantis
usum in castrorum et miseris uelamina nautis.
Pascuntur uero siluas et summa Lycaei,
horrentisque rubos et amantis ardua dumos; 315

---

292 **Castália:** ver *supra* nota a v. 18 do livro 2.
293 **Frio Aquário:** o sol entra na constelação de Aquário em janeiro e retira-se em fevereiro, sendo esta uma época de intensas chuvas na Itália; depois, inicia-se a primavera (Recio 2010: 127).

Tal o esforço, daqui esperai elogios, fortes colonos.
Nem duvida meu espírito de quanto é grande vencê-la
com palavras e trazer esta honra a assuntos pequenos;   290
mas, pelos cimos desertos do Parnaso, a mim um doce
amor arrebata; agrada seguir com jugos lá onde nenhum
carro dos antecessores vai ter a Castália[292] por suave declive.
Agora, Pales venerável, há que soar em alta voz.
    Começando, prescrevo que em suaves redis a relva   295
pastem ovelhas, até logo tornar o verão frondoso;
e muita palha e fetos, aos punhados,
estender no chão duro, para o frio gelo não lesar
o rebanho delicado nem causar sarna e a gota vergonhosa.
Depois, afastado daí, preceituo medronheiros frondosos   300
dar às cabras e deixar ao uso água fresca,
afastar os redis dos ventos, com sol de inverno,
e virar ao meio-dia, até que o frio Aquário[293]
começa a abaixar-se e umedece o final do ano.
    Cabras não devemos olhar com menos cuidado,   305
nem será menor sua utilidade, embora velos de Mileto[294]
se vendam caro, tingidos com rubor de Tiro.
Mais abunda, nelas, a cria; nelas, sobeja muito leite;
quanto mais espumar o vaso de ordenha, secando os úberes,
mais manarão férteis veios ao pressionar as mamas.   310
Não menos, nesse ínterim, as barbas, os alvos queixos
e os velos desgrenhados do bode cinífio[295] tosam,
para uso em acampamentos e em velas de tristes nautas.
Mas se alimentam nos bosques e topos do Liceu,
com silvas espinhosas e sarças que apreciam a altura,   315

---

294 **Velos de Mileto:** as lãs produzidas – e tingidas com púrpura – na cidade de Mileto, na Ásia Menor, tinham reputação de excelente qualidade no mundo antigo (Recio 2010: 127).
295 **Bode cinífio:** a qualidade aplicada ao termo "bode" se refere, neste ponto, a um tipo oriundo da região do rio Cínifo, na Líbia.

atque ipsae memores redeunt in tecta suosque
ducunt et grauido superant uix ubere limen.
Ergo omni studio glaciem uentosque niualis,
quo minor est illis curae mortalis egestas,
auertes uictumque feres et uirgea laetus   320
pabula nec tota claudes faenilia bruma.
   At uero Zephyris cum laeta uocantibus aestas
in saltus utrumque gregem atque in pascua mittet,
Luciferi primo cum sidere frigida rura
carpamus, dum mane noum, dum gramina canent   325
et ros in tenera pecori gratissimus herba.
Inde, ubi quarta sitim caeli collegerit hora
et cantu querulae rumpent arbusta cicadae,
ad puteos aut alta greges ad stagna iubebo
currentem ilignis potare canalibus undam;   330
aestibus at mediis umbrosam exquirere uallem,
sicubi magna Iouis antiquo robore quercus
ingentis tendat ramos, aut sicubi nigrum
ilicibus crebris sacra nemus accubet umbra;
tum tenuis dare rursus aquas et pascere rursus   335
solis ad occasum, cum frigidus aera Vesper
temperat et saltus reficit iam roscida luna
litoraque alcyonen resonant, acalanthida dumi.
   Quid tibi pastores Libyae, quid pascua uersu
prosequar et raris habitata mapalia tectis?   340
Saepe diem noctemque et totum ex ordine mensem
pascitur itque pecus longa in deserta sine ullis
hospitiis: tantum campi iacet! Omnia secum
armentarius Afer agit, tectumque laremque

296 **Astro lucífero:** o mesmo que Estrela da manhã; ver Virgílio, *Bucólicas* 8.17.

e elas mesmas, lembrando, tornam à morada, conduzem
os seus e a custo ultrapassam soleiras, de úberes cheios.
Então, com todo empenho o gelo e os ventos nevosos,
quanto menor necessidade de cuidado humano têm,
afastarás, levarás generoso o alimento e a forragem   320
de varas, nem fecharás palheiros o inverno inteiro.
   Mas, chamando os Zéfiros quando o alegre verão
aos bosques e pastagens os dois rebanhos mandar,
sigamos aos campos frios ao nascer o astro lucífero,[296]
enquanto a manhã é nova, enquanto branqueja a relva   325
e o orvalho agrada muito ao rebanho, na relva fresca.
Daí, quando a quarta hora do céu trouxer a sede
e cigarras ruidosas romperem medronheiros com seu canto,
junto aos poços ou fundos tanques mandarei as greis
beberem água corrente em canais de azinheira;   330
mas, em pleno calor, buscarem vale sombreado,
quer onde um grande carvalho de Júpiter, de velho tronco,
espalhe enormes ramos, quer onde escura floresta,
de bastas azinheiras, se estenda com sombra sagrada;
então, dar de novo água límpida e apascentar de novo   335
ao ocaso do sol, quando frio Vésper o ar
tempera, a lua orvalhada já renova os prados
e os litorais ecoam a alcíone, as silvas o pintassilgo.
   Por que a ti com pastores da Líbia, por que em verso
                                    [com prados
prosseguiria, e com aldeias habitadas por poucas casas?   340
Amiúde, de dia, de noite e o mês inteiro sem parar,
pasta e segue o rebanho para distantes ermos, sem abrigo
algum: tanto de campo se estende. Tudo consigo
o pastor africano carrega, a casa, o Lar,

armaque Amyclaeumque canem Cressamque pharetram; 345
non secus ac patriis acer Romanus in armis
iniusto sub fasce uiam cum carpit, et hosti
ante exspectatum positis stat in agmine castris.
At non, qua Scythiae gentes Maeotiaque unda
turbidus et torquens flauentis Hister harenas 350
quaque redit medium Rhodope porrecta sub axem.
Illic clausa tenent stabulis armenta, neque ullae
aut herbae campo apparent aut arbore frondes:
sed iacet aggeribus niueis informis et alto
terra gelu late, septemque adsurgit in ulnas. 355
Semper hiems, semper spirantes frigora Cauri.
Tum sol pallentis haud umquam discutit umbras,
nec cum inuectus equis altum petit aethera, nec cum
praecipitem Oceani rubro lauit aequore currum.
Concrescunt subitae currenti in flumine crustae 360
undaque iam tergo ferratos sustinet orbis,
puppibus illa prius, patulis nunc hospita plaustris;
aeraque dissiliunt uolgo, uestesque rigescunt
indutae, caeduntque securibus umida uina,
et totae solidam in glaciem uertere lacunae, 365
stiriaque impexis induruit horrida barbis.
Interea toto non setius aere ningit:
intereunt pecudes; stant circumfusa pruinis
corpora magna boum, confertoque agmine cerui
torpent mole noua et summis uix cornibus exstant. 370

297 **Amíclai:** esta cidade se localizava na região grega da Lacônia, situada ao sul do Peloponeso.
298 **Aljava cretense:** parece haver algo de deslocado no fato de pastores líbios terem "cães de Amíclai" e "aljavas cretenses"; de todo modo, a habilidade dos habitantes de Creta no manejo do arco e flecha é conhecida por outras referências antigas (Virgílio, *Bucólicas* 10.59 e *Eneida* 4.70; 5.306).
299 **Onda meótida:** referência ao atual Mar de Azov, pequena região ao norte do Mar Negro (Recio 2010: 129).

as armas, o cão de Amíclai[297] e a aljava cretense;[298] 345
não diversamente do duro romano nas armas pátrias,
quando, sob grande fardo, segue em frente e, antes do esperado
pelo inimigo, põe-se em batalhão, armando acampamento.
Mas não onde há povos da Cítia, onda meótida[299]
e o Histro tumultuado,[300] a retorcer amarelas areias, 350
nem onde faz volta o Ródope[301] estendido ao meio do polo.
Ali, mantêm armentos fechados em estábulos, nem erva
alguma no campo nem na árvore folhagens aparecem;
mas informe se estende longe, sob montes de neve,
a terra e se ergue a sete braças sob gelo grosso. 355
Sempre inverno, sempre os Cauros a soprar o frio;
então, o sol nunca desfaz as pálidas sombras,
nem quando, levado por cavalos,[302] busca o alto éter, nem quando
lava o carro abaixado no rubro plaino do Oceano.
Aumentam súbitas crostas no rio corrente, 360
e a onda já sustém no dorso férreas rodas,
primeiro ela a popas, agora propícia a vastos carros;
bronzes se fendem em toda parte, vestes congelam
no corpo, cortam úmidos vinhos com machados,
lagoas inteiras se transformaram em duro gelo 365
e gota áspera enrijeceu em barbas desgrenhadas.
Enquanto isso, no ar inteiro não neva menos:
morrem rebanhos, estacam envoltos por geadas
grandes corpos de bois; em cerrados bandos, cervos
                                      [se entorpecem
numa nova massa e mal sobressaem com a ponta dos chifres. 370

---

300 **Histro tumultuado:** ver *supra* nota a v. 497 do livro 2.
301 **Ródope:** ver *supra* nota a v. 332 do livro 1.
302 **Levado por cavalos:** na mitologia Clássica, o sol ascendia a cada manhã em um carro puxado por cavalos luminosos; assim, percorria o espaço celeste do nascente ao anoitecer, sendo por vezes associado ao deus Apolo (Commelin 1983: 47).

Hos non immissis canibus, non cassibus ullis
puniceaeue agitant pauidos formidine pinnae;
sed frustra oppositum trudentis pectore montem
comminus obtruncant ferro grauiterque rudentis
caedunt et magno laeti clamore reportant.   375
Ipsi in defossis specubus secura sub alta
otia agunt terra congestaque robora totasque
aduoluere focis ulmos ignique dedere.
Hic noctem ludo ducunt, et pocula laeti
fermento atque acidis imitantur uitea sorbis.   380
Talis Hyperboreo Septem subiecta trioni
gens effrena uirum Riphaeo tunditur Euro
et pecudum fuluis uelatur corpora saetis.

   Si tibi lanitium curae, primum aspera silua
lappaeque tribolique absint; fuge pabula laeta   385
continuoque greges uillis lege mollibus albos.
Illum autem, quamuis aries sit candidus ipse,
nigra subest udo tantum cui lingua palato,
reice, ne maculis infuscet uellera pullis
nascentum, plenoque alium circumspice campo.   390
Munere sic niueo lanae, si credere dignum est,
Pan deus Arcadiae captam te, Luna, fefellit
in nemora alta uocans; nec tu aspernata uocantem.

   At cui lactis amor, cytisum lotosque frequentis
ipse manu salsasque ferat praesepibus herbas.   395
Hinc et amant fluuios magis et magis ubera tendunt

---

303 **Pena purpúrea:** referência a uma corda com penas (rubras) atadas, a qual era utilizada com fins de apavorar e confundir presas durante a caça (Virgílio, *Eneida* 12.750). Em dois poemas didáticos latinos de caça, *Cinegético* de Grácio Falisco (séc. I AEC – I EC) e *Cinegéticos* de Marco Aurélio Olímpio Nemesiano (séc. III EC), há referências a este mesmo aparato; elas se encontram naquelas obras, respectivamente, em vv. 75-76 e vv. 303-320.

A esses, não tocando cães, não com alguma armadilha
ou com o medo da pena purpúrea[303] agitam temerosos;
mas, em vão empurrando com o peito o monte oposto,
de perto ferem a ferro, os que bramem bem forte
matam e carregam alegres, gritando alto.   375
Eles mesmos, em grutas reentrantes, com seguro sossego
vivem sob a terra profunda; e madeira reunida e olmeiros
inteiros rolaram a lareiras e deram a chamas.
Aqui passam a noite em jogos, e alegres imitam
a bebida do vinho com fermentações e sorvas azedas.[304]   380
Sujeita à constelação da Ursa Hiperbórea,
tal raça indomada de homens é atingida pelos Euros rifeus[305]
e recobre seus corpos com fulvos pelos de animais.

  Se te preocupas com lãs, primeiro ásperos matos,
bardanas e abrolhos, se afastem; foge de pastos férteis   385
e logo escolhe greis brancas, de velo macio.
Mas àquele, embora o próprio carneiro seja alvo,
que tem apenas língua negra sob o úmido palato
rejeita, para não escurecer os velos das crias
com manchas pardas, e procura outro no campo cheio.   390
Assim, com o branco dom da lã, se merece crédito,
Pã, deus da Arcádia,[306] seduziu-te, ó Lua, chamando
a fundos bosques; e tu não desprezaste o chamado.

  Mas, quem tem amor ao leite codeço, meliloto abundante
e ervas com sal a manjedouras traga ele mesmo com as mãos: 395
com isso, tanto amam mais os rios quanto distendem mais
                                          [os úberes

---

304 **Sorvas azedas:** segundo explica Recio (2010: 131), a partir do fruto da sorveira, naturalmente ácido, era possível obter uma bebida fermentada.
305 **Euros rifeus:** ventos do Oriente, que provinham dos Montes Rifeus; ver *supra* nota a v. 241 do livro 1.
306 **Pã, deus da Arcádia:** ver *supra* nota a v. 17 do livro 1.

et salis occultum referunt in lacte saporem.
Multi iam excretos prohibent a matribus haedos,
primaque ferratis praefigunt ora capistris.
Quod surgente die mulsere horisque diurnis, 400
nocte premunt: quod iam tenebris et sole cadente,
sub lucem exportant calathis (adit oppida pastor),
aut parco sale contingunt hiemique reponunt.

    Nec tibi cura canum fuerit postrema, sed una
uelocis Spartae catulos acremque Molossum 405
pasce sero pingui: numquam custodibus illis
nocturnum stabulis furem incursusque luporum
aut impacatos a tergo horrebis Hiberos.
Saepe etiam cursu timidos agitabis onagros
et canibus leporem, canibus uenabere dammas; 410
saepe uolutabris pulsos siluestribus apros
latratu turbabis agens montisque per altos
ingentem clamore premes ad retia ceruom.

    Disce et odoratam stabulis accendere cedrum
galbaneoque agitare grauis nidore chelydros. 415
Saepe sub immotis praesepibus aut mala tactu
uipera delituit caelumque exterrita fugit,
aut tecto adsuetus coluber succedere et umbrae
(pestis acerba boum) pecorique aspergere uirus
fouit humum. Cape saxa manu, cape robora, pastor, 420
tollentemque minas et sibila colla tumentem
deice: iamque fuga timidum caput abdidit alte,
cum medii nexus extremaeque agmina caudae

---

307 **Duro molosso:** trata-se de uma raça canina originária do Epiro, na Grécia, onde os espécimes podem ter servido de cães de caça ou sido empregados com fins de pastoreio (Amat 2002: 48). Além desta passagem de Virgílio, outros autores antigos a referem: ver Lucrécio, *Sobre a natureza das coisas* 5.1063; Marco Aneu Lucano (39 EC – 65 EC), *Farsália* IV, 440; Nemesiano, *Cinegéticos* 107 etc.

e trazem ao leite o sabor oculto do sal.
Muitos ainda afastam das mães cabritos crescidos
e prendem as bocas, na ponta, com focinheiras de ferro.
O que ordenharam bem cedo e nas horas diurnas, 400
de noite coalham; o que já nas sombras e no poente,
de madrugada transportam em tarros (o pastor vai a cidades),
ou salpicam com pouco sal e guardam para o inverno.
    Nem te será o derradeiro o cuidado dos cães, mas junto
os cachorros velozes de Esparta e o duro molosso[307] 405
alimenta com soro rico. Nunca, sob sua guarda,
ladrão noturno em estábulos e ataques de lobos
ou iberos tumultuosos[308] temerás pelas costas.
Amiúde, ainda, tocarás em corrida medrosos onagros[309]
e a lebre com cães, com cães caçarás corças; 410
amiúde, tocando de lamaçais silvestres, perturbarás
com latidos javalis perseguidos e, pelos altos montes,
enorme cervo forçarás a redes com clamor.
    Aprende também a queimar, nos estábulos, cedro perfumado
e a perturbar, com vapor de gálbano, severas serpentes. 415
Amiúde, sob manjedouras paradas, ocultou-se víbora
ruim de tocar e fugiu apavorada do céu,
ou uma cobra habituada a seguir ao abrigo e à sombra
(peste acerba de bois) e a instilar veneno no gado
aninhou-se no solo. Toma pedras com a mão, toma paus, pastor, 420
e a que se exalta em ameaças e infla o colo sibilante
abate! E já escondeu fundo a medrosa cabeça
quando os nós do meio e as cadeias da ponta da cauda

---

308 **Iberos tumultuosos:** a visão dos nativos da Ibéria como causadores de tumultos e/ou saqueadores não é exclusiva desta passagem das *Geórgicas*, também se encontrando, por exemplo, em Varrão (*Três livros sobre as coisas do campo*, 1.16.2).

309 **Medrosos onagros:** trata-se de um tipo de asno selvagem, encontrável não na Itália de Virgílio, mas antes na África e em regiões da Ásia (Recio 2010: 132).

soluontur tardosque trahit sinus ultimus orbis.
Est etiam ille malus Calabris in saltibus anguis, 425
squamea conuoluens sublato pectore terga,
atque notis longam maculosus grandibus aluom;
qui, dum amnes ulli rumpuntur fontibus et dum
uere madent udo terrae ac pluuialibus Austris,
stagna colit ripisque habitans hic piscibus atram 430
improbus ingluuiem ranisque loquacibus explet;
postquam exusta palus terraeque ardore dehiscunt,
exsilit in siccum et flammantia lumina torquens
saeuit agris asperque siti atque exterritus aestu.
Ne mihi tum mollis sub diuo carpere somnos 435
neu dorso nemoris libeat iacuisse per herbas,
cum positis nouos exuuiis nitidusque iuuenta
uoluitur aut catulos tectis aut oua relinquens,
arduos ad solem et linguis micat ore trisulcis.
   Morborum quoque te causas et signa docebo. 440
Turpis ouis temptat scabies, ubi frigidus imber
altius ad uiuom persedit et horrida cano
bruma gelu, uel cum tonsis illotus adhaesit
sudor et hirsuti secuerunt corpora uepres.
Dulcibus idcirco fluuiis pecus omne magistri 445
perfundunt udisque aries in gurgite uillis
mersatur missusque secundo defluit amni,
aut tonsum tristi contingunt corpus amurca
et spumas miscent argenti uiuaque sulpura
Idaeasque pices et pinguis unguine ceras 450
scillamque elieborosque grauis nigrumque bitumen.
Non tamen ulla magis praesens fortuna laborum est
quam si quis ferro potuit rescindere summum

---

310 **Amurca:** ver *supra* nota a v. 194 do livro 1.

se soltam, e arrasta a derradeira ondulação langorosos anéis.
Há ainda, nos bosques da Calábria, aquela má serpente,   425
retorcendo escamoso dorso ao erguer o peito
e malhada, no longo ventre, por grandes manchas.
Ela que, manando alguns rios das fontes e umedecendo-se
as terras com primaveris humores e Austros pluviais,
habita em tanques e, morando nas margens, enche   430
cruel de peixes e rãs loquazes o negro papo;
depois que o palude secou e as terras se racham do ardor,
sai à aridez e, retorcendo olhos flamejantes,
se enfurece nos campos, severa pela sede e temerosa do calor.
Não me agrade então, ao ar livre adormecer suavemente;   435
nem ter deitado na ladeira do bosque sobre a relva,
quando – trocada a pele – nova e vistosa de juventude
rola; ou, deixando filhotes ou ovos na toca,
se eleva ao sol e vibra na boca com língua tripartida.

Também te ensinarei causas e sinais de doenças.   440
Torpe sarna ataca as ovelhas quando a chuva fria
se assentou mais fundo na carne, e o frio eriçado
com branco gelo, ou quando suor sem lavar
aderiu, e espinheiros hirsutos arranharam os corpos.
Por isso, todo o rebanho em águas suaves os mestres   445
mergulham, e o carneiro, com úmidos velos, num fosso
é imerso, solto vagando em rio portante;
ou tocam o corpo tosado com acerba amurca[310]
e misturam espumas de prata[311] e enxofres vivos,
pez do Ida e ceras ricas pelo unto, cebolas-albarrãs,   450
heléboros de forte odor e negro betume.
Mas nenhum desfecho dos esforços é mais propício
do que se alguém pôde cortar a ferro a suma

---

311 **Espumas de prata:** segundo explica Mynors (2003: 247), trata-se de óxido de chumbo, que se forma na prata impura quando ela é derretida; também se diz "litargírio" em português.

ulceris os: alitur uitium uiuitque tegendo,
dum medicas adhibere manus ad uolnera pastor   455
abnegat aut meliora deos sedet omina poscens.
Quin etiam, ima dolor balantum lapsus ad ossa
cum furit atque artus depascitur arida febris,
profuit incensos aestus auertere et inter
ima ferire pedis salientem sanguine uenam,   460
Bisaltae quo more solent acerque Gelonus,
cum fugit in Rhodopen atque in deserta Getarum,
et lac concretum cum sanguine potat equino.

   Quam procul aut molli succedere saepius umbrae
uideris aut summas carpentem ignauius herbas   465
extremamque sequi aut medio procumbere campo
pascentem et serae solam decedere nocti,
continuo culpam ferro compesce, priusquam
dira per incautum serpant contagia uolgus.
Non tam creber agens hiemem ruit aequore turbo   470
quam multae pecudum pestes. Nec singula morbi
corpora corripiunt, sed tota aestiua repente,
spemque gregemque simul, cunctamque ab origine gentem.
Tum sciat, aerias Alpis et Norica si quis
castella in tumulis et Iapydis arua Timaui   475
nunc quoque post tanto uideat desertaque regna
pastorum et longe saltus lateque uacantis.

312 **Bisaltas:** assim como os outros povos referidos nos versos imediatamente seguintes, os bisaltas eram nômades do norte, que bebiam leite coalhado com sangue de cavalo (Williams 2001: 198).

313 **Duro gelono:** Mynors (2003: 248) nota em comentário *ad locum* que o termo "gelono" facilmente se aplica a quaisquer povos nômades do norte da Europa. Contudo, explicando esta palavra como aparecia em *Geórgicas* 2.115, fora mais preciso na identificação do povo em pauta; ver *supra* nota a v. 115 do livro 2.

abertura da ferida: alimenta-se o mal e vive escondido,
enquanto o pastor aplicar mãos curadoras às feridas 455
recusa ou se assenta, pedindo aos deuses tudo de melhor.
Além disso, quando a dor, escape ao fundo dos ossos do rebanho,
se enfurece e árida febre devora os membros,
teve utilidade afastar a intensa quentura e entre
a planta inferior do pé ferir a veia cheia de sangue, 460
como costumam os bisaltas[312] e o duro gelono,[313]
quando foge para o Ródope e os ermos dos getas,[314]
e bebe leite coalhado com sangue equino.

Na que vires de longe ou avançar amiúde à doce sombra
ou comer um tanto sem desejo as pontas das ervas 465
e seguir por último, ou deitar-se no meio do campo
a pastar e deixá-lo sozinha na noite tardia,
logo reprime a culpa a ferro, antes que
terríveis contágios serpeiem pelo povo incauto.
Não se atira tão frequente o turbilhão ao mar, trazendo chuva, 470
quanto abundam as pestes dos rebanhos. E os males não tomam
corpos um a um, mas de repente bandos estivais inteiros,
a esperança, a grei juntamente e toda a raça desde a origem.
Então saiba, se alguém os elevados Alpes e nóricas
fortalezas em montes, e os campos do Timavo da Iapídia[315] 475
mesmo agora, depois de tantos anos, vir, e os reinos desertos
dos pastores e os prados vazios em toda direção.

---

314 **Getas:** Mynors (2003: 248) explica, em nota *ad locum*, que o termo "geta" pode se aplicar sem muitas restrições a quaisquer povos nômades do norte (da Europa); Recio (Recio 2010: 134), por sua vez, situa-os no baixo curso do Danúbio, até o litoral do Mar Negro.

315 **Timavo da Iapídia:** o Timavo era um regato da região da Iapídia, uma planície da assim chamada, na Antiguidade, Ilíria – a noroeste da Península Balcânica (Recio 2010: 135).

Hic quondam morbo caeli miseranda coorta est
tempestas totoque autumni incanduit aestu
et genus omne neci pecudum dedit, omne ferarum, 480
corrupitque lacus, infecit pabula tabo.
Nec uia mortis erat simplex; sed ubi ignea uenis
omnibus acta sitis miseros adduxerat artus,
rursus abundabat fluidus liquor omniaque in se
ossa minutatim morbo conlapsa trahebat. 485
 Saepe in honore deum medio stans hostia ad aram,
lanea dum niuea circumdatur infula uitta,
inter cunctantis cecidit moribunda ministros.
Aut si quam ferro mactauerat ante sacerdos,
inde neque impositis ardent altaria fibris 490
nec responsa potest consultus reddere uates;
ac uix suppositi tinguntur sanguine cultri,
summaque ieiuna sanie infuscatur harena.
 Hinc laetis uituli uolgo moriuntur in herbis
et dulcis animas plena ad praesepia reddunt; 495
hinc canibus blandis rabies uenit et quatit aegros
tussis anhela sues ac faucibus angit obesis.
 Labitur infelix studiorum atque immemor herbae
uictor equos fontisque auertitur et pede terram
crebra ferit; demissae aures; incertus ibidem 500
sudor et ille quidem morituris frigidus; aret
pellis et ad tactum tractanti dura resistit.
 Haec ante exitium primis dant signa diebus.
Sin in processu coepit crudescere morbus,
tum uero ardentes oculi atque attractus ab alto 505
spiritus, interdum gemitu grauis, imaque longo
ilia singultu tendunt; it naribus ater
sanguis et obsessas fauces premit aspera lingua.

Aqui, outrora, por mal celeste, surgiu lamentável
tempo e ardeu com o calor inteiro do outono,
deu à morte todo tipo de rebanhos, todo de feras, 480
corrompeu lagos e infectou pastagens com podridão.
Nem era una a via da morte; mas, quando sede ardente
levada a todas as veias contraíra membros infelizes,
de novo abundava líquido humor e todos os ossos
consigo arrastava, aos poucos decaídos da doença. 485
  Amiúde, postando-se a vítima ao altar em meio
                                  [ao sacrifício divino,
enquanto a faixa de lã é envolvida por alva fita,
caiu moribunda entre sacerdotes hesitantes;
ou, se alguma sacrificara antes a ferro o sacerdote,
depois nem ardem altares com fibras sobrepostas, 490
nem pode adivinho consultado dar respostas,
e a custo se pintam de sangue as facas empregadas,
mancha-se com escasso cruor a superfície da areia.
  Daí, por toda parte morrem novilhos em relvas viçosas
e entregam as doces almas junto de currais cheios; 495
daqui vem aos cães mansos a raiva, e tosse ofegante
sacode porcos doentes e sufoca em obesas gargantas.
  Cambaleia indiferente aos gostos e esquecido da relva
o cavalo vencedor, e se afasta das fontes e com a pata a terra
muitas vezes fere; as orelhas se rebaixam; ali há suor 500
duvidoso, e ele decerto frio para os moribundos; seca-se
a pele e resiste, dura, ao tato de quem a toca.
  Antes da morte, dão tais sinais nos primeiros dias:
mas, se o mal começou a recrudescer no caminho,
então de fato ardem os olhos e do fundo se tira 505
o alento, por vezes pesado com o gemido, e distendem-se
embaixo os flancos em longo soluço, vem às narinas negro
sangue, e áspera língua pressiona gargantas bloqueadas.

Profuit inserto latices infundere cornu
Lenaeos, ea uisa salus morientibus una; 510
mox erat hoc ipsum exitio, furiisque refecti
ardebant, ipsique suos iam morte sub aegra
(di meliora piis erroremque hostibus illum!)
discissos nudis laniabant dentibus artus.
    Ecce autem duro fumans sub uomere taurus 515
concidit et mixtum spumis uomit ore cruorem
extremosque ciet gemitus. It tristis arator
maerentem abiungens fraterna morte iuuencum,
atque opere in medio defixa relinquit aratra.
Non umbrae altorum nemorum, non mollia possunt 520
prata mouere animum, non qui per saxa uolutus
purior electro campum petit amnis; at ima
soluontur latera atque oculos stupor urget inertis
ad terramque fluit deuexo pondere ceruix.
Quid labor aut benefacta iuuant? Quid uomere terras 525
inuertisse grauis? Atqui non Massica Bacchi
munera, non illis epulae nocuere repostae:
frondibus et uictu pascuntur simplicis herbae;
pocula sunt fontes liquidi atque exercita cursu
flumina; nec somnos abrumpit cura salubris. 530
    Tempore non alio dicunt regionibus illis
quaesitas ad sacra boues Iunonis et uris
imparibus ductos alta ad donaria currus.
Ergo aegre rastris terram rimantur et ipsis
unguibus infodiunt fruges montisque per altos 535
contenta ceruice trahunt stridentia plaustra.

---

316 **Sumos de Leneu:** trata-se do mosto de uvas ou, mais propriamente, do vinho, associado a Baco; ver *supra* nota a v. 4 do livro 2.

Trouxe proveito derramar sumos de Leneu[316] inserindo
chifre; isso pareceu a única salvação para os morrentes. 510
Logo, isto mesmo era sua morte: em fúria, refeitos
ardiam e eles próprios, já sob morte triste
(os deuses bonança a pios, e aquele erro a inimigos!),
seus membros desfeitos rasgavam com meros dentes.
    Mas eis que, ofegando sob o duro arado, um touro 515
cai e vomita da boca cruor misturado a espumas,
dá os derradeiros gemidos. Segue triste o cultivador
a soltar o novilho que lamenta pela morte fraterna,
e deixa arados fixos em meio ao trabalho.
Não as sombras dos altos bosques, não suaves prados 520
podem mover seu espírito, não o rio que, rolando pelas pedras,
mais puro que o âmbar busca o campo; mas
tombam embaixo seus flancos, o estupor oprime olhos
inertes e a cerviz cai por terra, inclinando-se pesada.
De que ajudam o esforço ou benefícios? De que ter lavrado 525
com arado pesadas terras? Mas não de Baco os mássicos
dons, não os lesaram lautas refeições:
com folhas e com o pasto da relva simples se alimentam,
a bebida são fontes límpidas e rios correntes,
nem algum cuidado interrompe salutares sonos. 530
    Dizem que não em outro tempo, naquelas regiões,
vacas se buscaram para ritos de Juno e, por uros
desiguais,[317] carros foram conduzidos a altos altares.
Então, dificilmente fendem as terras com enxadas, com suas
próprias unhas cavam o sustento e por altos montes 535
arrastam carros estridentes, estirando a cerviz.

---

317 **Uros desiguais:** ver *supra* nota a v. 374 do livro 2.

Non lupus insidias explorat ouilia circum
nec gregibus nocturnus obambulat; acrior illum
cura domat; timidi dammae ceruique fugaces
nunc interque canes et circum tecta uagantur.   540
Iam maris immensi prolem et genus omne natantum
litore in extremo ceu naufraga corpora, fluctus
proluit; insolitae fugiunt in flumina phocae.
Interit et curuis frustra defensa latebris
uipera et attoniti squamis adstantibus hydri.   545
Ipsis est aer auibus non aequos et illae
praecipites alta uitam sub nube relinquont.

  Praeterea iam nec mutari pabula refert
quaesitaeque nocent artes; cessere magistri,
Phillyrides Chiron Amythaoniusque Melampus.   550
Saeuit et in lucem Stygiis emissa tenebris
pallida Tisiphone, Morbos agit ante Metumque
inque dies auidum surgens caput altius effert.
Balatu pecorum et crebris mugitibus amnes
arentesque sonant ripae collesque supini.   555
Iamque cateruatim dat stragem atque aggerat ipsis
in stabulis turpi dilapsa cadauera tabo,
donec humo tegere ac foueis abscondere discunt.
Nam neque erat coriis usus nec uiscera quisquam
aut undis abolere potest aut uincere flamma;   560

318 **Não ensaia armadilhas:** entre vv. 537-547, Virgílio esboça uma espécie de *adynaton*, figura retórica que procede ao exagero de uma realidade natural pela referência ao impossível, pelo que também se chama *impossibilia*.
319 **Quíron de Filira:** Quíron era um Centauro de extraordinário saber em várias áreas do conhecimento (medicina, música, poesia, adivinhação etc.), sendo filho do deus Saturno e da ninfa Filira; coube a ele a educação do jovem Aquiles (Commelin 1983: 219).

  O lobo não ensaia armadilhas[318] em torno de redis,
nem, de noite, vem ao redor de greis: cuidado mais grave
o domina; corças fugidias e cervos medrosos
agora entre cães e em torno de moradas vagam.   540
Já a prole do mar imenso e todo tipo de peixes
à beira-mar, como corpos náufragos, a onda
lava; focas insólitas fogem aos rios.
Morre também, em curvas tocas, em vão protegida
a víbora e hidras atônitas, de escamas eriçadas.   545
O ar não é bom às próprias aves e elas,
caindo, sob alta nuvem deixam a vida.
  Além disso, já não adianta que se troquem pastos
e as técnicas buscadas prejudicam; renunciaram mestres,
Quíron de Filira[319] e Melampo de Amitáon.[320]   550
Enfureceu-se e, mandada à luz das sombras do Estige,[321]
pálida Tisífone[322] toca à frente Doenças e Medo:
a cada dia, ergue mais a cabeça a vir com avidez.
Com os balidos de rebanhos e mugidos frequentes
ressoam margens secas e colinas inclinadas.   555
E já causa destruição aos bandos e, nos próprios estábulos,
acumula cadáveres caídos em feia podridão,
até que aprendem a cobrir com terra e ocultar em covas.
Nem, com efeito, tinham uso as peles, nem ninguém
pode destruir as entranhas com água nem vencer com fogo; 560

---

320 **Melampo de Amitáon:** referência a um adivinho, filho de Amitáon, que desencantou as filhas de Preto (rei de Argos, na Grécia), metamorfoseadas em novilhas; seu prêmio pelo feito foi poder casar-se com a mais bela (Recio 2010: 138).
321 **Sombras do Estige:** ver *supra* nota a v. 243 do livro 1.
322 **Pálida Tisífone:** ver *supra* nota a v. 278 do livro 1.

ne tondere quidem morbo inluuieque peresa
uellera nec telas possunt attingere putris:
uerum etiam, inuisos si quis temptarat amictus,
ardentes papulae atque immundus olentia sudor
membra sequebatur, nec longo deinde moranti 565
tempore contactos artus sacer ignis edebat.

323 **Fogo sagrado:** Mynors (2003: 257) descreve este mal com uma espécie de "leprosidade" ou ulceração cancerosa crônica, a partir de fontes antigas como Columela, *Das coisas do campo* 7.5.16.

sequer podem tosar os velos roídos por doença
e sujeira, nem tocar em tramas apodrecidas;
mas, se alguém ainda provara os mantos malditos,
ardentes pápulas e suor imundo atacavam
infectos membros; e, depois, sem passar muito tempo,   565
um fogo sagrado[323] devorava contaminados corpos.

Liber IV

Livro 4

No último livro de seu poema da terra, dedicado à apicultura, Virgílio inicia com um breve proêmio, em que não falta o endereçamento a Mecenas (vv. 1-7). Depois, de v. 8 até v. 280, o poeta se ocupa de descrever a vida das abelhas de uma forma geral e multifacetada, em cobertura a tópicos como a escolha do lugar das colmeias (vv. 8-32); o formato dessas moradas (vv. 33-50); os hábitos de enxameamento dos insetos e suas batalhas (vv. 51-87); a escolha de apenas um "rei" para liderar a colmeia (vv. 88-102).

O grande tópico da vida das abelhas prossegue, dividindo-se ainda no assunto da retenção das mesmas no campo (vv. 103-115). Depois, há a digressão referente ao Velho corício (vv. 116-148); a descrição do governo e rotina das abelhas (vv. 149-196); as explicações a respeito de suas práticas reprodutivas (vv. 197-209); os comentários sobre sua devoção ao "rei" da colmeia (vv. 210-218); os elogios à inteligência divina de tais insetos (vv. 219-227); as prescrições para a castração da colmeia na primavera e outono (vv. 228-238).

Os dois últimos subtópicos neste quesito são os cuidados às abelhas (vv. 239-250) e suas enfermidades (vv. 251-280). Este derradeiro ponto oferece a Virgílio a oportunidade de introduzir a questão da *bugonia*, espécie de técnica regenerativa dos enxames mortos, através do sacrifício ritual de um bezerro (vv. 281-314). Como se trata de algo "descoberto" pela personagem mítica de Aristeu, entre vv. 315-386 o poeta introduz sua história, sobre a perda de um enxame de abelhas e a busca de ajuda junto à sua mãe.

Então, em vv. 387-414, Cirene, a mãe de Aristeu, aconselha que o filho procure o deus Proteu junto às ondas do mar e interrogue a ele a causa da morte de suas abelhas. Entre vv. 415-466, Proteu revela a Aristeu que o motivo de seu dano fora ter causado a desgraça de Orfeu e Eurídice, depois de perseguir a moça às margens de um rio (o que a levou à morte, de forma não intencional). Em vv. 467-493, temos o relato de

Proteu sobre a catábase de Orfeu em busca de Eurídice, e sobre como ele a perdeu ao final da jornada.

As duas seções que seguem, com tom melancólico, evocam o lamento de Eurídice diante de sua "segunda morte" (vv. 494-506) e o pranto de Orfeu, até que foi desmembrado pelas seguidoras de Baco, na Trácia (vv. 507-527). Ao fim do relato de Proteu, Cirene instrui o filho com vistas à realização de um rito expiatório em favor de Orfeu e Eurídice, nos moldes da *bugonia* (vv. 528-547). Depois do cumprimento desse ritual, as abelhas de Aristeu de novo tornam a nascer de cadáveres bovinos (vv. 548-558), e Virgílio fecha o poema contrapondo seu *otium* literário à belicosidade de *Caesar* (Otaviano Augusto), em vv. 559-566.

Protinus aerii mellis caelestia dona
exsequar: hanc etiam, Maecenas, adspice partem.
Admiranda tibi leuium spectacula rerum,
magnanimosque duces totiusque ordine gentis
mores et studia et populos et proelia dicam. 5
In tenui labor; at tenuis non gloria, si quem
numina laeua sinunt auditque uocatus Apollo.
 Principio sedes apibus statioque petenda,
quo neque sit uentis aditus (nam pabula uenti
ferre domum prohibent) neque oues haedique petulci 10
floribus insultent aut errans bubula campo
decutiat rorem et surgentes atterat herbas.
Absint et picti squalentia terga lacerti
pinguibus a stabulis meropesque aliaeque uolucres
et manibus Procne pectus signata cruentis; 15
omnia nam late uastant ipsasque uolantis
ore ferunt dulcem nidis immitibus escam.

---

324 **Pequenas coisas:** a expressão, no original latino (*leuium... rerum*), assume conotações de um fazer literário em menor escala de extensão, mas delicadamente urdido. *Leuis*, assim como *tenuis*, é o equivalente latino do termo grego λεπτός ("ligeiro"), o qual concentra ideias de leveza e elegância caras à poética helenística ou calimaquiana (Heise 2020: 5).

325 **Magra:** no original, tem-se *in tenui labor*; sobre *tenuis*, ver *supra* nota a v. 3 do livro 4.

326 **Apolo invocado:** além da invocação às Musas, frequentemente recorreram os poetas gregos e latinos à intervenção benéfica de Apolo, visto como seu patrono (Mynors 2003: 259).

327 **Bodes marrentos:** havia uma espécie de ideia de inimizade entre essa espécie animal e alguns tipos de plantas, como as vinhas, cuja folhagem podia ser danificada por suas mordidas; ver *supra* nota a v. 380 do livro 2.

Seguidamente, nos dons celestes do mel aéreo
prosseguirei: ainda esta parte, Mecenas, considera.
Deves admirar os espetáculos de pequenas coisas,³²⁴
os chefes magnânimos e, ponto a ponto, da nação inteira
os costumes, seus interesses, povos e batalhas direi.   5
Magra³²⁵ é a matéria; mas não é magra a glória, se a alguém
Numes funestos o permitem e ouve Apolo invocado.³²⁶
   Primeiro, há que buscar local e morada às abelhas,
aonde nem haja acesso ao vento – pois os ventos impedem
de trazer alimento à casa – nem ovelhas e bodes marrentos³²⁷   10
danifiquem as flores, nem novilha errante no campo
derrame orvalho e pisoteie a relva que nasce.
Afastem-se também lagartos pintados no áspero dorso
das ricas colmeias, com os abelharucos³²⁸ e outras aves,
e com Procne³²⁹ marcada, no peito, por mãos sangrentas;   15
tudo largamente destroem e levam na boca
os próprios insetos, doce alimento, a ninhos cruéis.

328 **Abelharucos:** no original latino ocorre *merops, -is*, designando uma ave da família dos meropídeos; vive na Europa, norte da África e Ásia, tem o porte de um sabiá e plumagem colorida (Houaiss; Villar 2009: 8).

329 **Procne:** indica, no contexto, a ave identificada com a andorinha. Contudo, há mito etiológico para explicar a origem do animal, que seria resultante da metamorfose da esposa do rei Tereu da Trácia, no momento em que esse tentava matá-la com a irmã, Filomela. Na verdade, depois do estupro de Filomela pelo cunhado, ela e Procne tiveram como gesto de vingança matar e servir às escondidas a carne do pequeno filho de Tereu (Ítis) ao soberano. Depois de descobertas, ele as perseguiu com espada a fim de dar-lhes a morte, mas, antes de isso ocorrer, todos foram transformados em aves: Tereu na poupa, Filomela no rouxinol e Procne na andorinha. Ver Ovídio (*Metamorfoses* 6.412ss.).

At liquidi fontes et stagna uirentia musco
adsint et tenuis fugiens per gramina riuos,
palmaque uestibulum aut ingens oleaster inumbret; 20
ut, cum prima noui ducent examina reges
uere suo ludetque fauis emissa iuuentus,
uicina inuitet decedere ripa calori,
obuiaque hospitiis teneat frondentibus arbos.
In medium, seu stabit iners seu profluet umor, 25
transuersas salices et grandia conice saxa,
pontibus ut crebris possint consistere et alas
pandere ad aestiuom solem, si forte morantis
sparserit aut praeceps Neptuno immerserit Eurus.
Haec circum casiae uirides et olentia late 30
serpylla et grauiter spirantis copia thymbrae
floreat, inriguomque bibant uiolaria fontem.
 Ipsa autem, seu corticibus tibi suta cauatis,
seu lento fuerint aluaria uimine texta,
angustos habeant aditus: nam frigore mella 35
cogit hiems, eademque calor liquefacta remittit.
Vtraque uis apibus pariter metuenda; neque illae
nequiquam in tectis certatim tenuia cera
spiramenta linunt fucoque et floribus oras
explent collectumque haec ipsa ad munera gluten 40
et uisco et Phrygiae seruant pice lentius Idae.
Saepe etiam effossis, si uera est fama, latebris

330 **Novos reis:** durante a Antiguidade, a crença corrente era a de que a colmeia seria chefiada por um macho, como se encontra em Aristóteles, *História dos animais* 5.21 e 9.40, e Varrão, *Três livros das coisas do campo*, 3.16.8; apenas no séc. XVIII o naturalista neerlandês Jan Swammerdam resolveu a questão de modo mais científico e empírico (Williams 2001: 203).

331 **Netuno:** trata-se de metonímia para designar a água. Embora imaginemos Netuno, sobretudo, como deus dos mares, na origem ele teria correspondido a um Nume associado apenas ao elemento líquido, de maneira lata (Brandão 1993: 228).

Mas fontes límpidas e tanques a verdejar com musgo
existam, e um pequeno rio a fugir pela relva,
e palmeira ou enorme zambujeiro sombreie o vestíbulo, 20
para que, quando novos reis[330] conduzirem enxames
em sua primavera e a juventude saída dos favos brincar,
margem vizinha convide a afastar-se do calor
e, acessível, sob hospitaleira folhagem os retenha uma árvore.
No meio, quer fique parada, quer flua a água, 25
lança salgueiros de través e grandes pedras,
para que possam parar sobre muitas pontes e as asas
abrir ao sol estival, caso, ao demorarem,
Euro atirado as molhar ou mergulhar em Netuno.[331]
Em volta disso, lauréolas verdes, serpões a exalarem 30
longe e abundância de segurelha de cheiro forte
floresçam, e bebam violetas de úmida fonte.

  Mas as próprias colmeias, quer as tenhas amarrado
com oca cortiça, quer tecido com vime flexível,
tenham entradas estreitas: com efeito, no frio os méis 35
o inverno endurece, e o calor os faz manar liquefeitos.
Uma e outra influência devem igualmente ser temidas
                              [para as abelhas;
nem elas em vão, nas moradas, à porfia
untam frestinhas com cera e enchem as bordas de própolis
                              [e de flores,
conservando para a mesma tarefa provisão de goma[332] 40
mais viscosa que o visgo e que o pez do Ida frígio.[333]
Amiúde ainda, se é verdade o que dizem, em tocas profundas

---

332 **Goma:** no original latino, tem-se o termo *gluten*, o qual Williams (2001: 203) interpreta como sinônimo de "própolis", dado dois versos acima.
333 **Ida frígio:** a mesma montanha, em associação com o produto vegetal do pez de pinheiro, fora já mencionada em *Geórgicas* 3.450; trata-se, aqui, não do Ida de Creta, mas sim daquele da região asiática da Trôade.

sub terra fouere larem penitusque repertae
pumicibusque cauis exesaeque arboris antro.
Tu tamen et leui rimosa cubilia limo   45
ungue fouens circum et raras superinice frondis;
neu propius tectis taxum sine, neue rubentis
ure foco cancros altae neu crede paludi
aut ubi odor caeni grauis aut ubi concaua pulsu
saxa sonant uocisque offensa resultat imago.   50
   Quod superest, ubi pulsam hiemem sol aureus egit
sub terras caelumque aestiua luce reclusit,
illae continuo saltus siluasque peragrant
purpureosque metunt flores et flumina libant
summa leues. Hinc nescio qua dulcedine laetae   55
progeniem nidosque fouent; hinc arte recentis
excudunt ceras et mella tenacia fingunt.
   Hinc ubi iam emissum caueis ad sidera caeli
nare per aestatem liquidam suspexeris agmen
obscuramque trahi uento mirabere nubem,   60
contemplator: aquas dulces et frondea semper
tecta petunt. Huc tu iussos adsperge sapores,
trita melisphylla et cerinthae ignobile gramen,
tinnitusque cie et Matris quate cymbala circum:
ipsae consident medicatis sedibus, ipsae   65
intima more suo sese in cunabula condent.

334 **Rubros caranguejos:** outras obras antigas de agronomia, como o *Das coisas do campo* 9.5.6, de Columela, apontam que o odor penetrante da queima desses crustáceos servia de repelente para as abelhas.

335 **Com leveza:** Williams (2001: 204) observa que o posicionamento do adjetivo *leues*, no original latino, em fim de verso intensifica o efeito imagético pretendido. Lembramos que as abelhas e o mel, na Antiguidade, por vezes funcionaram como metáforas para o poeta e a poesia (Toomey 2021: IIss.).

336 **Chupa-mel:** no original latino, tem-se *cerintha, -ae*, designando a planta também chamada "madressilva"; trata-se de uma representante da família

sob a terra cavaram um lar, e foram encontradas bem embaixo,
em ocas pedras-pome e na cavidade de árvore carcomida.
Tu, porém, com lodo liso as fendas de seus covis   45
unta aquecendo em volta, e põe por cima pouca folhagem.
Nem admite um teixo muito perto das moradas, nem queima
ao fogo rubros caranguejos,³³⁴ nem confia em palude fundo,
onde há cheiro forte de estrume ou onde pedras ocas
ressoam a batida, e um eco repercute ao atingi-las a voz.   50
  Quanto ao restante, quando o sol dourado afastou o inverno
para debaixo da terra e mostrou o céu com luz estival,
elas logo percorrem prados e bosques,
colhem flores purpúreas e bebem da superfície dos rios
com leveza.³³⁵ Daí, não sei com que doçura contentes,   55
tratam dos descendentes e ninhos; daí, com técnica,
fabricam novas ceras e fazem méis pegajosos.
  Daí quando o bando, saído já das tocas aos astros celestes,
notares que desliza pelo límpido verão
e admirares nuvem escura ser arrastada pelo vento,   60
observa: águas suaves e fondosas moradas elas
sempre buscam. Aqui, asperge tu os odores prescritos,
melissas trituradas e a relva comum do chupa-mel,³³⁶
e move os tinidos e bate em torno os címbalos da Mãe.³³⁷
Elas mesmas pararão em lugares tratados, elas mesmas   65
se guardarão, à sua maneira, no fundo de sua pousada.

    das caprifoliáceas, nativa da Europa e Ásia e contendo flores amareladas (Houaiss; Villar 2009: 1214).
337 **Címbalos da Mãe:** referência a Cibele, deusa cujo culto, originado na Ásia Menor, era também difundido na Grécia e em Roma. Associava-se a forças de fertilidade e possuía um templo na Cidade, situado sobre a colina do Palatino (Brandão 2003: 82). Seus sacerdotes – os Curetes – teriam tocado címbalos enquanto Zeus era nutrido por abelhas em Creta, a fim de abafar o choro da criança e, assim, livrá-lo do ímpeto devorador de seu pai, Cronos ou Saturno.

Sin autem ad pugnam exierint — nam saepe duobus
regibus incessit magno discordia motu;
continuoque animos uolgi et trepidantia bello
corda licet longe praesciscere; namque morantis 70
Martius ille aeris rauci canor increpat, et uox
auditur fractos sonitus imitata tubarum;
tum trepidae inter se coeunt, pinnisque coruscant
spiculaque exacuunt rostris aptantque lacertos
et circa regem atque ipsa ad praetoria densae 75
miscentur magnisque uocant clamoribus hostem;
ergo, ubi uer nactae sudum camposque patentis,
erumpunt portis; concurritur, aethere in alto
fit sonitus, magnum mixtae glomerantur in orbem
praecipitesque cadunt; non densior aere grando 80
nec de concussa tantum pluit ilice glandis;
ipsi per medias acies insignibus alis
ingentis animos angusto in pectore uersant
usque adeo obnixi non cedere, dum grauis aut hos
aut hos uersa fuga uictor dare terga subegit — 85
hi motus animorum atque haec certamina tanta
pulueris exigui iactu compressa quiescunt.
 Verum ubi ductores acie reuocaueris ambo,
deterior qui uisus, eum, ne prodigus obsit,
dede neci; melior uacua sine regnet in aula. 90
Alter erit maculis auro squalentibus ardens
(nam duo sunt genera): hic melior, insignis et ore
et rutilis clarus squamis; ille horridus alter
desidia latamque trahens inglorius aluom.

338 **Dos próprios pretórios:** referência antropomorfizada às tendas dos generais do exército romano, nos acampamentos militares.
339 **Punhado de pó:** esse desfecho da cena mais ou menos épica da "batalha das abelhas" resulta repentino e como que ironiza, em sua banalidade, a

Mas, se saírem a lutar, pois amiúde sobreveio
com grande tumulto discórdia entre dois reis,
logo se podem prever de longe os ânimos do povo
e os corações a palpitarem com a guerra; com efeito,
                                              [as hesitantes   70
aquele toque marcial do rouco bronze incita,
e ouve-se voz que imitou ruidosos toques de trombetas;
então, trementes juntam-se entre si, agitam as asas,
afiam ferrões com as trombas, preparam os músculos
e, em torno do rei e dos próprios pretórios,[338] adensadas   75
se misturam e chamam o inimigo com grandes clamores.
Então, ao encontrarem primavera seca e campos abertos,
irrompem das portas; corre-se, no alto do éter
faz-se um ruído, compactam-se unidas em grande bola
e caem abaixo; não mais denso no ar o granizo,   80
nem tanto de glandes chove da azinheira sacudida.
Os reis mesmos, em meio às linhas de batalha, notáveis pelas asas,
enorme coragem implantam em peito estreito,
tão obstinados em não ceder – até que o pressionante
vencedor estes ou aqueles obrigou a virar as costas em fuga.   85
Tais movimentos de espírito e tais certames tamanhos
se aquietam, reprimidos por exíguo punhado de pó.[339]
   Mas, quando chamares da batalha os dois chefes,
o que pareceu inferior, para não prejudicar prodigamente,
entrega-o à morte; deixa que o melhor reine na corte vazia.   90
Um será brilhante com manchas negras em ouro;
há, com efeito, dois tipos: este é melhor, distinto pelo aspecto
e a resplandecer com escamas brilhantes; aquele outro
é desleixado, com inércia arrastando inglório um grande ventre.

   suposta grandeza que vinha sendo esboçada nos versos anteriores. Entretanto, não se trata de mera "invenção" de Virgílio, pois sabemos que Varrão (*Três livros das coisas do campo*, 3.16.30) já recomendara o uso do pó contra os enxames.

    Vt binae regum facies, ita corpora plebis: 95
namque aliae turpes horrent, ceu puluere ab alto
quom uenit et sicco terram spuit ore uiator
aridus; elucent aliae et fulgore coruscant,
ardentes auro et paribus lita corpora guttis.
Haec potior suboles: hinc caeli tempore certo   100
dulcia mella premes, nec tantum dulcia quantum
et liquida et durum Bacchi domitura saporem.
    At cum incerta uolant caeloque examina ludunt
contemnuntque fauos et frigida tecta relinquont,
instabilis animos ludo prohibebis inani.   105
Nec magnus prohibere labor: tu regibus alas
eripe; non illis quisquam cunctantibus altum
ire iter aut castris audebit uellere signa.
Inuitent croceis halantes floribus horti
et custos furum atque auium cum falce saligna   110
Hellespontiaci seruet tutela Priapi.
Ipse thymum pinosque ferens de montibus altis,
tecta serat late circum, quoi talia curae,
ipse labore manum duro terat, ipse feracis
figat humo plantas et amicos inriget imbris.   115
    Atque equidem, extremo ni iam sub fine laborum
uela traham et terris festinem aduertere proram,
forsitan et, pingues hortos quae cura colendi
ornaret, canerem biferique rosaria Paesti,
quoque modo potis gauderent intiba riuis   120
et uirides apio ripae, tortusque per herbam

---

340 **Rude sabor de Baco:** como recorda Williams (2001: 205), a mistura de vinho com mel dava origem a uma bebida chamada *mulsum*, a qual era bastante comum em Roma.

341 **Priapo do Helesponto:** referência a uma divindade itifálica de origens asiáticas (região do Helesponto, ou atual Estreito de Dardanelos), a qual foi também cultuada na Grécia e em Roma. Seu atributo divino relaciona-se à ideia

Como são duas as aparências dos reis, assim os corpos da plebe. 95
Umas se eriçam torpemente, como quando de espessa poeira
vem e cospe terra da boca seca o viajante
com sede; outras reluzem e brilham com fulgor,
ardentes em ouro e nos corpos mosqueados de uniformes gotas.
Esta descendência é melhor, daqui, no tempo certo do céu, 100
extrairás doces méis, nem tanto doces quanto
límpidos e prontos a amansar o rude sabor de Baco.[340]
  Mas, quando voam incertas, brincam enxames no céu,
desprezam os favos e deixam as frias moradas,
afastarás seu espírito instável de brincadeira vã. 105
Nem é muito difícil afastar: tu mesmo dos reis as asas
remove; nenhuma, retendo-se eles, ousará
seguir a alto caminho ou arrancar as insígnias do acampamento.
Convidem hortos odorosos de flores açafroadas,
e que a tutela de Priapo do Helesponto,[341] a guardar 110
contra ladrões e aves com foice de salgueiro, os proteja.
Que aquele mesmo que tem tais cuidados, trazendo tomilho
e pinheiros de altos montes, plante largamente em torno
                                            [da morada;
ele mesmo fira as mãos em duro trabalho, ele mesmo mudas
resistentes plante no solo e irrigue com água em auxílio. 115
  Mas decerto, já ao término derradeiro dos esforços,
se não içasse as velas nem me apressasse em virar a proa à terra,
talvez também qual cuidado de cultivo ricos hortos
orna eu cantasse e os rosais de Pesto[342] que produz duas vezes,
como as endívias se alegram bebendo em rios, 120
as bordas verdes com o aipo e o pepino retorcido pela relva

---

    da fertilidade, frutificação e proteção em âmbito natural (de rebanhos, col-
    meias, jardins etc.), como explica Commelin (1983: 136).
342 **Rosais de Pesto:** Pesto (em latim, *Paestum*) era uma cidade do sul da Itália,
    proverbial pela colheita de rosas duas vezes ao ano; ver Ovídio, *Metamorfoses*
    15.708.

cresceret in uentrem cucumis; nec sera comantem
narcissum aut flexi tacuissem uimen acanthi
pallentisque hederas et amantis litora myrtos.
Namque sub Oebaliae memini me turribus arcis, 125
qua niger umectat flauentia culta Galaesus,
Corycium uidisse senem, cui pauca relicti
iugera ruris erant, nec fertilis illa iuuencis
nec pecori opportuna seges nec commoda Baccho.
Hic rarum tamen in dumis olus albaque circum 130
lilia uerbenasque premens uescumque papauer
regum aequabat opes animis seraque reuertens
nocte domum dapibus mensas onerabat inemptis.
Primus uere rosam atque autumno carpere poma;
et, cum tristis hiems etiamnum frigore saxa 135
rumperet et glacie cursus frenaret aquarum,
ille comam mollis iam tondebat hyacinthi
aestatem increpitans seram Zephyrosque morantis.
Ergo apibus fetis idem atque examine multo
primus abundare et spumantia cogere pressis 140
mella fauis; illi tiliae atque uberrima pinus;
quotque in flore nouo pomis se fertilis arbos
induerat, totidem autumno matura tenebat.
Ille etiam seras in uersum distulit ulmos
eduramque pirum et spinos iam pruna ferentis 145
iamque ministrantem platanum potantibus umbras.
Verum haec ipse equidem spatiis exclusus iniquis

343 **Cidadela Ebália:** referência erudita à cidade de Tarento, no sul da Itália, devido ao nome de certo rei lendário de Esparta ser "Ébalo"; Tarento, com efeito, fora ocupada por colonos daquela cidade helênica (Williams 2001: 206).
344 **Negro Galeso:** este era um curso d'água que percorria as imediações de Tarento, como refere também Horácio, *Odes* 2.6.10.

avoluma o próprio ventre; nem me calaria do narciso
que tarda em ganhar folhas ou do vime do curvo acanto,
e das heras pálidas e dos mirtos que amam as praias.
   Com efeito, lembro, junto às torres da cidadela Ebália,[343]   125
onde o negro Galeso[344] umedece louras searas,
de ter visto um velho corício,[345] que tinha poucas jeiras
de campo abandonado, lavoura nem fértil a novilhos,
nem própria para os rebanhos, nem boa para Baco.
Aqui, porém, pouco legume entre sarças coletando   130
e, em torno, lírios brancos, verbenas e papoula comestível,
igualava a riqueza dos reis por seu ânimo e, voltando tarde
da noite para casa, enchia mesas de refeições não compradas.
Primeiro, na primavera, a rosa e, no outono, colhia frutos,
e, quando o triste inverno ainda não rompia pedras   135
com o frio, nem parava o curso das águas com o gelo,
ele já cortava as folhagens do delicado jacinto,
injuriando o atraso do verão e os Zéfiros morosos.
Então, ele mesmo em abelhas fecundas e em muito enxame
abundava primeiro, e tirava méis espumantes   140
pressionando favos; tinha tílias e pinheiros bem férteis,
e quanto a árvore fértil prometera, na nova florada,
de frutos, de tantos no outono dispunha maduros.
Ele, ainda, transplantou em linha olmeiros antigos,
pereiras bem duras, espinheiros já dando ameixas   145
e plátano já estendendo sombra sobre quem bebia.
Mas decerto eu mesmo, retido pela estreiteza do espaço,

---

345 **Velho corício:** "corício" quer dizer "cilício", ou da antiga região da Cilícia na Ásia Menor. Diz-se que, após sua campanha de eliminação da pirataria no Mediterrâneo, Gneu Pompeu Magno (106 AEC – 48 AEC) assentou muitos dos antigos delituosos – vários oriundos da Cilícia – na área de Tarento, onde teriam dado curso à horticultura (Williams 2001: 206).

praetereo atque aliis post me memoranda relinquo.
  Nunc age, naturas apibus quas Iuppiter ipse
addidit expediam, pro qua mercede canoros   150
Curetum sonitus crepitantiaque aera secutae
Dictaeo caeli regem pauere sub antro.
Solae communis natos, consortia tecta
urbis habent magnisque agitant sub legibus aeuom
et patriam solae et certos nouere Penatis   155
uenturaeque hiemis memores aestate laborem
experiuntur et in medium quaesita reponunt.
Namque aliae uictu inuigilant et foedere pacto
exercentur agris; pars intra saepta domorum
narcissi lacrimam et lentum de cortice gluten   160
prima fauis ponunt fundamina, deinde tenacis
suspendunt ceras; aliae spem gentis adultos
educunt fetus; aliae purissima mella
stipant et liquido distendunt nectare cellas.
Sunt quibus ad portas cecidit custodia sorti   165
inque uicem speculantur aquas et nubila caeli
aut onera accipiunt uenientum aut agmine facto
ignauom fucos pecus a praesepibus arcent.
Feruit opus, redolentque thymo fragrantia mella.
Ac ueluti lentis Cyclopes fulmina massis   170
cum properant, alii taurinis follibus auras
accipiunt redduntque, alii stridentia tingunt

346 **Lembrados depois de mim:** o tema do cultivo dos hortos de ervas e flores, que Virgílio mal tangencia ao longo do painel ilustrativo do "Velho corício", foi depois desenvolvido por Columela em *Das coisas do campo* 10, livro que na verdade constitui um pequeno poema didático internamente ao tratado em pauta, contando com o total de 436 hexâmetros datílicos.

347 **Natureza:** segundo observação de Mynors (2003: 278), este ponto marca a transição, em *Geórgicas* 4, dos tópicos sobre efetiva criação de abelhas pelo apicultor para a abordagem dos hábitos e instintos de tais insetos.

omito tais temas e deixo a outros, a serem lembrados
[depois de mim.³⁴⁶
   Agora eia! Exporei qual natureza³⁴⁷ o próprio Júpiter deu
às abelhas em recompensa de que, tendo seguido   150
os sons melodiosos e os bronzes crepitantes dos Curetes,³⁴⁸
nutriram o rei do céu sob a gruta de Dicte.³⁴⁹
Sozinhas têm filhos em comum e as habitações partilhadas
da cidade, e levam sua vida sob leis impositivas;
sozinhas conhecem a pátria e Penates seguros,³⁵⁰   155
e, lembradas do inverno vindouro, no verão o esforço
experimentam e põem em reserva comumente o obtido.
Com efeito, umas cuidam do sustento e – trato feito –
se estafam nos campos; parte, dentro dos muros das casas,
a resina do narciso e a pegajosa goma do córtex   160
fixa como primeiras fundações dos favos, depois tenazes
ceras elevam: outras fazem sair os filhotes crescidos,
esperança da raça, outras méis muito puros
acumulam e preenchem as celas com líquido néctar.
Há aquelas a quem coube, pela sorte, guardar junto a portas: 165
por sua vez, observam águas e nuvens do céu
ou recebem o peso das que vêm; ou, formando tropa,
afastam das colmeias os tavões,³⁵¹ bando preguiçoso.
Fervilha a obra, méis perfumados exalam odor de tomilho.
E, como quando os Ciclopes³⁵² raios com flexíveis barras   170
aprontam à pressa, uns as brisas em foles de couro
recebem e soltam, outros mergulham estridentes

---

348 **Bronzes crepitantes dos Curetes:** ver *supra* nota a v. 64 do livro 4.
349 **Gruta de Dicte:** o deus Zeus/Júpiter fora ocultado nesta gruta da ilha de Creta e, como vimos, nutrido por abelhas em sua puerícia; ver *supra* nota a v. 64 do livro 4.
350 **Penates seguros:** mais um ponto de antropomorfização das abelhas; ver *supra* nota a v. 505 do livro 2.
351 **Tavões:** ver *supra* nota a v. 148 do livro 3.
352 **Ciclopes:** ver *supra* nota a v. 472 do livro 1.

aera lacu; gemit impositis incudibus antrum;
illi inter sese magna ui bracchia tollunt
in numerum uersantque tenaci forcipe ferrum: 175
non aliter (si parua licet componere magnis)
Cecropias innatus apes amor urget habendi,
munere quamque suo. Grandaeuis oppida curae,
et munire fauos et daedala fingere tecta.
At fessae multa referunt se nocte minores, 180
crura thymo plenae: pascuntur et arbuta passim
et glaucas salices casiamque crocumque rubentem
et pinguem tiliam et ferrugineos hyacinthos.
Omnibus una quies operum, labor omnibus unus:
mane ruont portis; nusquam mora; rursus easdem 185
uesper ubi e pastu tandem decedere campis
admonuit, tum tecta petunt, tum corpora curant;
fit sonitus, mussantque oras et limina circum.
Post, ubi iam thalamis se composuere, siletur
in noctem, fessosque sopor suus occupat artus. 190
Nec uero a stabulis pluuia impendente recedunt
longius aut credunt caelo aduentantibus Euris;
sed circum tutae sub moenibus urbis aquantur
excursusque breues temptant et saepe lapillos,
ut cymbae instabiles fluctu iactante saburram, 195
tollunt, his sese per inania nubila librant.
  Illum adeo placuisse apibus mirabere morem,
quod nec concubitu indulgent nec corpora segnes

---

353 **Abelhas de Cécrope:** referência a um rei lendário de Atenas, e seu funda-
    dor, e, indiretamente, ao Monte Himeto ali situado, donde mel de qualidade
    era obtido (Mynors 2003: 281).
354 **Dedáleos abrigos:** no mito grego, Dédalo era um arquiteto dotado de ex-
    traordinária habilidade, o qual foi encarregado pelo rei Minos, de Creta,
    de edificar o labirinto. Nessa construção, cujo oferecimento de escape era
    praticamente nulo, encerrara-se o Minotauro, filho dos amores da rainha

bronzes em lagos; geme a gruta com bigornas sobrepostas;
eles, entre si, com grande força elevam os braços
cadencialmente e viram o ferro com tenaz mordente: 175
não diversamente, se é lícito comparar o pequeno e o grande,
amor inato de possuir acossa as abelhas de Cécrope,[353]
cada qual com seu destino. As mais velhas cuidam das cidades,
de construir favos e de edificar dedáleos abrigos.[354]
As mais novas, porém, voltam cansadas em plena noite, 180
com patas cheias de tomilho; aqui e ali se alimentam
                                        [de medronheiros,
salgueiros esverdeados, lauréolas, rubro açafrão,
tília rica e jacintos cor de ferrugem.
Para todas o repouso da atividade é uno, o trabalho para
                                        [todas é uno:
de manhã se atiram das portas; em lugar algum hesitam;
                                        [de novo, 185
quando Vésper as aconselhou, da pastagem, a enfim deixarem
os campos, então buscam as moradas, então cuidam de si;
faz-se um ruído e zumbem em torno das bordas e limiares.
Depois, quando já se acalmaram nos leitos, silencia-se
à noite e sua letargia se apodera de membros cansados. 190
Mas não se afastam muito das colmeias ao ameaçar
a chuva, nem confiam no céu ao chegarem os Euros,
mas à roda, sob as muralhas da cidade, buscam água em segurança,
tentam breves incursões e amiúde pedrinhas,
como barcas instáveis ao jogar a onda o lastro, 195
erguem, com elas se equilibram pelas nuvens vazias.
   Tanto admirarás que tal costume tenha agradado às abelhas,
pois nem se entregam ao enlace[355] nem os corpos, ociosas,

    Pasífae com um touro; ver Ovídio, *Metamorfoses* 8.152ss. Com o labirinto,
    então, é comparada a tortuosidade da colmeia de abelhas.
355 **Nem se entregam ao enlace:** em contraste com o livro 3 das *Geórgicas*, em
    que os seres foram representados como inegavelmente entregues ao desejo,
    as abelhas assumem caráter de castidade "absoluta" neste trecho.

in Venerem soluont aut fetus nixibus edunt;
uerum ipsae e foliis natos e suauibus herbis   200
ore legunt, ipsae regem paruosque Quirites
sufficiunt aulasque et cerea regna refingunt.
Saepe etiam duris errando in cotibus alas
attriuere, ultroque animam sub fasce dedere:
tantus amor florum et generandi gloria mellis!   205
Ergo ipsas quamuis angusti terminus aeui
excipiat (neque enim plus septima ducitur aestas),
at genus immortale manet multosque per annos
stat fortuna domus, et aui numerantur auorum.
Praeterea regem non sic Aegyptus et ingens   210
Lydia nec populi Parthorum aut Medus Hydaspes
obseruant. Rege incolumi mens omnibus una est;
amisso rupere fidem constructaque mella
diripuere ipsae et cratis soluere fauorum.
Ille operum custos, illum admirantur et omnes   215
circumstant fremitu denso stipantque frequentes
et saepe attollunt umeris et corpora bello
obiectant pulchramque petunt per uolnera mortem.
His quidam signis atque haec exempla secuti
esse apibus partem diuinae mentis et haustus   220
aetherios dixere: deum namque ire per omnis

---

356 **A raça permanece imortal:** assim como, segundo os valores tradicionais do povo romano, mais importava a sobrevivência da comunidade cívica que aquela de meros indivíduos, as abelhas de *Geórgicas* 4 assumem traços de grande abnegação em prol do bem comum.

357 **Lídia:** trata-se de um antigo reino da Ásia Menor, proverbial pela riqueza (e mesmo pela "invenção" do processo de cunhagem de moedas em prata e ouro).

358 **Medo Hidaspes:** o Hidaspes era um rio da Índia, que Virgílio confundiu achando encontrar-se em alguma parte do domínio dos persas (Williams 2001: 209).

dão a Vênus, ou parem as crias com sofrimento:
mas elas mesmas os filhos de folhas, de ervas suaves   200
com a tromba colhem, elas mesmas o rei e pequenos cidadãos
proveem, e cortes com reinos de cera de novo moldam.
Amiúde, ainda, vagando entre duros calhaus, as asas
desgastam e voluntariamente deixam a vida sob fardos:
tamanho o amor às flores e a glória de produzir mel.   205
Então, embora o termo de curta vida a elas mesmas
arrebate, pois não mais que o sétimo verão transcorre,
todavia a raça permanece imortal[356] e por muitos anos
se mantém a fortuna da casa, contam-se avós de avós.
Além disso, seu rei não tanto o Egito e a enorme   210
Lídia,[357] nem os povos dos Partos ou o medo Hidaspes[358]
veneram. Salvo o rei, o sentir é uno para todas;
se falta, romperam acordos e elas mesmas saqueiam
méis acumulados e dissolvem as grades de favos.
Ele é guardião das obras, a ele admiram e todas   215
o rodeiam com tremor generalizado, fazem numeroso cortejo
e amiúde o erguem aos ombros, expõem seus corpos
na guerra e buscam bela morte com feridas.[359]
Alguns, por tais sinais e tendo observado estes exemplos,
disseram haver nas abelhas parte da mente divina[360]   220
e emanações etéreas; com efeito, deus segue por todas

---

359 **Bela morte com feridas:** trata-se de expressão com afinidades, evidentemente, épicas, a qual foi reutilizada por Virgílio em *Eneida* 9.401 e 11.647.
360 **Parte da mente divina:** evocando a ideia de certo "panteísmo" contido nas *Geórgicas*, Williams (2001: 209) relaciona a "divindade" elementar das abelhas com as escolas estoica e pitagórica. De acordo com a primeira, lembramos, o sopro divino, ou *pneûma*, mantinha ou animava toda a criação; para os pitagóricos, por sua vez, havia a ideia da transmigração das almas, ocorrida após a morte de cada corpo físico (Hadot 2014: 191).

terrasque tractusque maris caelumque profundum;
hinc pecudes, armenta, uiros, genus omne ferarum,
quemque sibi tenuis nascentem arcessere uitas;
scilicet huc reddi deinde ac resoluta referri 225
omnia, nec morti esse locum, sed uiua uolare
sideris in numerum atque alto succedere caelo.
 Si quando sedem angustam seruataque mella
thesauris relines, prius haustu sparsus aquarum
ora foue fumosque manu praetende sequacis. 230
Bis grauidos cogunt fetus, duo tempora messis:
Taugete simul os terris ostendit honestum
Plias et Oceani spretos pede reppulit amnis,
aut eadem sidus fugiens ubi Piscis aquosi
tristior hibernas caelo descendit in undas. 235
Illis ira modum supra est laesaeque uenenum
morsibus inspirant et spicula caeca relinquont
adfixae uenis animasque in uolnere ponunt.
 Sin duram metues hiemem parcesque futuro
contunsosque animos et res miserabere fractas, 240
at suffire thymo cerasque recidere inanis
quis dubitet? Nam saepe fauos ignotus adedit
stellio et lucifugis congesta cubilia blattis;
immunisque sedens aliena ad pabula fucus
aut asper crabro imparibus se immiscuit armis, 245

361 **Purifica a boca:** tratar-se-ia, no contexto, de mera recomendação pelo asseio no trato com as abelhas – sendo elas animais especialmente sensíveis a odores –, não tanto de algum tipo de cuidado ritualístico (com o sentido de uma purificação religiosa), como interpreta Mynors (2003: 287); ver Columela, *Das coisas do campo* 9.14.3.
362 **Plêiade Taigete:** ver *supra* nota a v. 138 do livro 1.
363 **Peixes aquoso:** esta constelação se põe, na Europa, durante o mês de novembro, proximamente à chegada do inverno e da umidade das chuvas em muitas regiões (Williams 2001: 209).

as terras e espaços do mar e pelo céu profundo.
Daí os rebanhos, manadas, homens, todo tipo de feras
e cada ser nascente busca para si diáfana vida;
naturalmente, tudo depois para lá se entrega e, livre, 225
é devolvido, nem tem lugar a morte, mas voam vivos
ao elemento astral e se retiram ao alto céu.
 Se acaso a morada augusta e os méis conservados
em tesouros descobrires, antes regado com gole d'água
purifica a boca[361] e estende com tua mão insistente fumo. 230
Duas vezes se pressionam os frutos abundantes, dois
                              [os tempos de colher:
logo que a Plêiade Taigete[362] mostrou a bela face às terras
e repeliu com os pés as ondas rejeitadas do Oceano,
ou quando ela mesma, fugindo do astro de Peixes aquoso,[363]
mais triste desce do céu às ondas hibernais. 235
Sentem ira além da medida e, lesadas, inoculam
veneno picando, deixam ferrões escondidos
pregados às veias e depõem seu alento na ferida.
 Mas, se temeres duro inverno, poupares para o futuro
e tiveres pena de seu abatimento e perda de bens, 240
ora, em perfumar com tomilho e em cortar ceras vazias
quem hesitaria? Amiúde, pois, comeu os favos ignorado
lagarto, seus leitos se encheram de baratas[364] que odeiam luz,
zangão desonerado[365] se assenta junto do alimento alheio
ou a rude vespa se misturou com armas desiguais; 245

---

364 **Baratas:** no original latino, tem-se *blatta, -ae*, que Mynors (2003: 289) interpreta como "beetle" ("besouro") ou "cockroach" ("barata"), tendo o poeta provavelmente se servido de termo genérico para indicar esta praga.

365 **Zangão desonerado:** em vários autores prévios, como Hesíodo, *Teogonia* 594-599, e Xenofonte, *Econômico* 18.14, o macho das abelhas era notório por "aproveitar" o produto do trabalho das fêmeas (Mynors 2003: 290).

aut dirum tiniae genus, aut inuisa Mineruae
laxos in foribus suspendit aranea cassis.
Quo magis exhaustae fuerint, hoc acrius omnes
incumbent generis lapsi sarcire ruinas
complebuntque foros et floribus horrea texent.   250
   Si uero (quoniam casus apibus quoque nostros
uita tulit) tristi languebunt corpora morbo —
quod iam non dubiis poteris cognoscere signis:
continuo est aegris alius color; horrida uoltum
deformat macies; tum corpora luce carentum   255
exportant tectis et tristia funera ducunt;
aut illae pedibus conexae ad limina pendent,
aut intus clausis cunctantur in aedibus omnes
ignauaeque fame et contracto frigore pigrae;
tum sonus auditur grauior, tractimque susurrant,   260
frigidus ut quondam siluis immurmurat Auster,
ut mare sollicitum stridit refluentibus undis,
aestuat ut clausis rapidus fornacibus ignis —,
hic iam galbaneos suadebo incendere odores
mellaque harundineis inferre canalibus, ultro   265
hortantem et fessas ad pabula nota uocantem.
Proderit et tunsum gallae admiscere saporem
arentisque rosas aut igni pinguia multo
defruta uel psithia passos de uite racemos

---

366 **Traça:** Mynors (2003: 290) entende que se trata do animal conhecido como "traça-da-cera", *Galleria sp.*, o qual constrói túneis nas colmeias e deposita, ali, filamentos semelhantes a teias de aranha.

367 **Detestável a Minerva:** referência a mais um mito de metamorfose ao longo das *Geórgicas*. Segundo o mito grego, Aracne fora uma jovem da região da Lídia, a qual era dotada de extrema habilidade para bordar. Depois de um "duelo" de tecelagem com Minerva, estando esta disfarçada de anciã, Aracne teve seu trabalho destruído pela concorrente e tentou suicidar-se, mas a deusa impediu-a e transformou-a em aranha; ver Ovídio, *Metamorfoses* 6.134-145.

ou a terrível raça da traça,³⁶⁶ ou, detestável a Minerva,³⁶⁷
a aranha suspendeu soltas teias nas portas.
Quanto mais exauridas estiverem, tanto mais duramente
todas se entregarão a consertar os danos da raça decaída,
preencherão fileiras e urdirão celeiros com flores.   250
   Mas, como a vida trouxe nossos infortúnios também
às abelhas, se padecerem os corpos com triste doença –
o que de pronto poderás reconhecer por sinais não dúbios:
logo têm as doentes outra cor, horrível magreza
deforma seus traços; então os corpos das sem luz   255
retiram de casa e conduzem tristes funerais;³⁶⁸
ou pendem elas junto a limiares ligadas pelas patas,
ou demoram-se todas dentro, em cerradas habitações,
extenuadas de fome e lentas por um frio que as contrai;
então se ouve som mais grave e sem parar sussurram,   260
como às vezes murmura frio Austro nos bosques,
como o mar agitado ressoa ao refluírem as vagas
e como o fogo impetuoso rosna em fechadas fornalhas –,
então já te aconselharei a queimar essência de gálbano
e a depositar méis em cochos de cana, espontaneamente   265
exortando e chamando as exaustas aos alimentos conhecidos.
Aproveitará também misturar o sabor moído da galha,³⁶⁹
rosas ressequidas ou, concentrado em fogo alto,
arrobe,³⁷⁰ ou cachos de uva passa da vinha Psítia,³⁷¹

---

368 **Tristes funerais:** temos neste verso novo ponto de antropomorfização das abelhas, embora escritos agronômicos anteriores, na Antiguidade, já mencionassem o fato de as abelhas carregarem para fora das colmeias os corpos mortos dos pares; ver Columela, *Das coisas do campo* 9.13.7.
369 **Galha:** O original latino traz *galla, -ae*, traduzido como "galha" (Saraiva 1993: 516). Trata-se de uma espécie de excrescência de certas árvores ou da noz de galha produzida pela espécie *Quercus infectoria*, com usos medicinais.
370 **Arrobe:** mosto cozido ou evaporado, que também entrava na composição de bebidas ou comidas, durante a Antiguidade.
371 **Vinha Psítia:** ver *supra* nota a v. 93 do livro 2.

Cecropiumque thymum et graueolentia centaurea. 270
Est etiam flos in pratis, cui nomen amello
fecere agricolae, facilis quaerentibus herba:
namque uno ingentem tollit de caespite siluam
aureus ipse, sed in foliis quae plurima circum
funduntur uiolae sublucet purpura nigrae; 275
saepe deum nexis ornatae torquibus arae;
asper in ore sapor; tonsis in uallibus illum
pastores et curua legunt prope flumina Mellae:
huius odorato radices incoque Baccho
pabulaque in foribus plenis adpone canistris. 280
    Sed si quem proles subito defecerit omnis,
nec genus unde nouae stirpis reuocetur habebit,
tempus et Arcadii memoranda inuenta magistri
pandere quoque modo caesis iam saepe iuuencis
insincerus apes tulerit cruor. Altius omnem 285
expediam prima repetens ab origine famam.
    Nam qua Pellaei gens fortunata Canopi
accolit effuso stagnantem flumine Nilum
et circum pictis uehitur sua rura phaselis
quaque pharetratae uicinia Persidis urget, 290
et uiridem Aegyptum nigra fecundat harena
et diuersa ruens septem discurrit in ora
usque coloratis amnis deuexus ab Indis,

---

372 **Amelo:** Williams (2001: 211) nota que Virgílio, aqui, realiza jogo etimológico entre o nome desta planta (*Aster amellus*) e o do rio Mela, citado um pouco depois.
373 **Mela:** trata-se de um curso d'água situado nas proximidades de Mântua, onde o poeta nascera.
374 **Arcádio criador:** referência erudita a Aristeu, herói do ἐπύλλιον que começará a delinear-se a partir de v. 315, indo até v. 452.
375 **Canopo de Pela:** Canopo situava-se no delta do rio Nilo, no Egito; o epíteto "de Pela" diz respeito a que Alexandre, o Grande (356 AEC – 326 AEC), conquistador do país, nascera em Pela, na Macedônia (Williams 2001: 211).

tomilho de Cécrope e centáurea de cheiro forte.   270
Há ainda uma flor nos prados à qual o nome de "amelo"³⁷²
os agricultores deram, planta fácil de achar;
com efeito, de um só tufo projeta muita brenha
– dourada em si, mas nas pétalas que em torno se espalham
abundantes, brilha um pouco a púrpura da violeta escura;   275
amiúde os altares dos deuses se ornaram com enlaçadas coroas;
seu sabor é acre na boca; em vales segados e junto
às curvas correntes do Mela³⁷³ pastores a colhem.
Cozinha em perfumado Baco suas raízes,
e põe como alimento às portas, em cestos cheios.   280
   Mas, se toda a prole de repente faltar a alguém,
nem tiver donde se possa reproduzir a raça de nova cepa,
é tempo de as memoráveis descobertas de arcádio criador³⁷⁴
divulgar e como – mortos os novilhos – amiúde sangue
corrompido já produziu abelhas. Explicarei com abrangência   285
toda a história, retomando desde a primeira origem.
   Com efeito, onde o povo afortunado de Canopo de Pela³⁷⁵
habita junto ao Nilo, que inunda saindo da corrente,
e é transportado em torno a seus campos com barcos pintados,
e onde a vizinhança da Pérsia porta-aljavas³⁷⁶ acossa,   290
a areia escura fecunda o verdejante Egito,
e, precipitando-se, corre para sete estuários diferentes
o rio a descer desde os negros hindus,³⁷⁷

376 **Pérsia porta-aljavas:** apesar da grande distância geográfica entre o Egito e a Pérsia, bem como da fraqueza militar da última região depois das conquistas de Alexandre, o Grande, Mynors (2003: 297) entende que muito da memória dos persas como donos de um poderoso império restava nos tempos de Virgílio, justificando a menção neste contexto.
377 **Negros hindus:** havia certa confusão, na geografia antiga, entre a Etiópia e a Índia; esta última, inclusive, era considerada a nascente do Nilo (Recio 2010: 161).

omnis in hac certam regio iacit arte salutem.
Exiguos primum atque ipsos contractus in usus 295
eligitur locus; hunc angustique imbrice tecti
parietibusque premunt artis et quattuor addunt
quattuor a uentis obliqua luce fenestras.
Tum uitulus bima curuans iam cornua fronte
quaeritur; huic geminae nares et spiritus oris 300
multa reluctanti obstruitur, plagisque perempto
tunsa per integram soluontur uiscera pellem.
Sic positum in clauso linquont et ramea costis
subiciunt fragmenta, thymum casiasque recentis.
Hoc geritur Zephyris primum impellentibus undas, 305
ante nouis rubeant quam prata coloribus, ante
garrula quam tignis nidum suspendat hirundo.
Interea teneris tepefactus in ossibus umor
aestuat, et uisenda modis animalia miris,
trunca pedum primo, mox et stridentia pinnis, 310
miscentur tenuemque magis magis aera carpunt,
donec ut aestiuis effusus nubibus imber
erupere aut ut neruo pulsante sagittae,
prima leues ineunt si quando proelia Parthi.

    Quis deus hanc, Musae, quis nobis extudit artem? 315
Vnde noua ingressus hominum experientia cepit?

    Pastor Aristaeus fugiens Peneia Tempe
amissis, ut fama, apibus morboque fameque
tristis ad extremi sacrum caput adstitit amnis
multa querens atque hac affatus uoce parentem: 320
"Mater, Cyrene mater, quae gurgitis huius

---

378 **Técnica:** ou seja, a própria *bugonia*, entendida como método para geração de novos enxames de abelhas a partir da carcaça de bovinos cuidadosamente sacrificados, como é descrito em seguida.

379 **Aristeu:** ver *supra* nota a v. 14 do livro 1.

funda toda a região segura salvação nesta técnica.³⁷⁸
Primeiro, lugar pequeno e reduzido para este uso mesmo 295
se escolhe; com as telhas do teto estreito e paredes
apertadas o fecham, e juntam quatro janelas
voltadas aos quatro ventos, recebendo luz obliquamente.
Então, novilho já curvando chifres na fronte de dois anos
é buscado; suas duas narinas e o alento da boca 300
se obstruem, resistindo ele muito; e, morto a pancadas,
desfazem-se as entranhas atingidas, estando a pele inteira.
Assim disposto, deixam fechado e põem sob as costas
fragmentos de ramos, tomilho e lauréolas frescas.
Isto se faz primeiramente ao impelir Zéfiro as ondas, 305
antes que os prados fiquem rubros com novas cores, antes
que a ruidosa andorinha suspenda o ninho em barrotes.
Nisso, a umidade aquecida em tenros ossos
fermenta e animais dignos de serem vistos, com forma estranha
– primeiro privados de pés, logo também com asas ressoantes –, 310
misturam-se e mais e mais se alçam ao leve ar,
até que, como chuva caída de nuvens estivais,
irrompem, ou como setas, impelindo a corda,
quando os Partos ligeiros adentram os primeiros combates.

    Qual deus, Musas, qual, nos obteve esta técnica? 315
Donde a nova experiência teve entrada entre os homens?
    O pastor Aristeu,³⁷⁹ fugindo de Tempe do Peneu,³⁸⁰
perdidas, dizem, as abelhas de doença e fome,
postou-se triste junto à fonte sagrada da ponta do rio,
muito lamentando, e assim falou à genitora: 320
"Mãe, mãe Cirene,³⁸¹ que a fundura deste abismo

---

380 **Tempe do Peneu:** o Tempe era um vale copado, pelo qual fluía o rio chamado Peneu, entre os Montes Olimpo e Ossa (Mynors 2003: 300).

381 **Cirene:** essa Ninfa, que se ligara a Apolo para gerar Aristeu, era também habilidosa na caça e relacionava-se, por sua morada, à antiga região da Cirenaica (na atual Líbia); ver Mynors (2003: 301).

ima tenes, quid me praeclara stirpe deorum,
(si modo, quem perhibes, pater est Thymbraeus Apollo)
inuisum fatis genuisti? Aut quo tibi nostri
pulsus amor? Quid me caelum sperare iubebas? 325
En etiam hunc ipsum uitae mortalis honorem,
quem mihi uix frugum et pecudum custodia sollers
omnia temptanti extuderat, te matre relinquo.
Quin age et ipsa manu felicis erue siluas;
fer stabulis inimicum ignem atque interfice messis; 330
ure sata et ualidam in uites molire bipennem,
tanta meae si te ceperunt taedia laudis".
At mater sonitum thalamo sub fluminis alti
sensit. Eam circum Milesia uellera Nymphae
carpebant hyali saturo fucata colore, 335
Drymoque Xanthoque Ligeaque Phyllodoceque,
caesariem effusae nitidam per candida colla,
[Nesaee Spioque Thaliaque Cymodoceque]
Cydippeque et flaua Lycorias, altera uirgo,
altera tum primos Lucinae experta labores, 340
Clioque et Beroe soror, Oceanitides ambae,
ambae auro, pictis incinctae pellibus ambae,
atque Ephyre atque Opis et Asia Deiopeia,
et tandem positis uelox Arethusa sagittis.
Inter quas curam Clymene narrabat inanem 345
Volcani Martisque dolos et dulcia furta

---

382 **Apolo Timbreu:** o deus possuía um santuário na localidade de Timbra – Trôade –, donde lhe vem este epíteto (Mynors 2003: 301).
383 **Velos de Mileto:** ver *supra* nota a v. 306 do livro 3.
384 **Lucina:** como explica Commelin (1983: 37-38), a deusa Juno presidia as núpcias, casamentos e partos, sendo, em cada caso, chamada Prónuba, Juga e Lucina.
385 **Oceânides:** Tétis era filha do Céu e da Terra e, depois de casar-se com o Oceano, deu à luz três mil Ninfas chamadas genericamente de Oceânides (Commelin 101 :1983).

dominas, por que, da estirpe ilustre dos deuses
– se apenas Apolo Timbreu[382] é meu pai, como dizes –,
tu me geraste odioso ao destino? Ou aonde o amor a nós
foi por ti repelido? Por que me mandavas esperar o céu?   325
Eis que até esta mesma honra da vida mortal
– que para mim, a custo, hábil trato de searas e rebanhos
lograra, tentando eu tudo – abandono, sendo tu minha mãe.
Eia, vamos! Também arranca com a própria mão bosques felizes,
traz o fogo hostil a estábulos e extermina as messes,   330
queima as plantações e brande contra vinhas robusta bipene,
se te tomou tamanho enfado de minha glória".
Mas a mãe, sob aposento do rio profundo, a voz
ouviu. Em volta dela, velos de Mileto[383] as Ninfas
fiavam, tingidos em tom escuro de verde,   335
Drimo, Xanto, Ligeia e Filódoce,
com a cabeleira brilhante se espalhando pelos alvos colos,
[Neseia, Espio, Talia e Cimódoce,]
Cidipe e a loura Licórias, uma donzela,
a outra, então, que tivera o primeiro parto de Lucina,[384]   340
Clio e a irmã Béroe, sendo ambas Oceânides,[385]
ambas de dourado, de peles pintadas ambas cingidas,
e Éfira e Ópis e Deiopeia a asiática,
e, enfim, Aretusa veloz,[386] que deixara suas setas.
Entre elas, Climene[387] contava os cuidados vãos   345
de Vulcano, os dolos de Marte e os doces furtos,[388]

386 **Aretusa veloz:** essa Ninfa era associada ao Peloponeso e à Sicília, onde há uma fonte com seu nome na cidade de Siracusa (Grimal 1963: 45).
387 **Climene:** trata-se de uma das filhas de Oceano e Tétis; unida a Jápeto, teve como filhos Prometeu, Epimeteu e Atlas (Grimal 1963: 96).
388 **Doces furtos:** referência aos amores ilícitos, ou adulterinos, entre o deus Marte e Vênus (que era esposa de Hefesto/Vulcano, o ferreiro dos deuses); Homero, em *Odisseia* 8.266ss., desenvolvera a história.

aque Chao densos diuom numerabat amores.
Carmine quo captae dum fusis mollia pensa
deuoluont, iterum maternas impulit auris
luctus Aristaei, uitreisque sedilibus omnes   350
obstupuere; sed ante alias Arethusa sorores
prospiciens summa flauom caput extulit unda,
et procul: "O gemitu non frustra exterrita tanto,
Cyrene soror, ipse tibi, tua maxima cura,
tristis Aristaeus Penei genitoris ad undam   355
stat lacrimans, et te crudelem nomine dicit".
Huic percussa noua mentem formidine mater:
"Duc age, duc ad nos; fas illi limina diuom
tangere", ait. Simul alta iubet discedere late
flumina, qua iuuenis gressus inferret: at illum   360
curuata in montis faciem circumstetit unda
accepitque sinu uasto misitque sub amnem.

   Iamque domum mirans genetricis et umida regna
speluncisque lacus clausos lucosque sonantis
ibat et ingenti motu stupefactus aquarum   365
omnia sub magna labentia flumina terra
spectabat diuersa locis, Phasimque Lycumque
et caput, unde altus primum se erumpit Enipeus
saxosusque sonans Hypanis Mysusque Caïcus,
unde pater Tiberinus et unde Aniena fluenta,   370
et gemina auratus taurino cornua uoltu

---

389 **Caos:** alusão ao estado pré-existente à organização do Universo atual, em que águas, ar, terras e astros têm seu lugar definido; naquela condição, em vez disso, existiam desordem e mistura em tudo.

390 **O Fásis, o Lico:** referência a dois rios, respectivamente, da Cólquida e da Ásia Menor (Williams 2001: 214).

391 **Enipeu:** rio da Tessália e afluente do Peneu; ver *supra* nota a v. 317 do livro 4.

392 **Hipanes:** rio que percorria a antiga região da Sarmácia, desaguando no Ponto Euxino (Mar Negro).

e, desde o Caos,[389] enumerava os infindos amores divinos;
com tal canto enlevadas, enquanto de fusos macias rocadas
desenrolavam, de novo atingiu maternos ouvidos
o lamento de Aristeu, e todas em vítreos assentos   350
se espantaram; mas Aretusa, antes das outras irmãs
olhando, ergueu loura cabeça à superfície d'água,
e de longe: "Ó irmã Cirene, não em vão te alarmaste
com tamanho gemido: ele próprio – teu máximo cuidado –,
Aristeu triste, junto às águas do Pai Peneu   355
está perto de ti chorando, e te chama de cruel".
A mãe, de mente tocada por novo temor, a ela diz:
"Conduz, eia, conduz até nós; é-lhe lícito divinos limiares
tocar". Ao mesmo tempo, manda as fundas águas se afastarem
vastamente, por onde o jovem trouxesse os passos. Mas a ele   360
a onda curva, semelhante a um monte, envolveu,
acolheu no bojo vasto e mandou abaixo d'água.

E já a admirar a casa da mãe e seus úmidos reinos,
lagos fechados em grutas e bosques ressoantes
ele seguia; e, estupefato com o enorme movimento das águas,   365
todos os rios a deslizar sob a terra enorme
observava, diferentes em seus lugares: o Fásis, o Lico[390]
e a fonte donde primeiro irrompe o fundo Enipeu,[391]
o Hipanes[392] a ressoar pedregoso e o mísio Caíco,[393]
donde o Pai Tibre e donde o curso do Ânio,[394]   370
e o de dois chifres dourados,[395] com face taurina,

---

393 **Caíco:** rio que perpassava a Mísia, na Ásia Menor, e chegava até as proximidades da cidade de Pérgamo (Recio 2010: 165).
394 **Ânio:** esse rio situava-se próximo à cidade de Roma.
395 **De dois chifres dourados... Erídano:** ver *supra* nota a v. 481 do livro 1; desde a Grécia Antiga havia representações de rios como seres dotados de cabeça bovina; Mynors (2003: 306) hipotetiza que isto se dava porque os cursos d'água "mugem" durante as cheias.

Eridanus, quo non alius per pinguia culta
in mare purpureum uiolentior effluit amnis.
  Postquam est in thalami pendentia pumice tecta
peruentum et nati fletus cognouit inanes 375
Cyrene, manibus liquidos dant ordine fontis
germanae tonsisque ferunt mantelia uillis;
pars epulis onerant mensas et plena reponunt
pocula; Panchaeis adolescunt ignibus arae.
Et mater: "Cape Maeonii carchesia Bacchi; 380
Oceano libemus", ait. Simul ipsa precatur
Oceanumque patrem rerum Nymphasque sorores
centum quae siluas, centum quae flumina seruant.
Ter liquido ardentem perfundit nectare Vestam,
ter flamma ad summum tecti subiecta reluxit, 385
Omine quo firmans animum sic incipit ipsa:
  "Est in Carpathio Neptuni gurgite uates,
caeruleus Proteus, magnum qui piscibus aequor
et iuncto bipedum curru metitur equorum.
Hic nunc Emathiae portus patriamque reuisit 390
Pallenen; hunc et Nymphae ueneramur et ipse
grandaeuos Nereus; nouit namque omnia uates,

---

396 **Mar purpúreo:** esta coloração do mar remonta a descrições de Homero, *Ilíada* 16.391.

397 **Chamas da Pancaia:** ver *supra* nota a v. 139 do livro 2 (referência, neste contexto, ao incenso daquela região).

398 **Baco da Meônia:** forma erudita de mencionar o vinho originário da região da Lídia (Williams 2001: 214).

399 **Vesta ardente:** Vesta era uma antiga divindade dos romanos, a qual possuía um templo na Cidade (onde sempre permanecia acesa uma chama que a representava); associava-se à ideia da pureza ou purificação, sendo uma deusa dotada do atributo da virgindade (Brandão 1993: 307). No contexto, porém, o nome "Vesta" é mera metonímia para o fogo sacrificial; ver também, *supra*, nota a v. 498 do livro 1.

400 **Cárpato:** o mar de Cárpato estendia-se desde a ilha de Rodes até Creta (Recio 2010: 166).

Erídano; outro rio não penetra mais violento
que este, por ricos cultivos, no mar purpúreo.[396]
  Despois que a cobertura do leito, a pender de pedra-pomes,
adentraram e ao choro vão do filho conhece   375
Cirene, água pura para as mãos dão sucessivamente
suas irmãs, trazendo toalhas de velos tosados;
parte enche mesas com manjares e depõe cheias
taças, altares ardem com chamas da Pancaia;[397]
e fala a mãe: "Toma copos de Baco da Meônia,[398]   380
façamos libação ao Oceano". Ao mesmo tempo, em pessoa
suplica a Oceano, Pai das coisas, e às Ninfas irmãs,
que cem bosques, que cem rios protegem.
Três vezes respingou Vesta ardente[399] com o líquido néctar,
três vezes a chama levada ao topo do teto reluziu.   385
Acalmando seu espírito com tal sinal, assim inicia ela:
  "Há no abismo de Cárpato[400] um vate de Netuno,
Proteu azul,[401] que o grande mar com peixes
e carro atrelado a bípedes cavalos percorre.
Ele agora visita os portos da Emátia e sua pátria,   390
Palene;[402] a ele nós, Ninfas, veneramos e o próprio
Nereu idoso;[403] tudo com efeito conhece o vate,

---

401 **Proteu azul:** essa divindade percorria o mar num carro puxado por hipocampos; dotado da onisciência, Proteu já fora tematizado por Homero na *Odisseia* 4.365. Naquele contexto, Menelau, na volta de Troia para a terra natal, desviou-se do caminho e foi abordar a costa do Egito; então, a fim de descobrir o meio do retorno para a Lacedemônia, capturou o deus Proteu e fez com que lhe revelasse o caminho.

402 **Emátia e sua pátria, Palene:** a primeira denominação é um nome poético para a Macedônia; a segunda indica uma península da Calcídica, no sul da Macedônia (Recio 2010: 166).

403 **Nereu idoso:** esta divindade era o filho de Oceano e Tétis; representavam-no como um velho pacífico, cuja morada era o mar Egeu (Commelin 1983: 102).

quae sint, quae fuerint, quae mox uentura trahantur.
Quippe ita Neptuno uisum est, immania cuius
armenta et turpes pascit sub gurgite phocas.   395
Hic tibi, nate, prius uinclis capiendus, ut omnem
expediat morbi causam euentusque secundet.
Nam sine ui non ulla dabit praecepta, neque illum
orando flectes; uim duram et uincula capto
tende; doli circum haec demum frangentur inanes.   400
Ipsa ego te, medios cum sol accenderit aestus,
cum sitiunt herbae et pecori iam gratior umbra est,
in secreta senis ducam, quo fessus ab undis
se recipit, facile ut somno adgrediare iacentem.
Verum ubi conreptum manibus uinclisque tenebis,   405
tum uariae eludent species atque ora ferarum:
fiet enim subito sus horridus atraque tigris
squamosusque draco et fulua ceruice leaena;
aut acrem flammae sonitum dabit atque ita uinclis
excidet, aut in aquas tenuis dilapsus abibit.   410
Sed quanto ille magis formas se uertet in omnis,
tam tu, nate, magis contende tenacia uincla,
donec talis erit mutato corpore qualem
uideris, incepto tegeret cum lumina somno".

  Haec ait et liquidum ambrosiae diffundit odorem,   415
quo totum nati corpus perduxit; at illi
dulcis compositis spirauit crinibus aura,
atque habilis membris uenit uigor. Est specus ingens
exesi latere in montis, quo plurima uento
cogitur inque sinus scindit sese unda reductos,   420
deprensis olim statio tutissima nautis.
Intus se uasti Proteus tegit obice saxi.
Hic iuuenem in latebris auersum a lumine Nympha

---

404 **Ambrosia:** trata-se de um alimento reservado aos deuses, por oposição à sua bebida, o néctar.

o que é, o que foi e a série do que está por vir,
pois assim aprouve a Netuno, cujas medonhas
manadas e feias focas ele apascenta no mar profundo.   395
A ele, filho, primeiro hás de lacear, para que toda
a causa do mal revele e favoreça o desfecho.
Sem força, pois, preceito algum dará, nem o dobrarás
com súplicas; força bruta e laços, no cativo,
aplica; dolos vazios, finalmente, assim se desfarão.   400
Eu mesma a ti, quando o sol acender suas chamas e meio-dia,
quando a relva tem sede e a sombra é mais grata ao rebanho,
conduzirei ao esconderijo do ancião, aonde, cansado, das ondas
se recolhe, para que facilmente te aproximes do que jaz a dormir.
Mas, quando o segurares agarrado com as mãos e amarras,   405
então formas variadas e a aparência de feras iludirão:
com efeito, de repente se tornará eriçado porco, tigre feroz,
serpente escamosa e leoa de fulva cerviz,
ou fará ruído forte de chama e assim dos laços
escapará, ou partirá desmanchando-se em filetes d'água.   410
Mas, quanto mais ele se mudar em todas as formas,
tanto mais, filho, entesa as tenazes amarras,
até que for tal, mudando o corpo, qual o vires,
quando encobria os olhos com a chegada do sono".

   Diz isto e verte o líquido odor da ambrosia,[404]   415
com que o corpo inteiro do filho perfumou; e dele
emanou agradável cheiro, da coma arranjada,
vindo pronto vigor aos membros. Há gruta enorme
ao lado de monte erodido, aonde muitas ondas
são impelidas pelo vento e se rompem em dobras que refluem,   420
sítio outrora bem seguro para marinheiros surpreendidos;
dentro Proteu se protege com barreira de ampla rocha.
A Ninfa aqui o jovem ocultado, de costas para a luz,

collocat; ipsa procul nebulis obscura resistit.
 Iam rapidus torrens sitientes Sirius Indos 425
ardebat caelo et medium sol igneus orbem
hauserat; arebant herbae et caua flumina siccis
faucibus ad limum radii tepefacta coquebant:
cum Proteus consueta petens e fluctibus antra
ibat; eum uasti circum gens umida ponti 430
exsultans rorem late dispergit amarum.
Sternunt se somno diuersae in litore phocae;
ipse, uelut stabuli custos in montibus olim,
Vesper ubi e pastu uitulos ad tecta reducit,
auditisque lupos acuont balatibus agni, 435
consedit scopulo medius numerumque recenset.
Cuius Aristaeo quoniam est oblata facultas,
uix defessa senem passus componere membra
cum clamore ruit magno manicisque iacentem
occupat. Ille suae contra non immemor artis 440
omnia transformat sese in miracula rerum,
ignemque horribilemque feram fluuiumque liquentem.
Verum ubi nulla fugam reperit fallacia, uictus
in sese redit atque hominis tandem ore locutus:
"Nam quis te, iuuenum confidentissime, nostras 445
iussit adire domos? Quidue hinc petis?" inquit. At ille:
"Scis, Proteu, scis ipse; neque est te fallere quicquam;
sed tu desine uelle; deum praecepta secuti
uenimus hinc lapsis quaesitum oracula rebus".
Tantum effatus. Ad haec uates ui denique multa 450
ardentis oculos intorsit lumine glauco
et grauiter frendens sic fatis ora resoluit:
 "Non te nullius exercent numinis irae;

coloca; ela mesma ao longe para, escondida pela névoa.
    Já a Canícula impetuosa, que queima sedentos hindus,   425
ardia no céu, e o sol de fogo a metade de seu curso
cumprira; as ervas secavam e os raios coziam o fundo leito
dos rios aquecidos até o lodo, em secas desembocaduras:
então Proteu, buscando fora das ondas o abrigo de sempre,
seguia; em torno dele, úmido bando do vasto mar,   430
exultante, largamente espalha gotas salgadas.
Focas se estendem dispersas na praia, para dormir.
Ele, como um guardião de estábulo por vezes nos montes,
quando Vésper reconduz novilhos da pastagem para casa,
e incita os lobos a escuta do balir dos cordeiros,   435
posta-se ao meio, num escolho, e faz a contagem.
Como se deu este ensejo a Aristeu,
mal deixando o velho acomodar os membros cansados,
com alto clamor se atira e com cadeias quem se deita
prende. Ele, em resposta, sem olvidar seu artifício,   440
transforma-se em todas as maravilhas do mundo,
em fogo, em horrível fera e em rio corrente.
Mas, sem encontrar engano algum a saída, vencido
torna a si e enfim falou, com boca de homem:
"Ora, quem a ti, jovem mui presunçoso, a nossa   445
morada mandou vir? Ou o que buscas aqui?", dizendo. E aquele:
"Sabes, Proteu, sabes tu mesmo, nem nada pode te enganar;
e, tu, deixa de querer. Seguindo preceitos divinos,
vimos aqui, perdidos os bens, procurar oráculos".
Só isso ele disse. Diante do dito, o vate, com muito esforço,   450
enfim revirou flamejantes olhos, de um brilho verde,
e, rangendo forte os dentes, assim abre a boca ao destino:
    "Castigam-te as iras de um Nume;

magna luis commissa: tibi has miserabilis Orpheus
haudquaquam ob meritum poenas, ni fata resistant, 455
suscitat et rapta grauiter pro coniuge saeuit.
Illa quidem, dum te fugeret per flumina praeceps,
immanem ante pedes hydrum moritura puella
seruantem ripas alta non uidit in herba.
At chorus aequalis Dryadum clamore supremos 460
implerunt montis; flerunt Rhodopeïae arces
altaque Pangaea et Rhesi Mauortia tellus
atque Getae atque Hebrus et Actias Orithyia.
Ipse caua solans aegrum testudine amorem
te, dulcis coniunx, te solo in litore secum, 465
te ueniente die, te decedente canebat.
   Taenarias etiam fauces, alta ostia Ditis,
et caligantem nigra formidine lucum
ingressus Manisque adiit regemque tremendum
nesciaque humanis precibus mansuescere corda. 470
At cantu commotae Erebi de sedibus imis

405 **Orfeu miserando:** a personagem de Orfeu representa o músico e poeta por excelência na cultura antiga. Além de sua catábase em busca da esposa morta por um erro de Aristeu, tema do ἐπύλλιον de *Geórgicas* 4, ele passou por outras aventuras contadas na mitologia clássica, como tomar parte na expedição dos Argonautas, fundar religião de mistérios, sofrer a morte por um raio de Zeus etc. (Grimal 1963: 332-333).
406 **Esposa arrebatada:** referência a Eurídice, a qual, segundo o mito grego, era ela mesma uma Dríade (Ninfa arbórea); além de Virgílio, sua personagem é evocada por Ovídio, *Metamorfoses* 10.1-64; Sêneca, *Hércules Furioso* 569ss. etc.
407 **Dríades:** ver *supra* nota a v. 11 do livro 1.
408 **Rodopeias cidades:** o mesmo que "cidades da Trácia", pois o Monte Ródope se situava nesta região; ver *supra* nota a v. 332 do livro 1.
409 **Altos Pangeus:** assim como o Ródope, trata-se de acidente geográfico (monte) da Trácia (Williams 2001: 216).

pagas grandes crimes: Orfeu miserando,⁴⁰⁵ de modo algum
merecedor, a ti tais penas causa, se não resistir o destino,   455
e muito se enfurece pela esposa arrebatada.⁴⁰⁶
Ela, decerto, ao fugir de ti atirando-se por ribeiros
– moça prestes a morrer –, hidra enorme a seus pés,
que observava a margem na alta relva, não viu.
Mas o coro equevo das Dríades⁴⁰⁷ encheu com clamor   460
altos cumes; choraram rodopeias cidades,⁴⁰⁸
os altos Pangeus⁴⁰⁹ e a terra mavórcia de Reso,⁴¹⁰
com os getas, o Hebro⁴¹¹ e Orítia da Ática.⁴¹²
Ele mesmo, consolando cruel amor em oca lira,
a ti, doce esposa, a ti na praia deserta consigo,   465
a ti ao vir o dia, a ti ao partir celebrava.
   Também as gargantas do Tênaro,⁴¹³ fundas portas de Dite,⁴¹⁴
e o bosque que se escurece com negro medo
adentrou, e foi aos Manes, ao rei tremendo e a peitos
que não sabem abrandar com preces humanas.   470
Mas, movidas pelo canto, dos fundos recantos do Érebo⁴¹⁵

---

410 **Reso:** referência a um herói da Trácia que lutou na Guerra de Troia (Virgílio, *Eneida* 1.469); tendo atuado ao lado dos troianos, foi morto por Odisseu e Diomedes.

411 **Hebro:** trata-se de um rio da Trácia, antes citado por Virgílio na décima *Bucólica* (v. 65).

412 **Orítia da Ática:** referência à filha do rei Erecteu de Atenas, a qual foi raptada pelo vento Bóreas, segundo o mito (Grimal 1963: 331); ver *supra* nota a v. 93 do livro 1.

413 **Tênaro:** referência a um local, no sul da Grécia, considerado como uma das entradas para os Infernos (Williams 2001: 217).

414 **Portas de Dite:** originalmente, Dite teria sido divindade ctônica em Roma e vinculada à riqueza; depois, associou-se a Plutão, rei dos Infernos no mito clássico (Brandão 1993: 93).

415 **Érebo:** sendo originalmente visto como filho do Caos e pai da Noite, Érebo passou também a indicar as trevas infernais (Recio 2010: 170); isso porque, depois de ter socorrido os Titãs – que atacaram o Olimpo –, foi metamorfoseado em rio e atirado às paragens inferiores.

umbrae ibant tenues simulacraque luce carentum,
quam multa in foliis auium se milia condunt,
Vesper ubi aut hibernus agit de montibus imber,
matres atque uiri defunctaque corpora uita   475
magnanimum heroum, pueri innuptaeque puellae
impositique rogis iuuenes ante ora parentum;
quos circum limus niger et deformis harundo
Cocyti tardaque palus inamabilis unda
alligat et nouiens Styx interfusa coercet.   480
Quin ipsae stupuere domus atque intima Leti
Tartara caeruleosque implexae crinibus angues
Eumenides tenuitque inhians tria Cerberus ora
atque Ixionii uento rota constitit orbis.
Iamque pedem referens casus euaserat omnis   485
redditaque Eurydice superas ueniebat ad auras
pone sequens (namque hanc dederat Proserpina legem),
cum subita incautum dementia cepit amantem,
ignoscenda quidem, scirent si ignoscere Manes:
restitit Eurydicenque suam iam luce sub ipsa   490
immemor heu! uictusque animi respexit. Ibi omnis
effusus labor atque immitis rupta tyranni
foedera, terque fragor stagnis auditus Auerni.
Illa: 'Quis et me' inquit 'miseram et te perdidit, Orpheu,
quis tantus furor? En iterum crudelia retro   495
fata uocant conditque natantia lumina somnus.
Iamque uale: feror ingenti circumdata nocte
inualidasque tibi tendens, heu! non tua, palmas'.
Dixit et ex oculis subito, ceu fumus in auras
commixtus tenuis, fugit diuersa, neque illum   500

---

416 **Eumênides:** ver *supra* nota a v. 278 do livro 1.
417 **Cérbero boquiaberto:** trata-se de um cão de três cabeças, cuja função era guardar a entrada dos Infernos e impedir tanto a saída dos mortos quanto a entrada dos vivos (Grimal 1963: 86).

vinham sombras tênues e fantasmas dos sem luz,
quanto são os milhares de aves que se escondem nas folhas
quando Vésper ou a chuva invernal as toca dos montes:
matronas, varões e corpos privados de vida 475
dos heróis magnânimos, meninos e moças solteiras,
jovens postos sobre piras diante do rosto dos pais;
em torno deles, limo negro, o feio canavial
do Cocito e um palude detestável de água parada
prende, e o Estige nove vezes derramado os restringe. 480
Além disso, se espantaram as próprias moradas
                                    [e os recônditos leteus
Tártaros e, com seus cabelos enlaçados de verdes serpentes,
as Eumênides,[416] e Cérbero boquiaberto[417] segurou as três fauces,
e parou a roda do giro de Ixião,[418] com o vento.
E já, no caminho de volta, escapara de todos os incidentes 485
e, devolvida Eurídice, vinha aos ares da superfície,
seguindo ela atrás, pois Prosérpina ditara tal lei,
quando súbita demência se apoderou do incauto amante,
decerto perdoável, se os Manes soubessem perdoar.
Parou e sua Eurídice, diante já da própria luz, 490
esquecido, ai! E vencido no peito fitou. Então todo
esforço se perdeu, do cruel tirano romperam-se
os acordos, e três vezes se ouviu estrondo dos lagos do Averno.
Ela diz: 'Qual, qual furor tamanho, Orfeu, a mim infeliz
e a ti perdeu? Eis, de novo o destino cruel 495
para trás me chama, e o sono recobre oscilantes olhos.
E agora adeus: sou levada, tendo em roda noite enorme,
a ti estendendo débeis mãos, ai! Não tua!'
Falou e de repente dos olhos, como fumaça misturada
em tênue brisa, fugiu apartada, nem a ele, 500

---

418 **Giro de Ixião:** ver *supra* nota a v. 38 do livro 3.

prensantem nequiquam umbras et multa uolentem
dicere, praeterea uidit; nec portitor Orci
amplius obiectam passus transire paludem.
Quid faceret? Quo se rapta bis coniuge ferret?
Quo fletu Manis, quae numina uoce moueret? 505
Illa quidem Stygia nabat iam frigida cymba.
Septem illum totos perhibent ex ordine mensis
rupe sub aeria deserti ad Strymonis undam
fleuisse et gelidis haec euoluisse sub antris
mulcentem tigris et agentem carmine quercus. 510
Qualis populea maerens Philomela sub umbra
amissos queritur fetus, quos durus arator
obseruans nido implumis detraxit; at illa
flet noctem, ramoque sedens miserabile carmen
integrat et maestis late loca questibus implet. 515
Nulla uenus, non ulli animum flexere hymenaei.
Solus Hyperboreas glacies Tanaimque niualem
aruaque Riphaeis numquam uiduata pruinis
lustrabat, raptam Eurydicen atque inrita Ditis
dona querens; spretae Ciconum quo munere matres 520
inter sacra deum nocturnique orgia Bacchi
discerptum latos iuuenem sparsere per agros.
Tum quoque marmorea caput a ceruice reuulsum
gurgite cum medio portans Oeagrius Hebrus
uolueret, Eurydicen uox ipsa et frigida lingua 525
ah! miseram Eurydicen anima fugiente uocabat;
Eurydicen toto referebant flumine ripae".

419 **Barqueiro do Orco:** ver *supra* nota a v. 277 do livro 1; Caronte realizava seu serviço de travessia das almas mediante o pagamento da moeda de um óbolo, depositada na boca dos cadáveres.
420 **Estrimao:** ver *supra* nota a v. 120 do livro 1.
421 **Gelos Hiperbóreos:** ver *supra* nota a v. 197 do livro 3.

que enlaçava em vão as sombras e queria muitas coisas
dizer, viu além disso, nem o barqueiro do Orco[419]
deixou mais atravessar o palude à frente.
Que fazer? Aonde, duas vezes tirada a esposa, seguir?
Com que choro os Manes, quais Numes com a voz moveria?   505
Ela, decerto, flutuava já fria na barca estígia.
Dizem que ele sete meses inteiros, seguidamente,
sob alta rocha, junto às águas do deserto Estrimão,[420]
chorou e repisou tais coisas sob frias grutas,
amansando tigres e atraindo carvalhos com o canto;   510
como o rouxinol choroso sob a sombra do choupo
lamenta os filhotes perdidos, que o duro cultivador,
atento, implumes tirou do ninho; mas ele
chora de noite e, pousado no ramo, lamentoso canto
renova e enche vastamente o local de tristes queixas.   515
Vênus nenhuma, nenhum himeneu dobrou seu espírito.
Sozinho, os gelos Hiperbóreos[421] e o Tânais nevoso[422]
e os campos nunca isentos das geadas rifeias
percorria, Eurídice tomada e os dons inúteis de Dite
lamentando; por tal ofício desprezadas Cicônias mães,[423]   520
entre ritos divinos e orgias de Baco noturno
espalharam o jovem desmembrado por vastos campos.
Mesmo então, quando o Hebro de Éagro,[424] carregando
a cabeça arrancada da cerviz marmórea, rolava-a
em meio ao abismo, a própria voz e a fria língua 'Eurídice',   525
ah! 'Infeliz Eurídice' chamava, com a vida a esvair-se:
'Eurídice' repercutiam as margens do rio inteiro".

---

422 **Tânais nevoso:** esse rio, da antiga região da Sarmácia, situa-se na Rússia e tem o nome de Don (Recio 2010: 172).

423 **Cicônias mães:** os cícones habitavam a costa meridional da Trácia, próximo à desembocadura do rio Hebro (Recio 2010: 172).

424 **Éagro:** nome do rei da Trácia e pai de Orfeu.

Haec Proteus, et se iactu dedit aequor in altum,
quaque dedit, spumantem undam sub uertice torsit.
At non Cyrene; namque ultro affata timentem: 530
"Nate, licet tristis animo deponere curas.
Haec omnis morbi causa; hinc miserabile Nymphae,
cum quibus illa choros lucis agitabat in altis,
exitium misere apibus. Tu munera supplex
tende petens pacem, et facilis uenerare Napaeas; 535
namque dabunt ueniam uotis irasque remittent.
Sed modus orandi qui sit, prius ordine dicam.
Quattuor eximios praestanti corpore tauros,
qui tibi nunc uiridis depascunt summa Lycaei,
delige et intacta totidem ceruice iuuencas. 540
Quattuor his aras alta ad delubra dearum
constitue et sacrum iugulis demitte cruorem
corporaque ipsa boum frondoso desere luco.
Post, ubi nona suos aurora ostenderit ortus,
inferias Orphei Lethaea papauera mittes; 545
placatam Eurydicen uitula uenerabere caesa;
et nigram mactabis ouem lucumque reuises".
Haud mora; continuo matris praecepta facessit:
ad delubra uenit, monstratas excitat aras,
quattuor eximios praestanti corpore tauros 550
ducit et intacta totidem ceruice iuuencas.
Post, ubi nona suos aurora induxerat ortus,
inferias Orphei mittit lucumque reuisit.
Hic uero subitum ac dictu mirabile monstrum
adspiciunt, liquefacta boum per uiscera toto 555
stridere apes utero et ruptis efferuere costis
immensasque trahi nubes iamque arbore summa
confluere et lentis uuam demittere ramis.

425 **Napeias propícias:** trata-se de Ninfas dos bosques.

Isto Proteu, e se entregou lançando-se ao alto-mar,
e, onde se entregou, girou espumante onda sob a cabeça.
   Mas não Cirene; com efeito, ainda falou ao temeroso: 530
"Filho, é lícito abandonar tristes cuidados do espírito.
Esta é toda a causa da doença; por isso as Ninfas,
com quem ela conduzia coros nos altos bosques, lamentável
destruição mandaram às abelhas. Então, suplicante,
oferece dons pedindo a paz e venera as Napeias propícias;[425] 535
com efeito, perdoarão e renunciarão à ira com votos.
Mas qual é a forma de suplicar, primeiro em sequência direi.
Quatro touros exímios de corpo excelente,
que agora pastam para ti nos cimos do verde Liceu,
escolhe, e outras tantas novilhas de intocada cerviz. 540
Quatro altares para eles, junto aos altos templos das deusas,
edifica e faz sair da garganta sacro cruor,
e os próprios corpos bovinos deixa no bosque frondoso.
Depois, quando a nona Aurora fizer sua vinda,
oferecerás papoulas leteias[426] como sacrifício fúnebre a Orfeu, 545
honrarás Eurídice apaziguada com novilha morta,
matarás negra ovelha e tornarás ao bosque".
   Sem demora, logo cumpriu os preceitos da mãe;
vai aos templos, edifica os altares indicados,
quatro touros exímios de corpo excelente 550
conduz e outras tantas novilhas de intocada cerviz.
Depois, quando a nona Aurora fizera sua vinda,
sacrifício fúnebre a Orfeu oferece e torna ao bosque.
Então, na verdade, prodígio repentino e maravilhoso de contar
observam: pelas vísceras liquefeitas dos bois, em todo 555
o ventre, ressoarem abelhas e fervilharem das costas rompidas,
nuvens imensas se arrastarem e já, no alto da árvore,
reunirem-se e deixarem pender cacho de uva dos flexíveis ramos.

---

426 **Papoulas leteias:** ou seja, "papoulas que fazem esquecer"; ver *supra* nota a v. 78 do livro 1.

Haec super aruorum cultu pecorumque canebam
et super arboribus, Caesar dum magnus ad altum 560
fulminat Euphraten bello uictorque uolentis
per populos dat iura uiamque adfectat Olympo.
Illo Vergilium me tempore dulcis alebat
Parthenope studiis florentem ignobilis oti,
carmina qui lusi pastorum audaxque iuuenta, 565
Tityre, te patulae cecini sub tegmine fagi.

427 **Fundo Eufrates:** a menção ao Eufrates indicaria aqui, sobretudo, uma espécie de alusão genérica ao Oriente Médio (Mynors 2003: 324); ver também *Geórgicas* 1.509 e 2.171.
428 **Partênope:** nome mítico da cidade de Nápoles, no sul da Itália, devido à sua conexão lendária com uma sereia deste nome (Williams 2001: 220).

Isto sobre o cuidado dos campos e dos rebanhos eu cantava
e sobre as árvores, enquanto grande César, junto ao fundo   560
Eufrates,[427] fulmina em guerra e, vencedor, por anuentes
povos impõe leis e busca a via ao Olimpo.
Naquele tempo, a mim, Virgílio, nutria a doce
Partênope,[428] florescendo eu em estudos de ignóbil sossego,
eu que brinquei com cantos pastoris[429] e, audaz na juventude,   565
ó Títiro, celebrei-te sob o dossel da vasta faia.[430]

---

429 **Cantos pastoris:** referência à coletânea de dez poemas pastoris chamados *Bucólicas*, que Virgílio finalizou à maneira de Teócrito de Siracusa (310 AEC – 250 AEC) entre 39-38 AEC.

430 **Vasta faia:** alusão ao primeiro verso da primeira bucólica virgiliana, o qual dizia "Tu Títiro, reclinado sob o dossel da vasta faia" (*Tityre, tu patulae recubans sub tegmine fagi*).

Referências bibliográficas

AMAT, J. *Les animaux familiers dans la Rome Antique*. 1ère édition. Paris: Les Belles Lettres, 2002.

ANDRÉ, J. *Les noms des plantes dans la Rome antique*. 1ère édition. Paris: Les Belles Lettres, 2010.

BORNECQUE, H.; MORNET, D. *Roma e os romanos*. Tradução de Alceu Dias Lima. 1ª. edição. São Paulo: E.P.U., 1976.

BRANDÃO, J. *Teatro grego. Tragédia e comédia*. 1ª. edição. Petrópolis: Vozes, 1984.

_____. *Dicionário mítico-etimológico da mitologia e da religião romana*. 1ª. edição. Petrópolis: Vozes, 1993.

COMMELIN, P. *Nova mitologia grega e romana*. Tradução de Thomaz Lopes. 1ª. edição. Belo Horizonte/Rio de Janeiro: Itatiaia, 1983.

CONTE, G. B. "Aristeo, Orfeo e le *Georgiche*: struttura narrativa e funzione didascalica di un mito". In: CONTE, G. B. *Virgilio. Il genere e i suoi confini*. Prima edizione. Milano: Garzanti, 1984, pp. 43-53.

DALZELL, A. *The criticism of didactic poetry. Essays on Lucretius, Virgil, and Ovid*. 1st edition. Toronto: University of Toronto Press, 1996.

DUCKWORTH, G. E. *Structural patterns and proportions in Vergil's* Aeneid. 1st edition. Ann Arbor: University of Michigan Press, 1962.

EFFE, B. *Dichtung und Lehre. Untersuchungen zur Typologie des antiken Lehrgedichts*. Erstausgabe. München: Beck, 1977.

FONSECA JR., A. "Reinventando a roda: Boccaccio e o gênero Bucólico". In: TREVIZAM, M.; PRATA, P. (org.). *Recepção dos Clássicos. Intertextualidade e tradução*. 1ª. edição. Coimbra: Imprensa da Universidade de Coimbra, 2023, pp. 101-129.

GALE, M. *Virgil on the nature of things. The Georgics, Lucretius and the didactic tradition*. 1st edition. Cambridge: Cambridge University Press, 2000.

GIORDANI, M. C. *História de Roma*. 1ª. edição. Petrópolis: Vozes, 1968.

GRIMAL, P. *Dictionnaire de la mythologie grecque et romaine*. 3ème édition. Paris: P.U.F., 1963.

_____. *Virgile. Ou la seconde naissance de Rome*. 1ère édition. Paris: Flammarion, 1985.

_____. *La littérature latine*. 1ère édition. Paris: Fayard, 1994.

_____. *O século de Augusto*. Tradução de Rui Miguel Oliveira Duarte. 1ª. edição. Lisboa: Edições 70, 2008.

HADOT, P. *O que é a filosofia antiga?* Tradução de Dion David Macedo. 6ª. edição. São Paulo: Loyola, 2014.

HASKELL, Y. A. *Loyola's bees. Ideology and industry in Jesuit didactic poetry*. 1st edition. Oxford: Oxford University Press, 2003.

HEISE, P. F. "Das origens do gênero elegíaco à ruptura de Ovídio nas *Heroides*". *Phaos*, v. 20, pp. 1-21, 2020.

HOUAISS, A.; VILLAR, M. S. *Dicionário Houaiss da língua portuguesa*. 1ª. edição. Rio de Janeiro: Objetiva, 2009.

JAEGER, W. *Paideia. A formação do homem grego*. Tradução de Artur M. Parreira. 4ª. edição. São Paulo: Martins Fontes, 2003.

MENDES, J. P. *Construção e arte das* Bucólicas *de Virgílio*. 1ª. edição. Coimbra: Almedina, 1997.

MENDES, M. O. *Virgílio. Geórgicas*. Tradução de Manuel Odorico Mendes, organização de Paulo Sérgio de Vasconcellos. 1ª. edição. Cotia: Ateliê Editorial/FAPESP, 2019.

MONTAGNER, A. C. "Épica: lugares e caminhos". *Principia*, v. 29, pp. 1-7, 2014.

MYNORS, R. A. B. *Virgil. Georgics*. Edited with a commentary by R. A. B. Mynors. 1st reprint. Oxford: Oxford University Press, 2003.

NELIS, D. P. "Names and places in Vergil's *Georgics*". In: DAINOTTI, P.; HASEGAWA, A. P.; HARRISON, S. (org.). *Style in Latin poetry*. 1a. edição. Berlin: De Gruyter, 2024, pp. 131-147.

OLIVA NETO, J. A. "Introdução". In: CATULO. *O livro de Catulo*. Introdução, tradução e notas de J. A. Oliva Neto. 1ª. edição. São Paulo: Edusp, 1996.

REBOUL, O. *Introdução à Retórica*. 2ª. edição. São Paulo: Martins Fontes, 2004.

RECIO, T. A. *Virgilio. Geórgicas*. Presentación de José Luis Vidal, traducción y notas de Tomás de la Ascensión Recio. Primera edición. Madrid: Gredos, 2010.

RINALDI, A. "Georgiche". In: *Enciclopedia virgiliana*. Prima edizione. Roma: Istituto della Enciclopedia italiana, 1985, v. II, pp. 664-698.

ROBERT, J.-N. *La vie à la campagne dans l'Antiquité romaine*. 1ère édition. Paris: Les Belles Lettres, 1985.

RODRIGUES JR., F. "*Epýllion*: um gênero em questão". *Letras Clássicas*, n. 5, pp. 215-236, 2001.

SAINT-DENIS, E. DE. *Virgile. Géorgiques*. Texte établi et traduit par E. de Saint-Denis. 7ème tirage. Paris: Les Belles Lettres, 1998.

SARAIVA, F. R. S. *Dicionário latino-português*. 9ª. edição. Rio de Janeiro/Belo Horizonte: Garnier, 1993.

SILVA, G. A. F. *Virgílio. Geórgicas*. Tradução de Gabriel A. F. Silva. 1ª. edição. Lisboa: Cotovia, 2019.

SILVA, R. G. D'A; LEITE, L. R. "*Ethos* e persuasão em *De Rusticis Brasiliae Rebus*". *Phaos*, v. 23, pp. 1-20, 2023.

SOZIM, R. J.; ZAN, S. M. "Introdução". In: MELO, J. R.; AMARAL, P. *Temas rurais do Brasil*. 1ª. edição. Ponta Grossa: Editora UEPG, 1997, pp. 15-26.

THOMAS, R. F. "Introduction". In: _____. *Virgil. Georgics, V. I - books I-II*. Edited by R. F. Thomas. 1st edition. Cambridge: Cambridge University Press, 1988, pp. 1-34.

TILLY, G. *Un manifeste posthume de l'humanisme aragonais. Le De hortis Hesperidum de Giovanni Pontano*. 2021. 505 f. Tese (Doutorado em Langue et Littératures anciennes) - Université de Rouen Normandie, en partenariat international avec l'Université de Naples Frédéric II, Italie, Rouen/Naples, 2021.

TOOHEY, P. *Epic lessons. An introduction to ancient didactic poetry*. 1st edition. London/New York: Routledge, 1996.

TOOMEY, M. E. *The poet and the bee in Classical literature*. 2021. 227 f. Tese (Doutorado em Filosofia) – Johns Hopkins University, Baltimore, 2021.

TREVIZAM, M. "Heterogeneidade enunciativa e discursiva nas *Geórgicas* de Virgílio". In: BARBOSA, M. V.; ZOPPI-FONTANA, M. G. (org.). *Caderno de qualificações*. Campinas: Unicamp, n. 1, pp. 185-198, 2005.

_____. *Varrão. Das coisas do campo*. Tradução, introdução e notas de Matheus Trevizam. 1ª. edição. 1ª. edição. Campinas: Unicamp, 2012.

_____. "O poeta Virgílio e as *Geórgicas*". In: VIRGÍLIO. *Geórgicas I*. Traduções de Matheus Trevizam e António Feliciano de Castilho. 1ª. edição. Belo Horizonte: UFMG, 2012, pp. 13-29.

_____. "Apresentação à tradução do *De agri cultura* de Catão". In: _____. *Catão. Da agricultura*. Tradução, apresentação e notas de Matheus Trevizam. 1ª. edição. Campinas: Unicamp, 2016, pp. 13-45.

_____. "O poema *Aetna* em contextualização: estudo introdutório e nota". In: *Aetna/Etna*. Traduções, estudo introdutório, notas e índice onomástico de Matheus Trevizam. 1ª. edição. Campinas: Unicamp, 2020, pp. 17-91.

_____. "António Feliciano de Castilho e Odorico Mendes: distintos modos de traduzir as *Geórgicas* IV de Virgílio". In: KILIAN, C. K.; PFAU, M.; FLORES, V. M. (org.). *Do sul para o mundo. Pensando a tradução no contexto pós-pandemia*. 1ª. edição. Porto Alegre: Editora Fundação Fênix, 2024, pp. 303-318.

VASCONCELLOS, P. S. *Épica I. Ênio e Virgílio*. 1ª. edição. Campinas: Unicamp, 2014.

VOLK, K. *The poetics of Latin didactic. Lucretius, Vergil, Ovid, Manilius*. 1st edition. Oxford: Oxford University Press, 2002.

WILKINSON, L. P. *Golden Latin artistry*. 1st edition. Cambridge: Cambridge University Press, 1963.

_____. *The Georgics of Virgil. A critical survey*. 1st edition. Norman: University of Oklahoma Press, 1969.

REFERÊNCIAS BIBLIOGRÁFICAS

WILLIAMS, R. D. *Virgil. The Eclogues & Georgics.* Edited with introduction and notes by R. D. Williams. 2nd reprint. London: Bristol Classical Press, 2001.

ACESSO ONLINE:

artigo "Declínio de Micenas" da *Infopédia* [em linha]. Disponível em: https://www.infopedia.pt/artigos/$declinio-de-micenas. Acesso em: 09/08/2024.

artigo "Dos Etruscos ao Nascimento de Roma (1500 - 470 a. C.)" da *Infopédia* [em linha]. Disponível em: https://www.infopedia.pt/artigos/$dos-etruscos-ao-nascimento-de-roma-(1500-470). Acesso em: 26/07/2024.

verbete "Castalia" da *Encyclopedia Britannica*. Disponível em: https://www.britannica.com/topic/Castalia. Acesso em: 13/07/2024.

verbete "Lydia" da *Encyclopedia Britannica*. Disponível em: https://www.britannica.com/place/Lydia-ancient-region-Anatolia. Acesso em: 03/09/2024.

verbete "Noricum" da *Encyclopedia Britannica*. Disponível em: https://www.britannica.com/topic/Castalia. Acesso em: 30/09/2024.

verbete "olho" do *Dicionário Priberam da Língua Portuguesa* [em linha], 2008-2025. Disponível em: https://dicionario.priberam.org/olho. Acesso em: 08/02/2025.

verbete "Triumph" da *Encyclopedia Britannica*. Disponível em: https://www.britannica.com/topic/triumph-ancient-Roman-honour. Acesso em: 27/07/2024.

verbete "Uro" da *Infopédia* [em linha]. Disponível em: https://www.infopedia.pt/dicionarios/lingua-portuguesa/uro. Acesso em: 11/08/2024.

Sobre o tradutor

Matheus Trevizam é bacharel e licenciado em Letras pelo IEL-Unicamp (Campinas, SP), além de mestre e doutor em Linguística pelo mesmo Instituto, com pesquisas na área da tradução e literatura latina. Desde 2006 atua como docente da Faculdade de Letras da UFMG (Belo Horizonte, MG), onde tem orientado dissertações e teses sobre temas da Literatura Clássica. Realizou estágios pós-doutorais em 2011-2012 (Un. Paris IV – Sorbonne, como bolsista da CAPES) e em 2019-2020 (no IEL-Unicamp). Traduziu integralmente, além das *Geórgicas* de Virgílio, Catão (*Da agricultura*, Editora da Unicamp, 2016), Varrão (*Das coisas do campo*, Editora da Unicamp, 2012), Ovídio (*Arte de amar*, Editora Mercado de Letras, 2016) e o poema *Etna* (de autor latino anônimo, Editora da Unicamp, 2020). É líder do Grupo de Pesquisa "Tradução e Estudo da Literatura Técnica e Didática Romana" (CNPq. e UFMG) e coordenador conjunto da "Coleção Bibliotheca Latina" (Editora da Unicamp), que concentra volumes temáticos a respeito de gêneros e autores das Letras da Roma Antiga. Sua tradução do poema *Etna* venceu, em primeiro lugar, o 7º. Prêmio ABEU (Associação Brasileira de Editoras Universitárias) na categoria "Tradução" (2021).

Esta obra foi composta na tipologia Gentium Book Plus, corpo 10/14, no formato 13,8 x 21 cm, com 256 páginas, e impressa em papel Pólen Natural 80 g/m² pela Lis Gráfica.
São Paulo, abril de 2025.